KB017530

질것같은 기분이 들면 이노래를 부르세요

질 것 같은
기분이 들면
이 노래를 부르세요

최승린
소설

ㄴㄴ〉〈ㄷㄴ

차례

레츠 고, 가자!

몇 해 전 잉글랜드 프리미어 리그 중계팀에서 일했던 적이 있다. 월드컵 시즌이면 느닷없이 전문가가 되기도 하지만 사실 축구를 잘 아는 편은 아니었다. 그런데도 그 일을 할 수 있었던 건 그곳의 중계라는 게 경기 영상을 위성으로 받아 인터넷으로 내보내는 게 고작이기 때문이었다. 물론 중계팀장이 사촌형의 지인인 덕도 있었다. 사무실은 공장 지대에 위치했다. 동서로 긴 구조의 가죽장갑 제조 공장 3층 구석, 창고 같은 방에 책상 다섯 개가 꽉 들어차 있었다.

팀장의 이름은 윤태오였다. 진중한 느낌을 주는 30대 후

반의 남자로 머리가 반백에 가까웠는데 왠지 20대에도, 그보다 더 어렸을 때도 그랬을 것 같은 인상이었다. 한때는 축구 선수였다고 했다. 윤태오에 대해 특별히 알아두어야 할 게 없냐고 묻자 사촌형은 믿을 수 없을 정도로 성공적인 재활 케이스였다고 했다. 그만큼 지독한 사람이라는 뜻이야. 미련이 많아서겠지. 형은 윤태오의 재활 트레이너였다.

첫 출근 날 윤태오는 책상 위에 널린 해외 축구 잡지와 헤드폰 같은 것을 대충 치워주면서 물었다. 영어는 좀 하나? 잘 못해도 큰 상관은 없고. 그 말로 나는 영국과의 커뮤니케이션 업무에 투입됐다. 언뜻 전문적인 일 같아 보이지만 듣기에만 그럴 뿐 경기 영상이 잘 들어오지 않을 때 국제 전화를 거는 게 업무의 전부였다. 하이, 헬레나. 잘 지냈지. 우리 쪽으로 방송이 들어오지 않는데 확인 좀 해줘. 미안. 요즘 문제가 잦네. 금방 알아보고 처리할게. 고마워. 그럼 결과 알려줘. 오케이.

다만 그 업무가 밤을 새워 이루어졌다. 영국은 아홉 시간의 시차가 있어서 문제는 항상 한밤에 일어났다. 그러니까 영국과의 커뮤니케이션 업무의 실상은 밤을 새면서 경기 영상이 잘 들어오는지 지켜보는 것이었다. 중계팀원들이 모두 싫어하는 그 일을 나는 반쯤 자발적으로 맡았다. 사람은 매일 마시는 공기를 마시고, 매일 보는 사람을 보고, 매일 하는 생각을 하는 게 견딜 수 없어질 때 여행을 떠난다. 그때 나는 아홉 시간 전의 세계로 여행을 떠났다. 그곳은 축구의 세계였다. 현실의 시간은 맥을 추지 못했다. 시간은 휘슬을 따라 흘렀다. 룸메이트는 중계팀 벽에 붙은 제라드와 메시, 긱스였다. 나중에 지단과 램파드도 합세했다. 헬로, 땡큐, 오케이 외엔 별말도 필요 없었다. 공기마저 달라서 가죽과 기계들이 뿜어내는 비릿한 누린내가 몸에 뱄다.

그래도 창밖에는 현실의 시간이 존재했다. 가죽장갑 공장 정문 밖. 공장 지대로 조성됐지만 입주사가 나서지 않아 잡풀만 자라는, 그래서 실패한 벌판이라 불리는 곳. 도시는 멀고 벌판은 버려졌다. 풍경은 내 시선을 따라서만 흔들렸다.

윤태오가 중계팀 문을 벌컥 열고 들어선 건 크리스마스 전날 밤으로 중계팀에서 일한 지 대여섯 달쯤 됐을 무렵이었다. 정오를 지나며 시작된 눈은 밤이 돼도 그치지 않았다. 산간 마을들이 고립됐고 서해안에서는 축사가 무너졌다. 도시의 교통도 엉망이 됐다. 쏟아지는 눈 사이로 사람들이 열을 지어 걷는 모습이 TV에 비쳤다. 눈은 중계팀 창문 너머에도 내렸다. 잘 정돈됐지만 아무것도 들어서지 않은 벌판에 눈이 쌓이며 뿌옇게 빛났다.

나는 창문에 서린 입김을 손으로 문지르고는 얼굴을 바싹 가져다댔다. 저만치에서 누군가가 벌판을 가로지르는 게 보였다. 은빛 롱 파카를 입은 장신의 남자였다. 지하철역에서 가죽장갑 공장까지는 여섯 블록이 넘었다. 걸음마다 발이 푹푹 빠졌다.

윤태오는 문간에 선 채 머리에 쌓인 눈을 털어내더니 몸을 부르르 떨었다. 영국 어느 축구장에 휘슬이 울릴 시간, 그가 중계팀에 나타나는 일이 없었던 건 아니다. 하지만 몇 시간째 눈이 내렸다. 나는 그의 어깨쯤을 향해 리버풀이 3대1로 맨시티를 이겼다고 말했다. 윤태오는 입술을 꾹 누르며 고개를 끄덕였다. 흡족하거나 당연한 일이라는 뜻이었다. 그와 나 사이로 홉, 홉, 홉 하는 소리가 맴돌았다. 중계 창에 붙은 채팅 프로그램에서 나는 소리였다. 중계를 보는 사람 중 누군가가 새로운 채팅 메시지를 입력했다는 것을 알리는 신호음. '레츠 고, 가자'라는 뜻으로 네덜란드 축구 팬들의 응원 구호라고 했다. 시스템을 구축한 사람이 아약스나 아인트호벤의 팬이었던 모양이다.

나는 윤태오를 곁눈질하면서 건성으로 채팅 창을 모니터 했다. 다음 경기는 내년 시즌 2부 리그로 떨어질지도 모르는 하위 팀들이었다. 코리안 리거가 없는 건 고사하고 알 만한 선수도 별로 없었다. 그런데도 20여 명이 접속해 있었다.

대구에 대설주의보가 내렸습니다.

요코하마와 철원도 폭설이래요. 시드니에도 눈이 내립니다.

시드니요? 거긴 여름 아닌가? 하긴. 무슨 일이 생겨도 이상하지 않은 밤이죠.

흡, 흡, 흡.

헤드폰을 낀 윤태오의 머리가 모니터 너머에서 들썩였다. 리버풀 경기 리플레이를 보고 있는 거였다. 만약 누군가가 윤태오에 대해 알아두어야 할 것이 있냐고 묻는다면, 나는 이렇게 대답할 것이다. 리버풀 FC. 그는 한겨울에도 겉옷 안에 리버풀 유니폼을 입었고, 리버풀 경기는 1960년대 기록까지 외웠다. 리버풀이 챔피언스 리그 결승에서 바르셀로나에게 졌을 때는 공장 뒤편에 있는 옛날 자재 창고에 들어가서 이틀간 나오지 않았다고 했다.

윤태오가 축구 선수로 은퇴를 한 건 사고 때문이었다. 사촌형 말로는 체력 훈련을 하던 중 바벨이 무릎으로 떨어졌다고 했다. 처음에는 죽을 맛이었을 거야. 축구 선수가 무릎이 나갔으니. 의사는 다시는 걷지 못할 거라고 했는데, 결국은 혼자 힘으로 걷게 됐지. 그 과정이 어땠는지 넌 상상도 못할 거야. 윤태오는 성공적인 재활 케이스로 학회에까지 보고됐다.

성공. 축구 선수가 축구화를 벗게 됐는데도 성공이었다. 재활이 재기는 아니지. 미련이야 남겠지만 휠체어 신세보다는 낫잖아. 윤태오는 제라드나 램파드가 되고 싶었다. 그런데 지금은 인터넷으로 축구 중계를 하고 있다. 그런데 그게 미련이었다. 윤태오는 몸을 움찔하고 다리를 들썩였다. 그가 내는 쉿쉿 소리와 채팅 창의 훕훕 소리가 엇박자를 이뤘다.

다시 채팅 창으로 시선을 옮겼다. 접속자들은 중계 이야기를 하고 있었다. 축구 이외에 아무 말도 하지 않던 사람들이었다. 해설이 있으면 좋겠다든지, 영국 억양은 알아듣기 힘들다든지. 그래도 중계를 해주는 게 어디냐. 닥치고 보자. 모니터하는 걸 알고 있을 터라 나쁜 말은 오가지 않았다. 훕, 훕, 훕. 그러다 엉뚱하게 가죽장갑 공장 이야기가 나왔다. 중계팀 사무실이 가죽장갑 공장 건물이라고. 그러고는 숫자 네 개가 떴다. IP 주소였다.

클릭하자 내가 매일 오르내리는 철제 계단과 철문을 비추는 CCTV 화면이 나타났다. 중계팀 사무실은 공장 외부 계단에 바로 연결돼 있었다. CCTV 속 철문을 열면 바로 내 얼굴이 보일 터였다. 누군가가 어떻게 CCTV 화면을 볼 수 있냐고 묻자 또다른 누군가가 비밀번호가 설정돼 있지 않은 CCTV는 다 뚫을 수 있다고 했다. 그러고는 또 몇 개의 IP 주소가 떴다. 모두 공장이었다. 정문도 있고, 기계실이나 창고도 있는 것 같았다. 그리고 옥상도 있었다.

나는 의자에 눌러앉아 화면을 바라봤다. 밤하늘에 뜬 수십 개의 눈이 공장을 내려다보는 것 같았다. 다른 세계에 있는 나의 눈으로 현실의 내가 있는 가죽장갑 공장을 보는 것도 같았다. 아홉 시간 전의 세계, 현실이 맥을 못 추는 곳의 내가, 가죽장갑 공장 안, 다섯 개의 책상으로 비좁은 창고방에 앉은 나를 보고 있었다.

"경기 얼마 남았어? 영상 안 들어오는 거 아니야?"

윤태오의 말에 급히 몸을 일으켰다. 그 바람에 마우스가 미끄러져 허공에서 대롱댔다. 윤태오는 한쪽 헤드폰만 벗은 채 모니터를 가리켰다. 다음 경기까지는 20분도 남지 않았다. 헬레나에게 전화를 걸었다. 오늘따라 영어는 짜증날 만큼 잘 되지 않았다. 별 어렵지도 않은 말인데, 유 노우, 유 노우 하고 산만한 습관이 튀어나왔다. 헬레나가 결국 말을 끊고 물었다. 거기 눈이 많이 오지 않아? 우리 문제가 아냐.

눈 때문에 위성 안테나의 방향에 문제가 생긴 것 같으니까 그것부터 살펴보는 게 좋겠어. 나는 겨우 오케이, 땡큐, 바이 했다.

장비를 챙기고 겉옷을 입는 동안 윤태오가 나를 지켜봤다. 그러다 "내가 올라갈까?" 하고 물었다. 모니터의 경기 리플레이를 곁눈질하는 걸 보면 진짜 올라가겠다는 말은 아닌 것 같았다. 중계팀에 들어오면 누구나 위성 안테나 조작법부터 배운다. 위성 수신 문제를 해결하는 방법은 간단하다. 새털라이트 파인더를 연결하고 안테나 방향을 조정하면서 신호가 들어오는 각도를 찾는 것. 물론 그보다 복잡한 문제와 전문적인 해결 방법이 있겠지만, 내가 어떻게 해볼 수 있는 건 그 정도가 전부였다.

외부 계단으로 나서자 현기증이 났다. 공장 마당도, 트럭도, 경비실도 눈에 덮여 마치 고저 차가 없는 평면 같았다. 경비원은 언제나처럼 반쯤 졸고 있었다. 경비원들은 나를 싫어했다. 번번이 잠을 깨우는데 반가울 턱이 없었다. 매번 잠자는 모습을 들키는 것도 겸연쩍을 터였다. 나는 일부러 경비실 문을 벌컥 열었다. 조용히 들어가 흔들어 깨우는 것보다는 그편이 나았다.

"옥상 열쇠 반납하는 거 잊지 말고."

경비원은 잊지 않고 토를 달았다. 그런데 왠지 날 선 말투가 아니었다. 경비원이 막막한 얼굴로 내다보는 공장 마당은 온통 눈밭이었다. 저 눈을 다 쓸어야 한다, 그런 생각을 하고 있을 것이다. 경비원의 시선은 무언가가 자신에게서 빠져나가는 것을 속수무책으로 보고 있는 듯했다.

"그런데 자네들 하는 거, 이걸로도 볼 수 있나?"

경비원은 CCTV 모니터를 가리켰다.

"인터넷에 연결돼 있으면 볼 수 있긴 한데, 그게 어떻게 하면 되는지는 저도 잘…… 그게 그러니까……"

내가 몇 번 더 말을 더듬자 경비원은 알았다고 했다. 나는 서둘러 경비실을 빠져나왔다. 한두 걸음 뒷걸음질을 친후 파카 후드를 뒤집어쓰고 동쪽 계단으로 뛰듯 걸었다. 계단은 공장 양쪽에 있지만 동쪽 계단만 옥상까지 연결돼 있었다.

낡은 철문을 열고 옥상에 들어섰다. 에어컨 실외기와 통신사 케이블이 어지럽게 엉켜 있었다. 눈 속에 어둠이 희끄무레했다. 백야가 꼭 이렇지 않을까. 하늘을 올려다봤다. 공기 중에서 흰 입김이 커다랗게 부풀었다 금세 사라졌다. 찬 바람이 옥상을 휘감고 지나갔다. 두 손을 마주 비비며 난간을 따라 걸었다. 걸음을 옮길 때마다 발밑에서 눈이 뿌드득 뿌드득 소리를 내며 짓이겨졌다.

위성 안테나는 항상 보던 대로, 무언가를 기다리듯 하늘을 향해 웅크리고 있었다. 눈이 조금 쌓였을 뿐 고개를 푹 숙였다거나 왼쪽이나 오른쪽으로 완전히 꺾이지도 않았다. 장갑으로 안테나에 쌓인 눈을 털어내고 태블릿 PC와 새텔라이트 파인더를 물렸다. 그러곤 신호가 들어오는 방향을 찾아 고개를 들었다. 위성은 방위각 212.8도 양각 40.9도 방향에 위치했다. 평소라면 산봉우리 위에서 점멸하는 빛을 보고 방향을 가늠했을 터지만 지금은 눈이 내리고 있었다. 산봉우리 윤곽도 제대로 보이지 않았다. 대략의 방향을 잡으려 안테나 앞에 섰다. 양각 40.9도라면 시선이 정면을 바라볼 때와 머리 꼭대기를 올려다볼 때의 중간쯤이다. 그리고 방위각 212.8도는 남남서 방향 정도다. 각도를 정하고 고개를 들자 얼굴에 눈이 내려앉았다. 뺨과 이마가 차갑다 못해 따끔거렸다. 눈을 가늘게 뜨자 눈송이는 빛줄기 같아 보였다. 그 빛들이 속도를 높이며 나를 향해 달려들었다. 고개를 조금씩 움직이자 따끔거리는 느낌도 차례로 달라졌다. 그러다 갑자기 소름이 돋았다.

휴대 전화가 울렸다. 윤태오였다.

"15분 후면 경기 시작인데, 아직도 신호 못 잡았어? 내가 올라갈까?"

윤태오는 뛰다시피 옥상을 가로질렀다. 파인더를 건네고
위성 안테나 옆에 쭈그리고 앉았다.

"도대체 왜 안 잡히는 거죠? 위성 고도에 비해 접시가 너
무 작은 거 아닌가요?"

"생각만큼 높지는 않다고 하던데. 몇백 킬로인 것도 있고
몇만인 것도 있고."

윤태오는 안테나를 고쳐 잡으며 말했다. 나는 태블릿 PC
에서 채팅 창을 불러냈다. 벌써 경기가 시작했을 터였다. 중
계가 지연되는 이유를 설명해주어야 했다. 무선 인터넷 신
호가 약해서인지 접속이 느렸다. 로딩 화면으로 프로그래밍
해놓은 축구공이 징그러울 정도로 천천히 회전했다. 마치
움직이지도 않는 것 같았다.

"어느 세월에 로딩이 끝날까 모르겠네."

고개를 들자 윤태오의 머리 위로 눈이 가득 쌓여 있었다.
안 그래도 희끗한 머리카락이 순식간에 새버린 듯했다. 눈
을 꼭 감고, 입을 꽉 다물고, 귀마저 닫았는지 내 말에 아무
반응이 없었다. 숨은 쉬나 싶을 정도였다. 지독했다. 윤태오
가 축구를 그만둔 건 사고 때문이었지만 그게 전부는 아니

었다. 사촌형은 그가 진짜 축구 선수였던 건 중학교 때까지였다고 했다. 고등학생이 되고부터는 벤치에 앉아 있는 날이 더 많았고, 나중에는, 그러니까 대학을 졸업하고 하부 리그에 소속돼 있을 때는 거의 왕따였다. 나이는 많고 기량은 안 되고. 왜 그런 사람 있잖아. 다들 저 사람 왜 안 그만두나, 껄끄럽게 생각하는 사람. 사고는 계기였을 뿐, 윤태오가 축구를 그만둔 진짜 이유는 아니었다. 너무 오래 버텼어. 자신에게 주어진 재능보다 너무 오래. 볼 좀 찬다고 모두 제라드나 램파드가 되는 건 아니지. 다들 언젠가는 포기하고 인정하는데 윤태오는 그걸 못한 거지. 그러니까 윤태오는 스스로 실패할 타이밍을 잡는 데 실패한 것이다.

"각도는 맞는 것 같은데."

윤태오가 손으로 무릎을 짚으며 상체를 젖혔다. 집중력이 흐트러졌는지 있는 힘껏 숨을 들이마셨다가 내쉬었다. 은색 파카에서 눈이 우수수 떨어져내렸다. 채팅 창은 아직도 로딩이 끝나지 않았다.

"아무래도 내려가서 설명을 해주고 와야겠습니다."

윤태오는 고개를 끄덕이며 여긴 자기가 알아서 할 테니 올라올 것 없다고 했다. 나는 알았다고 했다. 내가 도움이 될 일이 없었다. 춥기도 했다.

중계팀 사무실 문을 열자 익숙한 공기가 밀려나왔다. 따뜻하지만 쾌적하지는 않은, 가죽 누린내가 나는 공기. 홉홉홉, 하는 소리가 사무실이 터질 듯 부풀어 있었다. 손을 마주 비비며 컴퓨터 앞에 앉았다.

기상 악화로 인해 영상 전송 시스템에 오류가 생겼습니다, 본사 기술팀에서 최선을 다하고 있으니 조금만 기다려주십시오.

침묵.

경기가 이미 시작한 거 아닌가요?

침묵.

홉, 홉, 홉.

아무리 공짜라고 해도 너무하는군요. 이번 시즌 들어 몇 번째입니까.

접속 해제.

신경쓰지 마세요. 중계해주시는 게 어딘데요.

찌질한 놈. 그러니까 매번 이런 대우를 받는 거지.

뭐라고?

너나……

접속 해제.

흡, 흡, 흡.

나는 이어지는 실랑이와 누군가가 채팅 창을 떠나며 남겨 놓은 침묵을 바라보며 책상과 서랍장 사이를 서성댔다. 영상은 여전히 들어오지 않았다. 경기 시작 시간은 15분쯤 지나 있었다.

옥상 CCTV 화면을 모니터에 띄웠다. 윤태오는 여전히 안테나 옆에 있었다. 흐릿한 화면 때문에 미동도 하지 않는 듯 보였다. 얼마나 오래 그러고 있었는지 온몸이 눈에 덮여 있었다. 만약 윤태오가 거기 있다는 걸 몰랐다면 그냥 송신 시스템의 일부라고 생각했을 것이다.

"윤태오가 어서 신호를 잡아야 할 텐데 말입니다."

나는 제라드에게 말했다. 아래위로 붉은 리버풀 FC 유니폼을 입은 제라드는 오른발에 힘을 실으며 뛰어오르고 있었다. 허리는 잔뜩 숙이고 몸을 웅크린 채 정면을 노려봤다. 제라드를 둘러싸고 붉고 흰 바람 같은 것이 일었다.

언젠가 윤태오에게 리버풀이 뭐 그렇게까지 좋은지 물은 적이 있다. 그때 윤태오는 두 번 생각도 하지 않고 말했다. 내 몸의 피가 붉기 때문이지. 그리고 또 언젠가는 이렇게 대답했다. 처음엔 이유가 있었겠지. 지금은 잊어버렸어. 어쩌면 좋아한 게 먼저고 이유는 일부러 찾은 걸 수도 있고. 그런 적 없어? 그 느낌을 모른다면 내가 아무리 설명해도 모를 거고, 안다면 굳이 설명할 필요도 없는, 그런 거야. 하지만 다른 팀원에게는 비틀스를 좋아하기 때문이라고 대답했다고 했다.

언제부터인가 홉은 끊어져 있었다. 나는 그냥 의자에 눌러앉아 아무런 메시지도 입력되지 않는 빈 채팅 창을 지켜보았다. 크리스마스 새벽, 다음 시즌이면 강등될지도 모르는 하위 팀들의 경기를 보겠다고 깨어 기다리던 사람들은 이제 열너댓 명 정도 남아 있었다. 또 몇 명이 접속을 끊었다. 에이, 배신자들. 나는 몸을 일으키며 괜히 정수리를 벅벅 긁었다. 윤태오는 여전히 안테나 곁에 얼어붙은 듯 서 있었다. 지직대는 화면을 따라서만 흔들렸다.

옥상은 아까와 똑같은 풍경이었다. 적설량은 많아졌겠지만 그래봐야 눈 위에 눈이 조금 더 쌓인 것뿐이었다. 일단 올라왔지만 무얼 어떻게 할 계획이 있는 건 아니었다. 윤태오는 내가 올라온 것도 모르는 것 같았다. 멀리 눈이 쌓인 도로가 보였다. 희게 뻗었다가 희게 구부러졌고 희게 교차했다. 텅 빈 벌판에 기이한 도형이 그려졌다. 공장 정문 옆에서는 경비원이 눈 속에서 몸을 풀고 있었다. 눈을 치우다가 몸이 결린 모양이었다. 흰 목장갑이 하늘로 뻗었다가 양옆으로 길게 사선을 그렸다. 그러고는 노를 젓는 듯 앞으로 뻗었다가 뒤로 젖혀졌다. 허리에 손을 얹고 커다란 눈송이가 떨어지는 시커먼 하늘을 향해 허리를 젖혔다. 경비원의 검은 점퍼로 커다란 눈이 뚝뚝 떨어졌다.

숨을 내뱉는 소리에 돌아보니 윤태오가 고개를 양쪽으로 꺾고 있었다. 어깨를 돌리고 허리를 젖혔다. 파인더의 불빛은 여전히 죽어 있었다. 윤태오가 숨을 내뿜자 흰 입김이 공기 중으로 확 퍼져 올랐다. 갑자기 바람이 공장 건물을 휘감아돌았다. 눈송이가 연달아 뺨을 때리고 머리카락을 흐트러뜨렸다. 얼음 부스러기 같은 바람이 귓속으로 머리카락 속으로 살갗을 저미며 스며들었다. 나는 반사적으로 두 손으로 머리를 감싸며 눈을 감았다.

잠깐 신경질적인 이명이 들린 듯했다. 공기가 더 차가워진 것 같기도 했다. 그러고는 주위가 조용해졌다. 이상할 정도로 아무 소리도 나지 않았다. 실눈을 떴다. 여전히 머리를 팔로 감싼 채였다. 갑작스럽게 움직이면 안 될 것 같았다. 작게 윤태오를 불렀다.

"팀장님?"

아무 대답이 없었다. 문득 주위에 아무도 없다는 생각이 들었다. 말도 안 되지만 분명 그런 느낌이었다. 천천히 팔을 내리고 주위를 둘러봤다.

눈이 멈춰 있었다. 공중에 정지해 있었다. 바람도 옥상 중간쯤에서 멈춘 듯 케이블들이 솟구친 채 얼어붙어 있었다. 빈 박스도 넘어갈 듯 말 듯한 각도로 서 있었다. 윤태오도 마찬가지였다. 정지해 있었다. 두 팔을 뒤로 젖히고 하늘을 향해 가슴을 내민 채. 나는 고개를 흔들었다. 눈을 감았다가 떴다. 그래도 마찬가지였다. 윤태오를 향해 한 걸음을 내디뎠다.

그 순간이었다.

홉.

어디선가 홉 소리가 날아들었다. 동시에 바람이 솟구쳤다. 허공에 정지해 있던 눈이 바람을 타고 하늘로 날아올랐다. 쏟아질 때보다 더 빨리, 미친 듯한 속도로 하늘로 빨려올라갔다. 위로, 더 위로, 점점 더 위로 솟아올랐다. 옥상의 모든 것이 그 소용돌이 속으로 빨려들어가는 것 같았다. 홉, 홉, 홉 소리가 공장 옥상을 훑으며 날아올랐다. 그러다 한순간 아무런 경고도 없이, 지직대는 잡음 한번 없이 중계가 시작됐다. 경기가 곧 시작됩니다. 중계는 영국식 억양으로 빠르게 이어졌다. 많은 변화가 있었던…… 홉, 홉. 어쩌면 내년에는 2부 리그로 강등…… 흡. 하지만 이 순간에 집중…… 경기를 즐겨야…… 20년 후에는…… 경기 시작합니다. 휘슬이 울렸다.

동시에 붉은빛이 피어올랐다. 넓은 공장 옥상 위로, 흰 눈발을 스크린 삼아, 오로라처럼, 환영처럼, 허공에 대고 쏘는 프로젝터 영상처럼. 붉은 화염이 어둠 속으로 날아올랐다. 함성이 폭설처럼 쏟아졌다. 수백 개의 붉은 깃발이 힘차게 휘날렸다. 억센 목소리들이 목청껏 합창했다. 그 가운데로, 그 속으로, 그 모든 것을 뚫고 장신의 남자가 오른발에 힘을 실으며 솟구쳐올랐다. 그 남자 주위로 수많은 불빛이 휘감아돌았다. 그 남자의 발끝에서 일어난 스파크가 허공을 갈랐다. 눈발을 뚫고 치솟았다. 밤하늘을 뚫고 나갈 기세로 날아올랐다. 가물가물 멀어지던 스파크가 눈으로는 볼 수 없는 먼 하늘에서 폭죽처럼 터졌다.

"잡았다."

윤태오가 외쳤다. 그 소리에 눈을 떴다. 나는 여전히 난간을 잡고 하늘을 올려다보았다. 눈은 정말 하늘로 솟구치고 있었다. 하지만 아주 잠깐뿐이었다. 이내 기세가 떨어진 듯 흐느적거리며 지상으로 떨어졌다. 파인더에 불이 들어와 있었다. 흡, 흡, 흡. 로딩이 끝났는지 채팅 창에서 흡이 연달아

일었다. 윤태오가 허리를 잡고 커다랗게 목을 돌리다가는 나를 발견하고 입술을 꾹 다물었다.

철제 계단을 내려가자 3층 복도 문이 열려 있었다. 앞서 걷던 윤태오가 "이쪽으로 가자. 서쪽 계단으로 가려면 1층까지 갔다가 다시 올라가야 하잖아"라고 말했다. 그러고는 공장 안으로 발을 들여놓았다. 윤태오의 기색을 살피다 물었다.

"혹시……"

"뭐?"

윤태오는 걸음을 멈추지 않고 대답했다.

"아까, 눈이 공중에서 멈췄을 때 말이에요."

"눈이 멈춰? 아, 아까 눈이 하늘로 빨려올라간 거?"

윤태오는 걸음이 빨랐다. 그의 뒷말이 잘 들리지 않았다. 뜀듯이 발을 옮겼다.

"그거, 순간적으로 공장 벽면을 오르는 상승 기류가 생겨난 거야. 그런 거 한 번도 본 적 없구나."

나는 멈춰 섰다. 윤태오는 저만치 앞서갔다. 점점 멀어졌다. 그의 은색 파카에 묻어 있던 눈이 녹아 물방울이 되며 복도에 긴 궤적을 남겼다. 길게 뻗은 복도 양쪽으로 닫힌 문들이 늘어서 있었다. 멀리 녹색 비상구 사인이 보였다.

커다란 불꽃을 그리며 폭발하던 스파크의 잔상이 아직도 망막에 맺혀 있었다. 벌판에 그려진 기호를, 경비원의 장갑 낀 손이 그리는 수신호를, 하늘에서 쏟아지는 수많은 위성 신호를, 지상의 사람들이 주고받는 셀 수 없는 통신 신호를 한꺼번에 다 해석할 수 있을 것 같은 기분도 여전했다. 한순간이지만 무언가를 깨달은 것 같기도 했다. 하지만 그 시간은 너무 짧았다. 이제 그것은 입안에서만 맴돌 뿐 말이나 생각이 돼 떠오르지 않았다.

불쑥 저만치에서 쿵, 하는 소리가 났다. 낮은 신음 소리도 들렸다. 윤태오는 바닥에 주저앉아 있었다. 자기 자신이 흘린 물방울 때문에 발을 헛디딘 모양이었다. 그는 어이없다는 듯 나를 바라봤다. 눈에 젖은 바짓단을 걷어올리더니 무릎을 꾹꾹 눌렀다. 흉터가 종아리 뒤쪽에서 무릎 앞쪽을 가로질러 허벅지 위까지 타고 올랐다. 길고 굵었다. 다치지 않았냐고 묻자 윤태오는 몸을 일으키면서 괜찮다고 했다. 넘어져서 아픈 게 아니라고.

"가끔 이런 날이 있어. 의학적으로는 이제 별문제가 없어. 그냥 쑤시는 정도라면 몰라도 심각한 통증은 있을 리 없다는 거지. 그런데 어떤 날은 참기 힘들 만큼 아프기도 해.

잠이 안 올 정도로."

내가 중계팀 캐비닛 어딘가에서 진통제를 본 것 같다고 하자 그는 손을 저었다.

"소용없어. 예전엔 징그러울 만큼 많이 먹었지. 다들 그러다 큰일난다고 했어. 결국 먹을 만큼 먹고, 뒹굴 만큼 뒹군 후에야 인정하게 됐지. 지금은, 그냥 중계팀에 와서 이러고 있는 게 제일 나아."

윤태오는 무릎을 한번 쭉 펴더니 걸음을 옮겼다. 평소에도 조금 절었지만 지금은 운동화가 복도를 긁는 소리가 날 정도로 심하게 왼발을 끌었다.

"그런데 재미있는 게 뭔지 알아? 이제 와서는 이게 가끔 위로가 되기도 한다는 거야. 이상한 말이지만, 그게 그래. 어느 날 돌아보니 내가 그라운드를 뛰던 날들이 있었다는 걸 증명할 게 이 통증밖에 남아 있지 않은 거야."

그는 평소에 말이 많은 편이 아니었다. 나는 그날 이전에도, 또 이후에도 그가 사고에 대해 이야기하는 것을 듣지 못했다.

중계팀 사무실 문을 열자 흡, 흡, 흡 하는 소리가 먼저 튀어나왔다. 경기가 늦게 시작했는지 전반전이 25분 정도 남아 있었다. 접속자는 8명으로 줄었다가 15명까지 늘었다.

경기는 괜찮았다. 엄청난 공격 패스가 나오고 축구 역사에 남을 블로킹이 나온 건 아니지만 다음 시즌이면 2부 리그로 떨어질지도 모르는 팀들이 벌이는 경기치고는 나쁘지 않았다.

나는 의자에 눌러앉아 중계 창과 채팅 창, 그리고 제라드와 윤태오를 번갈아 바라봤다. 무릎 통증이 가라앉았는지 윤태오는 자리에 앉은 채 킥을 하고 책상 아래에서 드리블을 했다.

"좋은 경기였다."

윤태오가 일어서면서 말했다. 그러고는 밖으로 나갔다.

나는 창가에서 장신의 남자가 실패한 벌판을 가로지르는 모습을 바라봤다. 벌판은 여전히 희게 빛났다. 바람이 부는지 돌연 눈이 희뿌옇게 일어나더니 이리저리 부유했다. 남자는 잠깐씩 멈추어 서기는 했지만 뒤를 돌아보지는 않았다. 그의 은빛 롱 파카가 눈발 속으로 사라졌다.

그날 이후에도 나는 가죽장갑 공장 계단 옆 창고 방에서 꽤 많은 밤을 보냈다. 가끔은 윤태오가 문을 벌컥 열고 들어섰고, 위성 신호가 들어오지 않아 옥상에 올라가기도 했다. 안테나를 조작하며 밤하늘을 바라봤다. 개들이 짖고, 산봉우리에서는 붉은빛이 점멸했다. 비가 오는 날도 있고 지독하게 졸린 날도 있었다. 가끔은 얼굴이 따끔거리기도 했다. 하지만 그뿐이었다. 도시는 여전히 멀고 풍경은 하루하루 흔들렸다. 나는 무얼 찾는지도 모른 채 주위를 두리번거렸다.

내가 중계팀을 떠난 건 그로부터 몇 달이 더 지난 후였다. 프리미어 리그 시즌이 끝났기도 했지만 축구의 세계에서 나는 여행사였다. 윤태오는 다음 시즌에 또 연락하겠다고 했고 나는 알았다고 했다. 책상을 정리하고 가죽장갑 공장을 나섰다. 물류 트럭이 들어서며 정문이 열렸다. 나는 벌판을 가로지르다 멈춰 섰다.

우리는 모두 언젠가는 실패를 한다. 지단이나 메시도 축구화를 벗는 날이 온다. 그게 언제인지가 중요하지 않다고는 할 수 없다. 하지만 어느 순간이 되면, 시간이 많이 지나고 나면 그런 의미조차 사그라진다. 모두가 실패자가 될 때, 그래서 누구도 실패자가 아닌 때가 온다.

흡, 흡, 흡, 흡.

어디선가 그런 소리가 들려오는 것 같았다.

초봄이었다. 먼지가 일었다.

질 것 같은 기분이 들면

이 노래를 부르세요

한국 야구의 거목, 우리나라 최초의 메이저 리거 최민철이 지병으로 별세했다. 향년 54세. 1963년 서울 출생. 선린상고를 거쳐 한양대학교, LG 트윈스에서 타자이자 중견수로 활약했으며, 1990년 메이저 리그에 진출, 보스턴 레드삭스와 오클랜드 애슬레틱스를 거쳤다. 2003년 은퇴. 2016년 사망.

최민철의 죽음은 갑작스러운 일이 아니었다. 3년째 간암 투병중이었고 얼마 전부터는 자기 입으로 "죽음이 아웃코스를 돌아 홈플레이트로 날아드는 게 보인다"고 말할 정도로 병세가 악화됐다. 며칠 전 내가 병실을 방문했을 때에도 최민철은 "저 노랫소리가 들리지 않습니까? 이제는 때가 됐다는 이야기입니다"라며 허공을 가리켰다. 하지만 그때 병실에서 나는 소리라고는 심전도 기계음과 최민철 자신의 가쁜 숨소리뿐이었다. 최민철이 당시 간성혼수로 착란 상태였다는 것을 나는 나중에야 알게 됐다.

내가 그날 최민철을 만난 것은 자서전 편집에 관해 논의하기 위해서였다. 처음부터 내 담당이었던 것은 아니다. 나는 그만큼 최민철을 잘 알지 못한다. 자서전 전문 출판사인 '인생예찬'은 스포츠, 정치, 경제, 문화별로 담당 분야가 정해져 있는데 그중 나는 정치 담당으로, 얼마 전 총선이 끝나면서 정치인들의 자서전 작업이 뚝 끊기는 비수기에 접어들어 있었다. 최민철의 자서전 작업은 그렇게 놀고 있는 책상을 노려 던져진 것이었다. 나는 책상을 탁 치며 벌떡 일어서는 것으로 항의했지만 몸짓의 크기만큼 불만의 강도가 센 건 아니었다. 나로서는 일이 없는 것보다는 너무 많은 쪽이 늘 환영이고, 그건 사장을 비롯해 '인생예찬' 직원이라면 누구나 아는 사실이었다.

"최민철의 병세가 급속하게 악화되고 있어요."

갑작스럽게 퇴사를 결정한 스포츠 담당 후배가 함께 인수

인계 파일을 확인하던 중 말했다. 서두르라는 이야기였다. 자서전은 사실상 완성 상태였다. 최민철 본인은 물론, 편집 장이자 발행인인 사장에게까지 오케이가 떨어졌고 최종 확인만 한번 하고 넘기면 된다고 했다.

560페이지에 달하는 원고의 마지막 장을 넘겼을 때는 새벽 4시였다. 해가 뜨기 직전, 밤을 새울 때 가장 고통스러운 시간. 온몸의 세포가 쪼그라들며 승모근과 척추기립근이 물리적으로 쪼그라드는 것 같은 피로감에 짓눌리는 시간. 나는 어깨를 돌리고 허리를 펴며 어느 책상 서랍엔가 있을 커피믹스를 찾아 '인생예찬'의 컴컴한 사무실을 뒤적였다.

자서전의 핵심은 교훈과 감동이다. 교훈이 강하면 재미가 없고 감동이 지나치면 거부감이 생긴다. 두 키워드 사이의 교묘한 밸런스를 잃지 않는 것. 그것이 편집자의 자질이다. 최민철의 자서전은 교훈 면에서는 정석이라 할 만했다. 그런데 이상하게 감동이 약했다. 나는 그 이유를 이렇게 진단했다. 후배가 최민철을 너무 잘 알았다. 십중팔구 팬이었을 것이다. 감정이 개입돼 밸런스가 무너졌다. 정치인의 자서전을 담당하다보면 의뢰인을 공중에 뜬 의자에 앉혀놓고 왼쪽에서 오른쪽으로, 아래에서 위로 돌려보는 데 익숙해진다. 나는 볼펜을 집어 들었다. 하지만 손등에서 빙글빙글 돌리기만 했을 뿐 그대로 내려놓고 말았다. 감동에는 공식이 있다. 좌절과 상처, 그리고 극복. 그런데 최민철은 평생 이기는 삶만 살았다. 어떻게 접었다 펴도 뒤집었다 엎어도 감동의 공식에 끼워 맞출 방법이 없었다.

나는 책상 앞에 서서 원고 뭉치를 볼펜 끝으로 툭툭 두드렸다. 문득 내가 최민철을 잘 알지 못한다는 게 사실이 아니라는 생각이 들었다. 나는 최민철의 인생 중 많은 순간을 알고 있었다. 1988년 한국 야구 역사상 한 시즌 최다 홈런을 치고 헬멧을 벗어 휘두르는 세리머니를 하다 심판의 머리를 쳐 기절하게 한 일화를 알았고, 레드삭스로 스카우트돼 공항을 나설 때 카메라를 향해 지어 보이던 어색하고 촌스러운 웃음을 기억했다. 그리고 IMF 시절에는 그가 친 공이 펜웨이 파크 담장을 넘어가는 공익 광고를 수도 없이 보아야 했다. 내가 모르는 것은 야구이지 최민철은 아니었다.

내가 그의 사인 볼을 가지고 있다는 데 생각이 미치자 1998년의 일이 떠올랐다. 그때 나는 지금은 이름만 대면 누구나 아는 홍보대행사가 된 E사에서 대학생 인턴으로 일하고 있었다. 당시 E사는 신생 회사였지만 대표가 대단한 야심가였다. 그는 최민철의 홍보용 달력 제작을 대행해주고 대행비 대신 사인 볼 50개를 받아 인턴들에게 나누어주었다.

최민철이 레드삭스를 떠나 오클랜드 애슬레틱스로 이적한 건 내가 사인 볼을 받고 3주쯤 지난 후였다. 물론 그렇게 심플하게 진행된 건 아니었다. 최민철 이적에 관한 첫 기사는 애슬레틱스가 한국인 선수를 영입한다고 발표한 것이었는데, 그 한국인이 누군지는 밝히지 않았다. 그때 최민철을 비롯해 세 명이 메이저 리그에서 뛰고 있었으니까 네번째 빅 리거였고, 그건 당시 일본인 메이저 리거보다 많은 숫자였다. 한바탕 난리가 났다. MLB에 대한 관심이 지금보다 훨씬 높을 때였다.

사람들의 시선은 몇몇 젊은 선수에게로 향했다. 여드름투성이에 고등학생 티를 벗지 못했지만 배짱에서는 괴물로 일컬어지던 타자도 있고, 일본의 타이거즈인지 자이언츠인지에서 연승 행진중이던 투수도 있었다. 그런데 그들은 하나같이 고개를 저었다. 그렇다면 네번째 빅 리거는 누구일까. 매체와 야구팬들의 추측은 집요했다.

하지만 홍보대행사의 인턴 생활은 그런 일에 근성을 발휘할 만큼 한가하지 않았다. 그리고 나는 야구에 별 관심이 없었다. 네번째 빅 리거는 열흘 후 저절로 밝혀졌다. 최민철이 애슬레틱스의 기자회견에 유니폼을 입고 나타난 것이었다.

나는 그 뉴스를 야근중 컵라면을 먹다가 보았는데 동료 인턴 여자애에게 이렇게 물었던 걸 기억한다. "애슬레틱스는 왜 처음부터 최민철을 영입한다고 발표하지 않았을까?" 그 여자애가 뭐라고 했는지는 모르겠다. 납득할 만한 이야기는 아니었던 듯 나는 컵라면을 먹는 내내 최민철은 왜 애슬레틱스로 이적한다고 이야기하지 않았을까, 열흘 더 레드삭스 선수인 게 무슨 의미가 있는 걸까, 혹시 그 열흘 동안 무슨 일이 있었나, 하는 생각을 했다. 하지만 그때도 나는 인턴이 었으며 야구에는 여전히 관심이 없었다.

새벽 4시는 애매한 시간이다. 퇴근했다가 다시 출근하기도, 회사에 남아 계속 일을 하기도 어정쩡하다. 온몸은 여전히 기름칠하지 않은 자동차처럼 뻑뻑했다. 밤새도록 같은 자세로 있었으니 어떻게든 몸을 움직이는 동작을 할 필요가 있었다. 나는 허리를 펴고 목을 돌리는 한편 좀더 적극적인 팔 운동을 위해 퇴사한 후배의 책상을 뒤졌다. 그러곤 1999년 최민철의 이적 자료를 찾았다. 애슬레틱스 구단에 대한 소개부터 최민철의 연봉과 대우, 감독의 평가와 동료들의 칭찬, 그리고 기자회견장에서 찍은, 턱수염을 거뭇하게 기른 사진까지 자료는 적지 않았다. 하지만 그중 어떤 것도 그 열흘을 언급하지는 않았다.

'딱' 소리에 눈을 떴다. 전화벨 소리와 커피 머신 돌아가는 소리가 들리는 것으로 보아 업무 시간이 시작된 모양이었다. 회의실 간유리를 배경으로 시커먼 그림자가 나를 내려다보고 있었다. 소파에서 몸을 일으키자 허리에서 산사태 같은 소리가 났다. 그 와중에도 '딱' 소리는 멈추지 않았다. 엄지와 중지를 튕기는 소리. 마음에 들지 않는 일이 있을 때 사장의 버릇이었다.

"무슨 짓을 한 거야? 최민철이 왜 당신을 보재?"

잘 떠지지 않는 눈을 찌푸리며 오늘 새벽의 일을 떠올렸다. 바로 후회가 밀려들었지만 늦었다. 나는 인수인계 서류에 적혀 있는 최민철의 이메일 주소로 메일을 보냈다. 레드삭스에서 애슬레틱스로 이적하기까지 열흘 동안 무슨 일이 있었는지 묻는 메일. 회의실 시계는 10시 반을 지나고 있었다. 내가 그 메일에 대한 설명 끝에 "편집자가 과도한 업무로 잠시 이성을 잃었다고 해명하면 어떨까요?"라고 이야기하자 잠자코 듣고 있던 사장이 다시 엄지와 중지를 튕기기 시작했다. 그러고는 몸을 일으키며 말했다.

"일단 만나봐. 클라이언트가 보자니 봐야지. 하지만 판단은 합리적으로 하는 거야. 인쇄 스케줄 나온 거 알지?"

최민철은 거물 클라이언트다. 세상 사람들이 이름 석 자를 모두 알고 그 인생을 예찬하기 위해 비용을 지불할 용의가 있는 인물들은 '인생예찬'을 찾지 않는다. 누군가에게 기억되기 위해서는 자신이 돈을 쓰는 것밖에 방법이 없거나, 자기 인생을 예찬해줄 사람이 자신밖에 없는 사람만 '인생예찬'에 자서전을 맡긴다. 사장은 E사 대표에게서 최민철을 소개받았다. 사장은 E사 대표의 막냇동생이었다.

선수 시절 최민철은 186센티미터에 100킬로그램이 넘는 거구였다. 근육질이라기보다는 푹신해 보이는 흰 피부의 소유자로 메이저 리그 시절 별명이 비벤덤이었고 실제 타이어 모델로 활동하기도 했다. 그렇다고 최민철이 광고를 많이 찍은 것은 아니었다. 최민철은 말투가 어눌하고 눈빛은 복잡했다. 사람들은 운동선수가 보다 단순하고 건강하고 순박하기를 원한다.

최민철은 침대 헤드에 기대어 앉아 있었다. 얇은 시트 아래로 보이는 몸은 골반과 허벅지가 이어지는 관절이 보일 정도로 말랐고, 두꺼운 저음이었다는 목소리도 서너 달 감기를 앓은 사람같이 쉬어 있었다. 하지만 기분만은 나쁘지 않은 듯 눈에 총기가 서려 있고 장난기마저 비쳤다.

"편집자 선생은 야구를 잘 모르시죠?"

나는 고개를 끄덕였다.

"지금까지 수많은 기자와 관계자를 만나봤지만 그 열흘에 관심을 보인 건 선생이 처음입니다. 어쩌면 내 인생에서 가장……"

최민철은 거기에서 말을 끊더니 도움을 구하는 듯 나를 바라봤다.

"선생님 인생에서 가장 중요한? 이상한? 신나는? 창피한? 의미 있는?"

내가 수식어들을 늘어놓는 동안 가습기에서 솟아오른 수증기에 얼마 남지 않은 최민철의 머리카락이 흔들렸다. 최민철은 이내 웃음을 터뜨리더니 그중 딱 맞는 것도 없지만 듣고 보니 다 맞는 말인 것도 같다고 했다. 그러고는 갑자기 노래를 부르기 시작했다. 빰빰빰— 빠 빰빠빠— 빰빠—. 노래라기보다는 리듬 같은 것이었다. 높낮이는 거의 없고 음을 길게 뺐다가 짧게 끊는 것만으로 만들어내는 리듬. 간호사가 문을 열고 병실을 들여다보더니 고개를 젓고는 문을 닫았다. 노래는 시작했을 때와 마찬가지로 갑자기 끝났다.

"편집자 선생. 혹시, 이게 무슨 노래인지 아십니까?"

내가 모른다고 대답하자 최민철은 자신도 모른다면서 쿵,

하고 콧김을 뿜었다. 그러곤 입을 열었다.

 1997년은 레드삭스와의 계약이 만료되는 해였다. 최민철의 에이전트인 데이비드 박은 레드삭스가 한국과 교민 사회를 상대로 저지와 티켓, 중계권을 팔 만큼 팔았으며 최민철의 존재가 아시아 시장에 큰 영향을 미치지 않는다는 조사 결과가 나왔다고 했다. 최민철은 당황하지 않았다. 예상하고 있던 일이었다. 하지만 데이비드 박이 오클랜드 애슬레틱스 이야기를 꺼냈을 때는 자기도 모르게 자리에서 벌떡 일어났다.

 애슬레틱스가 마음이 차지 않아서는 아니었다. 한국으로 돌아가고 싶었다. 최민철은 예민한 선수였다. 그리고 뼛속까지 비관론자였다. '생각하지 말고 공을 본 후 반응하라'는 것은 배트를 잡아본 사람이라면 지겹게 들어보았을 조언이다. 하지만 최민철은 직관을 믿지 않았다. 대신 자신만의 기준계를 만들고 그 안에서 움직였다. 투수와 투구, 구장과 날씨를 면밀히 관찰하고 타석 하나하나를 계산하고 예측했다. 기준계가 흔들리는 것을 발견한 건 시즌 초반이었다. 자신만 알 수 있는 미묘한 차이였다. 타율이 뚝뚝 떨어질 정도로 가시적인 것도 아니었다. 하지만 최민철은 타석마다 극도로 긴장했고 자신의 기준계를 의심했으며 그것을 수정하려 부단히 노력했다.

시즌 중반까지 재계약 이야기가 나오지 않자 최민철은 프런트에서 자신의 기준계를 의심하기 시작했다고 생각했다. 기준계를 복구할 수 있을까. 최민철은 비관론자이지만 그 비관은 객관성에 근거한 것이었다. 비디오로 타격 자세를 확인하고, 투수들의 위닝 볼과 볼 배합 패턴을 연구했다. 그럴수록 기준계는 미궁으로 빠져들었다. 분명 체인지업이라고 판단한 공이 패스트볼이었고, 배트에 맞아야 하는 스피드의 공이 한 박자 빠르게 포수의 글러브에 꽂혔다. 최민철은 생래적으로 직관을 믿지 않았고, 이제는 자신의 기준계도 믿을 수 없게 되어버렸다. 그럴 때 사람들은 집으로 돌아가고 싶어진다.

데이비드 박은 최민철의 이야기를 듣고 있다가 어깨에 손을 얹으며 말했다.

"한국은 아직 준비가 되지 않았습니다."

그러고는 한국의 국영 방송사에서 보내온 공익 광고 제안서를 보여주었다. 굳은살이 박인 손바닥, 뭉뚝해진 배트, 땀에 젖은 트레이닝셔츠, 그리고 커다란 포물선을 그리며 펜웨이 파크 펜스 너머로 사라지는 흰 야구공. 그 위로 자막이 뜬다. '함께 갑시다. 미래로, 세계로.' 1997년 말, 한국은 경제가 송두리째 흔들리고 있었다. 가장 큰 즐거움이 최민철의 홈런 행진이라는 여론 조사가 나올 정도로 여유가 없었다. 데이비드 박은, 한국은 최민철이 돌아오는 것을 국가와 국민의 실패로 여길 것이라고 이야기했다. 최민철은 결국 계약서에 사인했다.

그리고 1998년 1월 5일, 오클랜드 애슬레틱스 구단이 한국인 선수를 영입한다고 발표했다. 기자회견은 열흘 후로 잡혔다.

"내가 한국에서 야구를 못하는 이유가 대한민국의 미래와 국민을 위해서라니. 데이비드 박, 그 새끼 참."

최민철은 지금 생각해도 기가 막힌다는 듯 고개를 저었다. 만약 데이비드 박이 명성이나 돈, 자존심 같은 것을 이야기했다면 최민철은 생각을 바꾸지 않았을지도 모른다.

이야기는 노크 소리에 의해 끊어졌다. 말쑥한 정장을 입은 중년 남자가 허리를 약간 숙이며 병실로 들어왔다. 최민철의 미간이 찌푸려지는 것으로 보아 반가운 손님은 아닌 것 같았다. 양복 깃에는 공익 단체의 것으로 보이는 핀이 꽂혀 있었다. 나는 자리를 비켜주기 위해 병실 밖으로 나갔다.

애슬레틱스로 이적한 후 최민철은 5년을 더 미국에 머물렀다. 그동안 최경주가 PGA에서 우승했고 다저스의 박찬호가 18승을 거두었으며, 14세의 김연아가 한국인 최초로 국제 피겨 스케이팅 대회에서 금메달을 땄다. 최민철의 성적은 해마다 떨어졌지만 대한민국은 더이상 최민철의 실패를 국가와 국민의 실패로 여기지 않았다.

중년의 남자는 금세 병실에서 나왔다. 뺨에 경련이 일었었다. 남자는 거친 바람을 일으키며 복도를 가로질러 사라졌다. 다시 병실로 들어서자 최민철은 숨을 가쁘게 몰아쉬다가는 말했다.

"내가 대한민국을 위해 뭘 더 해주어야 한다는 겁니까. 왜 팬들에게서 받은 사랑을 되돌려주고, 대한민국 야구의 미래를 위해서 재단을 만들고, 전 재산을 쏟아부어야 한다는 겁니까. 편집자 선생, 얘기 좀 해보세요."

최민철이 빠르게 말을 잇는 동안 나는 이상하게도 그의 '전 재산'에 대해 생각했다. 유일한 상속자인 딸은 스물두세 살쯤 됐을 것이다. 그런데 자서전에는 딸에 관한 이야기가 거의 없었다.

"전처와 있습니다. 나는……"

최민철의 말은 거기서 끊어졌고 다시 이어지지 않았다.

최민철은 레드삭스에 입단하고 2년 후 결혼했고 1년 후 딸을 얻었다. 최민철의 아내는 딸이 세 살이 될 무렵 한국으로 들어왔다. 딸을 한국에서 양육하고 싶다는 이유였지만 사실상 별거였다. 그즈음 최민철의 생활은 경기와 훈련뿐이었고 다른 무엇이 끼어들 여지는 없었다. 최민철은 은퇴 후 이혼했으며 다시 결혼하지는 않았다.

애슬레틱스와의 계약서에 사인한 날은 몹시 추웠다. 최민철은 함께 점심 식사를 하자는 제의를 완곡히 거절하고 비컨힐의 콘도미니엄으로 돌아갔다. 그러곤 두고 갈 수 없는 물건만을 챙겨 그랜드 체로키에 싣고 도로로 나섰다. 비컨힐이 자아내는 유럽풍 분위기가 자취를 감추자 90번 프리웨이 입구가 나타났다.

보스턴에서 시애틀까지 3,020마일에 달하는 90번 프리웨이는 미국에서 가장 긴 도로다. 최민철은 그 길을 혼자 갈 생각이었다. 아무에게도 알리지 않았다. 알릴 사람도 없었다. 집은 비어 있고 보스턴은 더이상 홈이 아니었다. 이제 와서 미국을 여행하고 싶다거나 한 것도 아니었다. 그냥 조금 답답했다. 화도 났던 것 같다. 외롭기도 했다. 그런데도 혼자 있고 싶었다. 프리웨이를 세 시간 정도 달렸을 무렵 해가 지기 시작했다.

가스 스테이션 한쪽에 위치한 음식점은 스포츠 바였다. 안쪽 벽에는 다트판이 걸려 있고 테이블 하키를 하는 젊은 이들이 연신 짧은 비명을 질러댔다. 카운터 위 TV에서는 농구 중계가 한창이었다. 최민철이 들어서자 몇몇 시선이 그를 향했다. 검은색 풀다운 파카를 입은 거구의 동양 남자. 미국인들의 시선에는 경계의 빛이 서렸다. 최민철은 추위를 떨쳐내려 몸을 몇 번 흔든 후 햄버거스테이크와 생수를 주문하고 의자에 눌러앉았다. 공기 중에는 맥주 냄새가 가득했다. 목이 말랐지만 한두 시간쯤 더 달릴 생각이었기에 맥주를 주문하지는 않았다.

스테이크 접시가 바닥을 드러낼 즈음 카운터 주위의 열기가 최고조에 달했다. 응원하는 팀이 지는지 탄식이 터지고 욕설이 난무했다. 그러다가 한순간 주위가 조용해졌다. 최민철은 무심코 TV 화면을 바라봤다. 왼팔에 검은 보호대를 두른 금발 선수가 골대를 노려보고 있었다. 자유투였다.

"히즈 초킹(He's Chocking)."

누군가가 말했다.

그러고는 노래가 시작됐다. 빰빰빰― 빠 빰빠빠― 빰빠―. 최민철은 고개를 돌려 카운터 쪽을 바라봤다. TV에 시선을 고정한 남자들이 합창을 하고 있었다. 노래가 반복될 때마다 남자들의 목울대가 점점 더 높이 오르내렸고 두꺼운 목소리에 실린 노랫소리도 커졌다. 마지막엔 가게 안의 모든 사람이 따라 부르는 것 같았다. 최민철은 창밖을 바라보았다. 크게 숨을 들이쉬었다가 천천히 내뱉었다. 노랫소리를 듣지 않으려 노력했지만 잘 되지 않았다. 노래는 너무 크고 가게는 좁았다. 이미 목이 막히고 있었다. 스테이크가 식도를 역류하며 부풀어올라 기도로 넘어오는 것 같았다.

최민철은 초크히터라기보다는 클러치히터에 가까웠다. 기회나 위기에 부담을 느끼지 않았다. 누상에 주자가 있으면 타율이 올랐다. 레드삭스에 입단한 이듬해인 1992년에는 역전 주자가 나갔을 때 열 번 타석에 들어서서 일곱 번 적시타를 쳤다. 그를 괴롭힌 건 위기나 기회 같은 경기 내부 상황이 아니라 경기 밖에 있는 것들이었다. 보다 정확하게 이야기하면 응원이었다. 최민철은 타석에 서면 볼에 집중함으로써 함성에서 자신을 분리할 수 있었다. 하지만 무작위로 들려오는 응원가와 함성 앞에서는 속수무책이었다. 그래서 최민철에게 홈경기 7회는 악몽이었다. 응원가 〈스위트 캐롤라인〉이 낡은 펜웨이 파크가 무너질 듯 울려퍼지면 최민철은 온몸이 위축되는 공포를 느꼈다.

"손님, 괜찮으세요?"

웨이트리스가 걱정스럽다는 듯한 표정으로 서 있었다. 어느새 노래는 그쳤고 자유투도, 경기도 끝나 있었다. 최민철은 TV를 가리키며 어떻게 됐는지 물었다. 그런데 웨이트리스가 입을 열기도 전에 굵은 목소리가 홀을 가로질러 들려왔다.

"거기, 젊은이. 언제든 어디서든 지고 있는 것 같은 기분이 들면, 이 노래를 부르게. 이 노래가 정의의 힘을 발휘해 줄 걸세."

무성한 흰 눈썹이 얼굴의 절반을 가리고 있는 백인 노인이었다. 왼쪽 눈썹을 따라 난 흉터 때문에 조금 위압적으로 보이기도 했다. 최민철은 고개를 끄덕인 후 어느 팀의 응원가인지 매우 좋다고 덧붙였다. 미국인들은 예의 바른 동양인을 좋아한다. "이해를 못하는군." 노인은 고개를 젓더니 다가왔다. 최민철은 모자를 눌러쓰며 고개를 숙였다. 아직 매사추세츠주, 레드삭스의 고장이었다. 이런 상황에서 레드삭스 팬을 만나고 싶지는 않았다.

"지는 게 꼭 나쁘다는 뜻이 아니네. 때로는 질 때도 있지. 져야 할 때도 있고. 문제는 지는 순간을 어떻게 받아들이는가 하는 것이네."

노인은 눈썹을 꿈틀거리며 말하더니 다시 노래를 흥얼거렸다. 빰빰빰― 빠 빰빠빠― 빰빠―.

"이 노래가 그 순간 자네가 어떻게 해야 할지 알려줄 걸세."

최민철은 예의 바르게 웃어 보이고는 돌아앉았다. 해는 프리웨이 너머로 완전히 사라지고 흰 눈이 공기 중에 부유했다. 서둘러 자리에서 일어났다. 웨이트리스는 두 시간 정도만 가면 도시가 나온다고 했다.

그랜드 체로키는 안정적으로 프리웨이를 달렸다. 1월의 밤공기는 쨍 소리가 날 정도로 차가웠다. 눈은 어느새 잦아들어 있었다. 라디오를 이리저리 돌리며 마음에 드는 음악을 찾는데 녹색 소형 해치백 한 대가 경적을 울리며 앞질러 갔다. 최민철은 해치백의 붉은 테일 램프가 멀어지는 것을 바라보다가는 자조적으로 웃었다. 노인의 말 때문인지 '이젠 저런 차에게도 지는구나' 하는 생각이 들었다. 액셀러레이터를 밟지는 않았다. 그는 분명히, 그리고 인생에서 처음으로 지기 시작하고 있었다.

"빰빰빰― 빠 빰빠빠― 빰빠―."

손끝으로 핸들을 두드리며 흥얼거렸다. 가사는 기억나지 않고 후렴만 떠올랐다. 노인은 이 노래가 승리를 하게 해주

는 게 아니라 정의가 힘을 발휘하게 해줄 거라고 했다. '이
기는 사람이 정의라는 말이지?' 편리한 말이지만 옳은 말은
아니었다. '프로'라는 말이 붙는 순간 세상 어느 스포츠도 정
의의 지배를 받지 않는다. 최민철은 자신만은 예외라고 주장
할 생각이 없었다. 펜웨이 파크에 발을 들여놓을 수 있었던
건 레드삭스가 마침 아시아 시장을 인식한 덕분이었고 최민
철의 몸값이 일본 선수에 비해 터무니없이 쌌기 때문이었다.
그리고 뒤이어 미국 땅을 밟은 후배들보다 더 좋은 기록을
낸 건 펜웨이 파크가 타석에서 펜스까지 100미터도 되지 않
는, 메이저 리그 굴지의 타자 친화 구장이기 때문이었다.

　"문제는 지는 순간을 어떻게 받아들이는가 하는 것이네."
최민철은 노인이 왜 자신에게 그런 이야기를 했을까 생각
했다. 야구는 이기기만 하는 게임이 아니다. 팀이 이기고 투
수가 승리를 따내지만 타자는 끊임없이 진다. 열 번의 기회
중 세 번만 이기면 대단한 활약이라고 평가받는 게 타자다.
빰빰빰― 빠 빰빠빠― 빰빠― . 나는 지고 있다. 나는 지
고 있어. 최민철은 멋대로 가사를 바꿔가며 노래를 흥얼거
렸다. 단조롭게 반복되는 박자가 운전에 리듬감을 불어넣었
고, 그랜드 체로키는 금세 제한 속도를 넘겼다. 저만치 앞의
어둠 속에서 녹색 해치백의 테일 램프가 나타났다. 최민철

은 순간적으로 액셀러레이터를 꽉 밟아 해치백을 앞질렀다.

"도로 위에서의 정의는 배기량이라네."

최민철은 노인의 말투를 흉내내다가 헛웃음을 터뜨렸다. 어깨에 힘이 잔뜩 들어간 신인 선수처럼 굴고 있다는 생각이 들었다. 지는 순간에 예민하게 반응하는 것이다. 지는 것에 익숙해져야 해. 최민철은 액셀러레이터에서 발을 뗐다. 그러고는 녹색 해치백이, 아니 어떤 차라도 앞질러 가기를 기다렸다.

하지만 도로는 텅 비어 있었다. 녹색 해치백은 그새 어디로 빠져나간 건지 헤드라이트조차 보이지 않았다. 때마침 오르막 경사가 시작되며 그랜드 체로키의 속도가 점차 떨어졌다. 최민철은 그런 사실 하나하나를 예민하게 느꼈다. 아무 일도 일어나지 않고 속도만 떨어져가는 시간이 지독하게 길게 느껴졌다. 룸미러를 바라봤지만 프리웨이에는 어둠만 가득했다. 아무도 자신이 지는 것을 용납하지 않는다는 생각이 들었다. 동부와 서부를 가로지르는 텅 빈 프리웨이에서, 빛이라고는 보이지 않는 1월의 추운 어둠 속에서, 점점 속도가 떨어지는 자동차 안에서 최민철은 펜웨이 파크 가득한 관중이 있는 힘껏 〈스위트 캐롤라인〉을 합창하는 것 같은 중압감을 느꼈다. 그 어둠과 추위가 등을 떠밀었다. 쭉 뻗은 프리웨이가 액셀러레이터를 밟으라고 종용했다.

"히즈 초킹." 음식점에 있던 목소리가 속삭였다. 진짜 숨이 막히고 머릿속이 저릿저릿했다. 세상의 모든 응원가가 그랜드 체로키 좁은 공간 안으로 파고드는 것 같았다. 최민철은 이를 악물고 참았다. 응원가는 점점 커졌다. 사내들의 목울대가 높이 올랐다 깊이 내려갔다. 펜웨이 파크가 무너질 듯 응원 함성이 터져나왔다. 최민철은 결국 액셀러레이터를 밟았다. 느슨해져 있던 엔진이 비명을 질렀다.

1998년 1월 14일. 최민철이 오클랜드 애슬레틱스 기자회견장에 나타나자 일제히 플래시가 터졌다. 조금 살이 빠진 듯했지만 여전히 거구였고, 거뭇거뭇 턱수염을 길렀다. 한국 언론사가 먼저 질문을 던졌다. 동부에서 서부로 온 소감이 어떻습니까? 최민철은 "따뜻합니다"라고 대답했다. 이어진 오클랜드 지역 신문사 차례에서는 따뜻한 곳에 왔는데 왜 턱수염을 길렀냐는 질문이 나왔다. 최민철은 "새로운 출발을 위해서"라고 대답했다.

최민철이 턱수염을 기른 것은 턱의 상처를 감추기 위해서였다. 추돌 사고는 간발의 차이로 비껴갔다. 브레이크를 조금이라도 늦게 밟았다면 그랜드 체로키는 전속력으로 달려오던 은색 스포츠카의 측면을 들이받았을 것이다. 스포츠카는 아슬아슬하게 체로키의 범퍼를 빗겨갔다. 하지만 그랜드 체로키는 그렇게 운이 좋지 못했다. 핸들을 돌리며 급감속을 하는 바람에 어딘가의 나사가 빠져버린 듯 차체가 왼쪽으로 쏠렸고, 결국 중앙분리대를 들이받은 후 건너편 차선으로 넘어갔다.

고속도로 순찰대가 그랜드 체로키를 발견한 건 꽤 시간이 지나서였다. 최민철은 외상은 거의 없었지만 좀처럼 의식을 회복하지 못했다. 병원으로 달려온 데이비드 박에게 의사는 최민철이 깨어나지 못할 가능성도 있다고 이야기했다. 깨어나더라도 계속 운동을 할 수 있을지는 미지수라고, 의식을 회복하는 게 먼저라고 했다. 데이비드 박은 최민철이 어떤 식으로든 은퇴를 하게 된다면, 레드삭스 선수로 마지막을 장식하는 게 좋겠다고 판단했다. 그래서 애슬레틱스에 전화를 걸어 최민철의 이적 발표를 잠시 미루어달라고 요청했다. 물론, 사고 이야기는 하지 않았다.

최민철을 발견한 펜실베니아 고속도로 순찰대 소속의 젊은 대원은 사고 현장에 대해 이렇게 진술했다.

"교대 시간이 가까워지고 있어 순찰대로 돌아가려던 참이었습니다. 잠깐 흩날리던 눈이 그치면서 기온이 떨어져

운전이 조심스러웠습니다. 인가가 없는 곳이라 몹시 어두웠고 빛이라고는 다시 차오르기 시작한 달밖에는 없었죠. 얕은 구릉 지역을 벗어나 코너를 도는 순간 전방에서 뭔가 반짝하더군요. 1~2킬로미터 정도 앞인 것 같았습니다. 처음에는 야생동물의 눈이 헤드라이트에 비친 거라 생각했습니다. 그런 경우가 종종 있거든요. 십중팔구 로드킬이죠. 사체 처리를 해야겠다는 생각에 그리로 향했습니다. 그런데 가까이 다가가니까 반짝이는 빛이 점점 더 많아지는 겁니다. 마치 자잘한 유릿조각이 고속도로에 가득 뿌려져 있는 것처럼 말이에요. 그 빛들은 시커먼 구멍 같은 것을 중심으로 사방에 흩어져 있었는데, 헤드라이트 각도를 높이자 그 시커먼 구멍이 전복된 차량인 겁니다. 하지만 반짝이는 게 뭔지는 도무지 파악할 수 없었어요. 자동차 유리창이 부서진다고 해도 그렇게 도로를 뒤덮을 만큼 산산조각이 나진 않거든요. 차를 세우고 도로에 내려선 후에야 그것들이 뭔지 알았습니다. 달빛은 약하지만 동시에 날카로웠습니다. 뒤집힌 자동차 주위에 온통 흩뿌려져 있는 건 술병이었습니다. 아니, 그런 술병이 아니라, 왜 호텔 냉장고에 있는 것 같은 것 말입니다. 네. 맞아요. 미니어처 양주병."

젊은 대원은 한동안 그 광경에 압도돼 서 있었지만 이내 그랜드 체로키를 향해 달려갔고 그 와중에 몇몇 미니어처 양주병이 그의 발에 채여 고속도로를 굴렀다.

"음주운전이었다는 말씀인가요?"

"모두 빈병이었습니다. 나중에 어느 경찰이 얘기해주더 군요. 모두 837개였다고."

최민철은 미국 생활의 반을 길 위에서 보냈다. 동부 연안의 호텔은 물론이고, 인터 리그나 올스타전으로 중부와 서부에도 머물렀다. 월드 시리즈 무대는 밟아보지 못했지만 챔피언십 시리즈에는 한 차례 출전했다. 전세기도 타고 특급 호텔에서도 묵었다. 처음엔 그런 게 낯설고 어색했다. 위축되기도 했다. 하지만 아무도 없는 호텔 룸에서는 우쭐한 마음이 들었다. 내가 메이저 리거, 그중에서도 레드삭스라고. 최민철은 영화에서 본 대로 맨살에 타월을 걸치고 맥주를 들이켜기도 했고 가끔은 로드 비프에도 손을 댔다. 그리고 룸을 나설 때는 미니바 가득한 미니어처 양주들을 가방에 쓸어 넣었다. 기념품이었다. 아내는 촌스럽게 굴지 말라고 눈살을 찌푸렸지만 최민철은 괘념치 않았다. 시간이 지나며 아내도 사라지고, 기념하고 싶은 마음도 사라졌지만 미니어처 양주병을 모으는 것을 멈추지 않았다. 이기고 있던 시절의 전리품 같은 것이었다.

최민철은 잠깐 말을 멈추더니 턱을 쓰다듬으며 덧붙였다.

"나머지 몇 년은 열심히 마셨습니다. 나는 경기에 출장하기 전날은 술을 마시지 않습니다. 그런데 술을 마실 수 있는 날이 점점 늘어나더군요. 훈련을 마치고 집으로 돌아오면 나를 기다리고 있는 것은 벽면 가득찬, 이겼던 날들의 부산물뿐이었습니다."

최민철은 퇴원하기 전 은색 스포츠카 운전자를 만나고 싶다고 요청했다. 이유를 묻는 데이비드 박에게 최민철은 대답 대신 노래를 불렀다. 빰빰빰— 빠 빰빠빠— 빰빠—. 그러곤 사고가 나기 직전 은색 스포츠카의 운전자가 경적으로 그 리듬을 눌렀는데 그 소리를 듣고서야 자신이 무엇을 해야 할지 깨달았다고 덧붙였다. 경찰은 일대의 교통 카메라 녹화 내용을 모두 확인했지만 은색 스포츠카는 발견하지 못했다.

"다음은 알려진 그대로입니다. 오클랜드로 향했고 기자회견을 했습니다. 전복 사고치고는 상처가 별로 없었고 후유증도 남지 않았습니다."

"그런데 이런 이야기를 자서전에 넣기를 원하시는 겁니까?"

"글쎄. 편집자 선생 생각은 어떤지 묻고 싶습니다. 편집자는 그런 조언을 해주는 사람 아닙니까?"

"선생님이 평생 쌓고 지켜온······"

"내가 쌓고 지킨 게 아니지요. 내 주위에서 쌓아올린 거지요."

"하여튼 그 명성이 깨질 텐데요."

"그게 나쁜 걸까요?"

"선생님을 통해 희망을 보고 선생님을 존경하며 커온 많은 후배가 있지 않습니까."

"정말 그렇게 생각합니까? 그들이 정말 내가 야구에 헌신한, 대한민국을 사랑하고 국민들에게 감사하기만 한 사람이라고 생각할까요? 그 대가로 큰돈을 벌었으니 그 정도는 당연하다고 생각하는 거 아니었습니까?"

대꾸할 말이 없었다. 어쩌면 나도 그렇게 생각하고 있었을 수도 있다. 그 대가로 어마어마한 돈을 벌었지 않습니까? 대단한 명성을 누리고, 국민의 영웅이 되었지 않습니까? 아니, 그보다는 그런 생각 자체를 해본 일이 없는 것 같았다.

"그럼, 선생님 자신은 어떻습니까? 괜찮으시겠습니까?"

"나는 상관없습니다. 어차피 죽을 건데. 죽고 나면 끝이

지 않습니까."

"야구는요? 야구에 대한 열정이나 신념 같은 건 어떻습니까?"

최민철은 한숨을 쉬었다.

"그런 건 나 말고도 지킬 사람이 많이 있습니다."

"그럼……"

"편집자 선생이 옳다고 생각하는 대로 하세요. 이대로 출판해도 좋고, 열흘간의 이야기를 넣어도 좋고. 어느 쪽이든 거짓은 아니니까요."

내가 무언가 더 이야기를 하려는 순간 문이 열리더니 간호사가 들어왔다. 그러고는 이제 정말 처치를 해야 할 때라고 말했다. 나는 사장님과 상의해보겠다고 하고는 병실을 나섰다.

복도를 걸어 나오는데 노랫소리가 들렸다. 빰빰빰— 빠빰빠빠— 빰빠—. 복도가 울려서인지, 몸 앞에서 떨어지는 타구를 올려친 홈런볼 같았다는 최민철의 젊은 시절 목소리가 이렇지 않았을까 하는 생각이 들었다.

'딱' 소리에 눈을 떴다. 또다시 아침이고 또다시 회의실이었다. 상체를 일으키자 어깨에서 포클레인으로 아스팔트 부수는 소리가 났다. 회의실 간유리를 등지고 선 사장의 표정은 잘 보이지 않았다. 1998년 1월의 열흘 동안 있었던 일에 대한 초고를 마쳤을 때는 새벽 3시였다. 나는 30장 정도 되는 프린트물을 사장 책상 위에 올려놓고 회의실 소파에 몸을 던졌다.

"이거 뭐야? 소설이야? 어제는 어딜 갔던 거야? 최민철 안 만났어?"

사장은 둥그렇게 말아 쥔 프린트물을 흔들며 빠르게 말했다. 그러고는 내가 "어제 오후 내내 최민철과 함께 있었으며 헤어질 땐 최민철이 '빰빰빰— 빠 빰빠빠— 빰빠—' 하고 노래를 불렀다"는 이야기를 하는 동안 연신 프린트물로 손바닥을 탁탁 치며 회의실을 서성거렸다.

"그런데 왜 최민철이 당신이 언제 오냐고 전화를 한 거지?"

사장은 주머니에서 휴대 전화를 꺼내다 말고 프린트물을 바라봤다.

"최민철이 이걸 출판해도 된다고 했다는 말이지?"

그러더니 전화를 귀에 대며 빠른 걸음으로 회의실을 나섰다. '인생예찬'은 오늘도 의뢰인들의 인생을 감동과 교훈의 틀에 끼워 맞추느라 부산했다. 의뢰인들의 언어가 수정되고, 욕망이 교정되고, 주름이 지워지는 소리가 사무실을 가득 채우고 있었다. 그리고 나는 사장의 찌푸린 얼굴을 바라보고 있었다.

"최민철이 무슨 얘기냐는데? 당신을 만난 적도 없는데 어떻게 그런 얘기를 하겠냐고."

최민철의 병실 앞에는 몇몇 사람이 모여 앉아 있었다. 사장이 미끈한 양복을 차려입은 남자와 악수를 했다. 최민철의 변호사인 모양이었다.

"간성혼수예요."

간호사는 최민철의 기억이 들쭉날쭉하고 평소와 다른 성격을 보이는 것이 간성혼수 때문이라고 했다. 간질환이 중증 상태에 이를 때 나타나는 증상이라고 덧붙였다.

최민철은 마흔에 오클랜드 애슬레틱스에서 은퇴했다. 그후 야구와 관련된 일은 조금도 손대지 않았다. 은퇴 기념식에서는 이렇게 이야기했다. "다음 베이스를 향한 길이 오르막으로 느껴지기 시작할 때가 야구를 그만두어야 할 때입니다." 은퇴 이후 미국에 머물던 최민철은 간암 말기에 이르러서야 한국으로 돌아왔다.

병실은 몹시 어두웠다. 바뀐 것은 없었다. 가습기가 뿜어내는 수증기에 최민철의 머리카락이 흔들리고, 블라인드를 내린 창문에서 새어들어온 빛이 최민철의 가슴 근처에서 꿈틀거렸다. 최민철이 보스턴을 떠나며 그랜드 체로키에 챙겨 넣은 것은 837개의 미니어처 양주병이 전부였다. 이유를 물었을 때 그는 어깨를 으쓱하더니 '두고 갈 수 없는 것'이 그것밖에 없었기 때문이라고 했다.

대리석과 오크 나무로 꾸며진 보스턴의 고급 주택 벽면을 가득 채우고 있는 837개의 미니어처 양주병. 그리고 불 꺼진 거실 소파에 앉아 그 조그만 병들을 하나씩 들이켜는 최민철의 모습. 그 시절의 최민철은 분명 몹시 거구였을 테지만 내 상상 속에서는 골반과 허벅지 뼈가 그대로 드러나 보일 정도로 깡마른 몸을 한, 보스턴 레드삭스의 저지가 버거워 보이는 남자였다.

"확인되지 않은 이야기를 출판하는 것은 절대 허락할 수 없다는군."

병원을 벗어나자 사장이 입을 열었다. 그러곤 변호사에게 최민철의 의식이 돌아오면 연락 달라고 이야기해두었다고 덧붙였다.

"어떻게 하는 게 좋겠어?"

사장이 최민철의 이야기가 사실인지 묻는 것이라면 내 대답은 확실했다. 837개의 술병을 이야기하는 최민철의 표정에는 흥분이나 착란 같은 것은 없었다. 하지만 편집자로서의 판단을 묻는 것이라면 나는 머뭇거릴 수밖에 없었다. 1998년으로부터 20년 가까이 흘렀다. 21세기의 한국은 준비가 되어 있을까. 영웅이나 상징이 아닌, 한 명의 약한 인간으로 최민철을 한국에 돌아오게 할 수 있을까. 이제 와 최민철은 대한민국 국민들의 현재나 미래 같은 것과는 아무 상관도 없는 과거의 인물일 뿐인 게 아닐까.

나는 그냥 이렇게 대답했다.

"고소당하면 잡혀가는 건 발행인이니까, 저는 상관없어요."

사장은 참 대책 없다는 듯 고개를 저었다. 나는 조수석에 눌러앉았다. 무채색 옷을 입은 사람들이 무리 지어 횡단보도를 건너고 있었다.

"그런데 최민철이 왜 자서전 같은 걸 남길 생각을 했는지 모르겠네요."

사장은 교통 정보를 찾아 채널을 이리저리 돌리다가는 말했다.

"몰랐어? 큰형님하고의 약속이었다는데. 예전에 형님이 최민철에게 무상으로 홍보물을 만들어주었는데 그때 언젠가 자서전을 쓴다면 형님께 의뢰하겠다고 약속을 했다더군. 참. 아주 무상은 아니고 사인 볼을 받았다던가."

신호가 바뀌었지만 횡단보도에는 미처 건너편에 닿지 못한 사람들이 서둘러 발걸음을 옮기고 있었다. 문득 손을 뻗어 경음기를 눌렀다. 빵빵빵— 빠 빵빠빠— 빵빠—. 사장이 무슨 짓이냐는 듯 나를 돌아봤다. 길을 건너던 사람들도 차창을 통해 나를 바라봤다. 그들 너머로 긴 하루의 해가 지고 있었다.

※ 야구에 대한 언급은 베이브 루스, 조 쉬 깁슨, 테드 윌리엄스의 말을 인용.
※ "질 것 같은 기분이 들면 이 노래를 부르세요. 이 노래가 정의의 힘을 발휘할 겁니다.": 콜드플레이가 〈Viva La Vida〉라는 곡에 대해 한 말.

비탈길의 유령

줄곧 왼쪽으로 향하던 비탈길이 방향을 트는 지점에서 걸음을 멈추었다. 내 기억이 맞다면 상미슈퍼가 있던 자리다. 슈퍼 문을 열고 나서면 왼쪽으로는 비탈길 꼭대기 테니스장이, 오른쪽으로는 큰길 건너 아파트 단지까지가 훤히 눈에 들어오던 기억이 있다.

하지만 20년이 지난 일요일 오전 비탈길 마을은 다른 모습으로 뻗어 있었다. 상미슈퍼 자리에는 편의점이 들어섰고 비슷비슷한 원룸 주택의 창문들은 화가 난 듯 햇빛을 반사했다. 서운하다거나 그리운 생각이 든 건 아니었다. 이곳에서 보낸 1년은 내 인생에서 가장 괴로운 시간으로 남아 있어서, 나는 아무 문제도 없고 심지어 행복하다고 생각되는 순간에도 그 시절이 떠오르면 순식간에 불안에 휩싸이곤 했다. 20년이나 지났는데 마찬가지냐고, 조금도 달라지지 않았냐고 묻는다면, 그건 아니었다. 하지만 잊었다거나 괜찮아진 것과는 달랐다. 멀어졌다고 해야 할까. 간격이 생겼다. 그때의 나와 지금의 나 사이에 어떤 간격이 생겨났다.

이곳을 다시 찾게 된 건 오늘 아침 걸려온 전화 때문이었다. 전화를 건 사람은 20여 년 전의 동료로, 내가 직장을 옮긴 후에도 이런저런 모임이나 세미나에서 만난 덕에 연락이 끊어지지 않은 거의 유일한 사람이었다. 그는 꽤나 주저하는 목소리로 한참이나 뜸을 들이더니 "이제 와서 아무런 상관도 없는 일이겠고 또 그러기를 바라기도 하지만 그래도 알려주어야 할 것 같았다"고 말을 꺼냈다. 그러고는 겨우 몇 마디밖에 하지 않았는데, 사실 그 이상의 말은 필요치 않았다.

거실에서는 아내가 늦은 아침을 차리고 있었고, 두 아들이 마지못해 끌려나오는 소리가 들렸다.

"당신, 빨리 출발하지 않으면 제시간에 도착하지 못할 거예요."

아내가 문을 두드렸을 때에야 나는 배낭을 꾸리던 중이었다는 것을 깨달았다. 대학 동기들과 등산을 가기로 돼 있었다. 그런데 사람들과 어울리고 싶은 마음이 들지 않았다. 시답잖은 농담을 하고 눈치를 보고 허세를 부리고 싶지도 않았다. 하지만 등산모를 쓰고 배낭까지 멘 모양새로 갑자기 등산을 가지 않겠다면 아내는 쓸데없는 걱정을 할 것이다.

위 절제 수술을 한 지 20년도 넘었는데 사람들은 아직도 나를 암환자 취급했다. 가까운 사람일수록, 그래서 내게 50이 넘은 남자에게 있을 법한 노화와 피로의 징후 외에 별다른 문제가 없다는 것을 아는 사람일수록 그랬다. 그렇다고 전화 내용을 아내에게 이야기할 수는 없었다. 그것이야말로 불필요한 걱정을 끼치는 일일 터였다.

신호가 터지는 대로 방향을 바꾸다 남부순환도로로 접어들었다. 비탈길 마을은 사당에서 10분쯤 가면 나오는 대규모 아파트 단지 건너편에 위치했다. 차에서 내리자 여름치고는 선선한 햇살 속으로 비탈길 마을과 뒷산이 훤히 올려다보였다. 20년 전 처음 비탈길 마을에 들어서던 날이 떠올랐다. 거리가 줄어들자 간극도 옅어지는 것 같았다.

그날은 마지막 항암 치료를 마친 날이었다. 나는 병원을 나와서는 집으로 가는 방향 반대편에서 택시를 탔다. 조금도 계획하지 않은, 다분히 충동적인 일이었다. 일기예보에서는 태풍이 동해상으로 빠져나갔다고 했지만 여전히 약한 비가 뿌렸고 길도 많이 막혔다. 목적지가 빤히 보이는 자리에서 신호가 세 번 바뀌도록 좌회전을 하지 못하자 기사도 나도 이쯤에서 걸어가는 데 동의했다. 그것이 화근이었다. 지하도 출구를 잘못 나왔다. 밖으로 나온 순간 목적지가 6차선 도로 건너편이라는 걸 알았지만 나는 되짚어 건너가는 대신 상가 사이로 난 골목으로 들어섰다. 왜였는지는 모르겠다. 그냥 정신이 없었던 것도 같고 무언가에 이끌린 것도 같았다.

비탈길은 가팔랐다. 숨이 차오르고 무릎이 꺾였다. 당시 몸 상태로는 분명 무리였다. 하지만 나는 부득부득 발을 옮겼다. 그러다 결국 상미슈퍼 앞에서 멈췄다. 손으로 벽을 짚고 숨을 골랐다. 빗물이 팔뚝을 타고 뚝뚝 떨어졌다. 그 빗물 너머로 큰길 건너편 아파트 단지가 보였다. 눈으로 대충 훑어도 찾을 수 있었다. 35동 1703호. 18층짜리 아파트의 위에서 두번째 층, 왼쪽에서 세번째 집. 얼마나 거기 서 있었는지는 모르겠다. 드르륵. 슈퍼 문이 열리는 소리가 나더니 웬 중년 여자가 말을 걸어왔다. 방 보러 오셨어? 내 옆 벽에 월세방 전단지가 붙어 있었다.

여자를 따라 계단을 올랐다. 상미슈퍼 옆 다세대 주택의

3층이었다. 그렇게 1년을 보내게 될 방에 들어섰다. 방은 좁았다. 창문이 딱 하나 있었는데 별로 내다보이는 건 없었다. 지금 생각해보면 뒷골목에서 주먹다짐을 하는 동네 아이들이나 층층이 뚫린 창문 너머에서 언성을 높이는 부부의 모습이 보였을 법도 한데 기억에 남아 있는 것은 없다. 사실 그때 내게 풍경 같은 건 아무 소용이 없었다. 중요한 건 그 창문에서 1703호의 창문이 건너다보인다는 것, 1703호의 창문이 열리지도, 창 안으로 불이 켜지지도 않았다는 것뿐이었다.

그러고 보니 떠오르는 일이 아주 없는 건 아니었다. 아니, 지금에 와서는 1703호의 창문보다 더 선명하게 다가오는 기억이 하나 있다. 지금도 가끔 어느 창문에선가 불이 켜지는 걸 보면 떠오르는 기억. 그건 바로 상미슈퍼 건너편 2층에 살았던 여자, 아니, 그 여자의 손에 대한 것이었다.

여자를 알게 된 건 비탈길 마을에 자리를 잡은 지 1,2주쯤 됐을 때였다. 어쩌면 알았다고 하는 데는 무리가 있는지도 모르겠다. 나와 그녀 사이에 어떤 교류가 있었던 게 아니고 사실 나는 그녀와 인사를 나누기는커녕 얼굴도 보지 못했다.

그녀는 밤마다 그림을 그렸다. 그 모습을 나는 창가에 앉아 있던 어느 초저녁에 처음 봤다. 창밖은 살풍경했다. 낡은 지붕과 간판, 지저분한 전선줄이 아무렇게나 엉켜 있었다. 창문들은 비슷비슷했고 그나마 거의 불이 꺼져 있었다. 여자의 창문은 비탈길을 가운데 두고 내 방의 대각선 방향에 위치했다. 창문 위에는 차양이 얇게 쳐져 있고, 담장을 따라 화분이 몇 개 놓여 있었다. 3층에서 2층을 내려다보는 각도상 방안은 보이지 않고 창틀만 간신히 눈에 들어왔다. 그곳에 두 개의 손이 놓여 있었다. 처음에는 그냥 저 집 사람이 밖을 내다보고 있구나 생각했다.

그런데 다음날에도, 그다음 날에도 해가 지고 불을 켤 시간이 되면 창문이 열리고 손이 나타났다. 캄캄한 창밖 풍경 속에서 창틀에 놓인 손은 이질적이었다. 비탈길을 오르거나 상미슈퍼에서 물건을 살 때 마주치는 사람들의 면면은 빤했다. 그중 저 손은 누구의 것일까. 고개를 빼고 내려다보기도 했다. 그러다 알게 됐다. 그것이 여자의 손이고 창틀에 노트를 펼쳐놓고 연필로 그림을 그린다는 것을.

저녁마다 여자의 손을 내려다봤지만 끝내 여자의 얼굴은 보지 못했다. 다만 그 방을 드나드는 남자라면 몇 번 마주쳤다. 매번 이른 새벽이었다. 항암 치료의 끄트머리였던 그때 내게 세상에서 가장 중요한 일과는 여섯 번의 식사를 챙기고 뒷산 정상의 연화사에 다녀오는 것이었다. 그때는 그저 먹고 걷는 것이 사는 것이고, 그보다 중요한 일은 없었다. 병이 잘못인가 묻는다면 누구라도 아니라고 할 것이다. 하지만 병자를 바라보는 시선 어딘가에는 곤혹스럽고 불쾌한 감정이 섞여 있다. 무섭게 마른 몸이나 병색이 완연한 얼굴 같은 것을 가까이하고 싶지 않은 것이다. 그들을 비난할 생각은 없다. 이해 못할 일도 아니다. 하지만 이해와 용납은 또다른 것이어서 나는 뒤돌아 흘끔거리는 동네 사람의 시선을 견디고 싶지도, 호기심 많은 등산객을 만나 내가 얼마나 아픈지, 또는 어떻게 아픈지를 설명하고 싶지도 않았다. 그래서 항상 아주 이른 새벽이나 늦은 저녁에 집을 나섰는데, 그때마다는 아니지만 몇 번 덩치가 크고 꽁지머리를 묶은 남자가 여자의 집으로 들어가는 걸 보았다. 열쇠로 문을 여는 걸 봐서는 그곳에 사는 것 같았다.

한번은 상미슈퍼에서 마주친 적도 있었다. 아직 해가 채 뜨기도 전인데 그는 술에 취한 것 같았고 슈퍼에서 술을 사고 있었다. 그는 여섯 개들이 생수도 챙겼다. 주인이 열두 개들이를 사면 할인이 된다고 하자 "혼자 먹을 건데, 뭐 그렇게 많이 필요하냐"며 여섯 개들이를 들고 가버렸다. 괜히 기분이 상했다. 그래서 보란듯 커다랗게 "열두 개들이를 달라"고 이야기했는데 그때는 이미 꽁지머리가 2층 현관으로 들어가버린 후였다.

꽁지머리를 마지막으로 본 건 해가 바뀌고 여름이 다가올 무렵이었다. 새벽에 연화사에 올라갔다 골목으로 접어드는데 상미슈퍼 앞에 파란 트럭이 서 있고 꽁지머리가 이삿짐을 나르고 있었다. 나는 상미슈퍼에 들어가 음료수를 고르는 척 주춤거렸다. 여자를 볼 수 있지 않을까 하는 생각 때문이었다. 그녀는 그녀의 창밖을, 나는 내 창밖을 바라본 것뿐이지만 어쨌거나 함께 많은 시간을 보냈다. 마지막으로 얼굴쯤 보는 건 나쁘지 않다 싶었다. 하지만 꽁지머리는 서두르는 기색이 없었고, 이내 출근을 하는 사람들이 비탈길 위에서부터 쏟아져 내려왔다. 햇빛 아래 비탈길은 좁고 붐볐다. 나는 필요도 없는 과자와 습기제거제를 사서 3층 내 방으로 돌아왔다.

찬 바닥에 등을 대고 누웠다. 지친 기분이 들었다. 연화사 길이 그날따라 미끄러웠다. 상미슈퍼에서도 시간을 지체했다. 그날의 첫 끼니를 챙겨 먹어야 하는데 그러고 싶지 않았다. 누운 채 과자를 씹었다. 달콤하고 고소했다. 이런 걸 먹으면 안 되는데. 그런 생각이 기다렸다는 듯 떠올랐다. 나도 모르게 과자 봉지를 저만치 밀어내다가는 도로 가져왔다.

괜히 화가 치밀었다. 이게 사는 것인가. 죽지 않으려 기를 쓰는 것, 이런 것도 사는 게 맞나. 과자를 봉지째 털어넣었다. 우걱우걱 씹었다. 원하는 게 그런 거라면 못할 게 무언가. 왜 내가 하지 못할 거라 생각하는가. 주어도, 대상도 없는, 앞말과 뒷말이 맞지 않는, 밑도 끝도 없는 생각이 치고 올라왔다. 한 움큼을 더 입안에 밀어넣었다. 목이 메어 컥컥거리다 눈물을 흘렸다. 그러곤 화장실로 뛰어갔다. 구토가 났다. 위액까지 토해낸 후에도 구토는 끊이지 않았다. 배를 잡고 방바닥을 뒹굴다 화장실로 달려가기를 반복했다. 식은 땀에 젖어 늘어졌다. 잠이 들었다.

늦은 저녁이 돼서야 깨어났다. 일어나자마자 죽을 데웠다. 그러곤 덜덜 떨리는 손으로 운동화 끈을 꿰었다. 우스운 말이지만 겁이 났다. 대상 없는 증오는 흔적도 없이 사라졌다. 연화사까지 가는 건 무리더라도 꼭대기에 있는 테니스장까지라도 갔다 와야 한다. 그런 생각이 맹렬히 솟구쳤다. 나는 살겠다고, 죽지 않겠다고 무거운 몸을 일으켰다.

상미슈퍼 앞으로 나서자 건너편 2층 창문에 불이 켜져 있는 게 보였다. 그새 누가 이사를 온 건가. 뿌연 유리 속에서 그림자가 움직였다. 그러곤 창문이 덜컹거리기 시작했다. 나도 모르게 파라솔 뒤로 숨었다. 창문은 몇 번 더 덜컹거리더니 활짝 열렸다. 잠깐 동안은 아무 일도 일어나지 않았다. 아무도 내다보지 않고 말소리도 들리지 않았다. 발뒤꿈치를 들고 고개를 뺐지만 2층 창문 안을 들여다보기는 역부족이었다. 얼마나 시간이 흘렀을까. 불쑥 손이 나타났다.

그때 내가 무슨 생각을 했는지는 모르겠다. 여자가 떠나지 않아 반가웠나. 그랬던 것도 같다. 꽁지머리가 여자를 버리고 간 건지, 둘이 헤어진 건지는 알 수 없지만, 그래서 여자가 괴로운지 슬픈지와 상관없이, 반가웠다. 나는 춥지도 않은데 힘주어 팔짱을 꼈다. 그래도 기력이 떨어진 몸이 떨렸다. 여자는 아무 일도 없었다는 듯 그림을 그렸다. 나는 왠지 그 마음도 이해할 수 있을 것 같았다.

내가 비탈길 동네를 떠난 건 그로부터 한 달쯤 지난 후였다. 정기 검진차 입원을 했는데 전이가 됐을지도 모른다는 진단을 받았다. 결국 큰 문제는 아닌 것으로 밝혀졌지만 병원 침대에서 온갖 검사를 받던 몇 주 사이 나는 비탈길 동네라든가 혼자 남은 여자 같은 건 생각할 여유가 없었다. 그 가운데 언젠가 원룸의 계약 기간도 끝이 났다. 내가 퇴원을 했을 때 얼마 되지 않는 짐은 부모님 집으로 옮겨져 있었다.

그후 나는 딱 한 번 더 그곳을 찾았다. 3층 방 주인과 보증금 문제를 매듭짓기 위해서였다. 상미슈퍼 앞 파라솔에는 언제나처럼 동네 여자들이 모여 앉아 있었다. 몸은 괜찮냐, 이사를 가다니 섭섭하다 같은 말을 주고받았다. 돌아서는데 꼬마 둘을 앞세운 젊은 여자가 상미슈퍼 건너편 집 2층으로 들어가는 게 보였다.

"저기 살던 분도 이사 가셨나보군요."

나도 모르게 물었다. 여자들의 시선이 모두 그쪽으로 향했다.

"저기 누가 살았지?"

"왜 그 밤업소 바텐더 한다는 남자였잖아. 그 사람, 이사 간 지 아마 꽤 됐지? 근데 알고 지냈어?"

"그런 건 아니고요. 제 말은 거기 그림 그리던 분. 아, 아닙니다. 그냥 생각이 나서요."

나는 얼버무리고는 바로 인사를 했다. 그런 뒤 비탈길을 내려가기 시작했다. 괜한 말을 꺼냈다 싶었다. 동네 여자들이 나누는 이야기가 들렸다. 꽁지머리가 그림을 그렸어? 노래는 좀 했지. 이어폰 꽂고 고래고래 노래해서 주인 여자가 속깨나 썩었잖아. 아래위층에서 방 빼겠다고 항의를 해대서 말이야. 그러고는 갑자기 목소리가 낮아졌다. 아마 내 이야기를 하는 것 같았다. 발걸음을 늦추며 돌아보는 척하자 말소리가 뚝 끊겼다. 그러다가 다시 꽁지머리 얘기가 이어졌다. 그러고 보니 나도 그 얘기 들은 적이 있네. 아무리 문을 두드려도 꿈쩍도 안 해서 결국 문 따고 들어갔더니 이어폰 꽂고 대자로 뻗어 있더라고. 그런데 말이야. 그림 그리는 여자, 예전에 그런 여자 있지 않았어? 저 방에 살았잖아, 혼자. 그런 여자가 있었나? 그림은 몰라도 혼자 산 여자는 있었던 것도 같은데, 그런데 그건 벌써 5~6년 전 아니야? 저 총각이 알 리가 없잖아?

그 일은 아직도 내게 미스터리로 남아 있다. 정말 그 2층 방에 여자가 살았던 걸까. 아니면 몸과 마음이 허약했던 나머지 헛것을 본 걸까. 처음에는 조금 섬뜩한 기분도 들었다. 지하철 손잡이를 붙잡고 있는 손이나 매표구 밖으로 거스름돈을 건네는 손을 볼 때면 궁금하기도 했다. 하지만 지금에 와 돌아보면 어쨌거나 고마운 일이었다. 그리고 거기에 생각이 미치자 이 동네가 변해버린 것이 조금은 서운하게 느껴졌다.

편의점에서 음료수를 사 상미슈퍼 파라솔이 있던 자리에 섰다. 여자가 살던 집 자리에는 파크빌이라는 이름의 원룸주택이 들어서 있었다. 1층은 주차장이고 2층 창문은 내 눈높이보다 훨씬 높았다. 내가 살던 집 역시 이름만 다를 뿐

구조는 똑같은 원룸 주택이 돼 있었다.

음료수를 한 모금 마시고 큰길 건너로 시선을 옮겼다. 1703호의 창문이 보이지 않았다. 조금씩 자리를 옮겨보았지만 마찬가지였다. 아파트 단지 전체가 오픈한 지 얼마 안 된 듯한 대형 마트에 완전히 가려졌다. 20년 전 내가 매일 밤 바라보던 창문이 이제는 보이지 않았다.

20년 선 내가 상미슈퍼 옆 3층에 방을 얻은 건 그 창문이 건너다보이기 때문이었다. 그런데 우습게도 그 창문은 비탈길 마을 어디에서나 보였다. 테니스장 앞에서도, 산길을 오르면서도, 연화사에 다다라도 고개만 돌리면 그 창문이 있었다. 1년간 열리지도, 불이 켜지지도 않은 그 창문은 20년 전 내가 한 번도 살아보지 못한 신혼집이었다.

위암 말기 진단을 받은 건 신혼여행에서 돌아온 지 사흘째 되는 날이었다. 늘 속이 편치 않았지만 직장 생활에 그 정도는 있는 일이라 생각했다. 결혼을 앞두고 있으니 신경이 쓰이는 거라고도 생각했다. 결혼식은 괜찮았다. 하객도 많이 오고 주례사도 나쁘지 않았다. 임신 3개월인 그녀의 배는 아무도 눈치채지 못했다. 필리핀의 리조트에서는 밀린 잠도 자고 수영도 하고 책도 읽었다. 마지막 날엔 가볍게 말다툼도 했다.

의사는 수술이 불가능하다고 했다. 나이가 젊어 진행 속도가 빠르다고, 길어야 1년 정도 남았다고 했다. 그녀는 내 병상 옆에서 잠을 잤고 어머니는 밤에 돌아갔다가 아침에 다시 왔다. 회사 동료들이 오고 형과 형수도 조카들을 데리고 왔다. 친척들이 오고 처가 식구도 왔다. 침대에 누운 채 검사실과 병실을 오갔다. 불에 타는 듯 덥고, 터질 듯 답답하고, 밤인가 하면 낮이고, 구토와 변비로 몸의 구조가 완전히 변해버리는 것 같았다. 그런 날들이 이어졌다.

그러던 어느 날 얕은 잠이 들었다가 눈을 떴는데 그녀와 어머니, 형수, 장모, 처형이 둘러앉아 있었다. 아무런 이야기도 나누지 않고 그냥 앉아 있었다. 갑자기 할말이 떨어진 건지 처음부터 아무 말도 없었던 건지 그들은 그냥 서로를 외면하고 있었다. 나는 무슨 말이라도 해보려 했지만 몸이 말을 듣지 않았다. 실눈 사이로 다섯 여자의 모습이 가물가물 보였다. 그들은 끝까지 아무 말도 하지 않았다. 그러다 다시 잠이 들었다. 그날 이후 수도 없이 생각했다. 꿈이었을까. 그녀와 장모와 처형을 본 건 꿈이었을까. 눈을 떴을 때는 어머니와 형수만 앉아 있었다. 나는 다시는 그녀를 보지 못했다.

병문안 손님들이 모두 돌아가고 둘만 남은 밤, 어머니는 말을 꺼냈다. 많은 말을 하지는 않았다. 하지만 확실히 알아들을 수 있었다. 아이에 대해서는 묻지 못했고 어머니도 이야기하지 않았다. 그리고 그날 이후 누구도 그녀 이야기를 하지 않았다. 내가 결혼을 했다는 것, 내게 아내가 있었다는 것, 그녀가 임신중이었다는 것. 그런 일은 마치 일어나지도 않은 것 같았다.

수술을 받은 건 그녀가 사라진 후 3개월쯤 됐을 때였다. 몸속의 암 덩어리는 나타났을 때만큼이나 갑작스럽게 잘려나갔다. 항암 치료에 시달리던 중 제의를 받았다. 실험적 수술법이라고 했다. 가망이 없는 젊은 환자를 찾는다고 했다. 쉬운 결정은 아니었다. 과정도 결코 쉽지 않았다.

하지만 나는 결국 다시 살기 시작했다.

자동차 한 대가 얇은 먼지를 일으키며 비탈길을 내려갔다. 이쯤에서 돌아갈까 하는 생각이 들었다. 딱히 1703호의 창문을 보러 온 게 아니었는데도 용무가 사라졌다는 기분이 들었다. 이곳을 찾은 데 목적이 없었던 것처럼 그런 생각에도 이유가 없었다.

한 무리의 사람들이 비탈길을 올라오는 바람에 나는 한 걸음 물러섰다. 등산 복장에 물병을 든 사람들은 뭐가 재밌는지 고개를 젖혀 웃으며 옆 사람을 툭툭 쳤다. 거기 20여 년 전의 내가, 그녀가 끼어 있었다. 1703호를 계약한 날이었다. 길 건너 운동하기 좋을 정도 높이에 약수터가 있고 조금 더 올라가면 연화사라는 절도 있다는 부동산 사람 말을 듣고 그녀와 나는 이 길을 걸었다. 아파트 단지 사이에 이렇게 오래된 동네가 있네. 급속한 개발이 진행된 곳 어디에서나 볼 수 있는 현상이지. 그런 이야기를 했다. 그때는 일요일마다 약수터에 가야겠다 생각했고, 아이가 크면 함께 등산을 다닐 생각도 했다.

그날 나는 처음 연화사에 올랐다.

음료수 캔을 편의점 쓰레기통에 버리고 그들을 따라 걸음을 옮겼다. 집으로 돌아가기에는 이른 시간이었다. 어쩌면 오늘이 연화사에 오르는 마지막 날이 될 수도 있었다.

비탈길 꼭대기에 다다라 주위를 둘러봤다. 동네와 뒷산의 경계에 있던 테니스장이 보이지 않았다. 대신 작은 공원이 조성돼 있었다. 새삼스러운 기분은 아니었다. 사실 이런 동네에 테니스장이 있는 것 자체가 누군가의 착오였을 게 분명했다. 테니스장은 거의 버려졌다고 해도 될 정도로 이용하는 사람이 없었다. 공놀이를 하는 동네 꼬마들이나 한밤중에 술과 담배 냄새를 피워올리던 아이들 외에 정말 누군가 그곳에서 테니스를 치는 모습을 나는 한 번도 보지 못했다.

운동 기구 몇 개와 벤치가 전부인 공원을 뒤로하고 산길로 들어섰다. 우거진 나무에 햇볕이 가려지며 주위는 단번에 서늘해졌다. 며칠 전 내린 비에 여기저기 물웅덩이가 패어 있고 한때 내 고통과 좌절의 표식이었던 키 큰 나무와 바위, 그리고 능성이 들은 여전히 자리를 지키고 있었다. 험하고 변덕이 심한 것도 똑같았다. 심호흡을 하자 나무 냄새, 흙냄새가 몸속으로 밀려들어왔다.

무언가 이상하다는 생각이 든 건 약수터에 다다랐을 때였다. 약수터는 거의 폐허가 돼 있었다. 돌우물은 수풀에 묻혔고 음용수임을 알리던 표지판은 녹이 슨 채 칡넝쿨에 뒤덮여 있었다. 부서진 플라스틱 바가지 조각이 풀숲 사이에 흩어져 있었다. 무엇보다 너무 한산했다. 주위가 무섭도록 조용해 새 우는 소리, 곤충들이 나뭇잎을 바스락거리는 소리, 도랑물이 소용돌이치는 소리가 선명하게 들려왔다. 20년 전에는 한 번도 듣지 못했던 소리들이었다.

새삼스럽게 심호흡을 하고는 과장되게 소리를 내가면서 몸을 풀었다. 문득 속이 울렁이는 것 같았지만 기분 탓일 거라 생각했다. 몸 상태는 그럭저럭 괜찮았다. 땀이 꽤 났지만 더운 날이니 당연한 일이었다.

약수터 바로 위부터는 계단이었다. 모두 120개였는데 15개마다 한 번씩 방향을 바꾸며 이어졌다. 각 계단마다 숫자가 쓰여 있는 기왓장이 하나씩 놓여 있었다. 그렇게 120개의 기와를 오르면 연화사였다.

계단으로 들어섰다. 이쯤 되면 먼저 올라간 등산복을 입은 사람들을 따라잡았을 만도 하다는 생각이 들었지만 그들의 기척은 느껴지지 않았다. 그들 사이에 끼어 있던 나와 그녀의 모습이 떠올랐다. 정말 그때의 내가 20년을 살아 지금의 내가 된 걸까. 그 남자는 어딘가 다른 곳에서 다른 얼굴로 다르게 살고 있지 않을까. 그런 생각이 들었다.

결혼한 지 사흘 된 부부 중 한 사람이 곧 죽는다는 사실은 너무 명료해서 실은 끝없이 복잡한 기분을 들게 했다. 뱃속의 아이는 죽음에도 삶에도 속하지 못한 채 부유했다. 그녀는 선택을 강요받았고 나는 침묵으로 바람을 내비쳤다. 우리는 울부짖거나 애원하거나 모진 말을 하지 않았다. 잘 교육받은 사람이라면, 지각 있는 사람이라면, 어른이라면 의당 그래야 한다는 듯 마음을 감추었다. 과장한 것은 담담함이었다. 욕망이나 두려움, 절실함 같은 것은 얇은 병원 시트 아래 감추었다. 우리는 우리 자신의 방관자이자 참견꾼

이었다.

그녀는 선택을 내렸다. 그 선택이 그른가, 그녀가 나쁜가. 세상은 내게 말했다. 살다보면 어쩔 수 없는 일도 있다고, 운이 나빴다고, 이해하라고, 분노와 패배감도 결국은 사라진다고, 불면과 구토, 식사와 생존으로만 이루어졌던 비탈길에서의 1년은 결국 잊힌다고. 모두의 침묵이 내게 그렇게 말했다. 하지만 나는 원망할 대상이 필요했다. 질문이 뭔지조차 알 수 없어도 대답은 필요했다. 내 몸에는 위가 없어서 아무것도 소화되지 않았다. 나는 그때 정상이 없는 산을 오르고 있었다.

누군가가 지금은 어떠냐고, 지금도 그 산을 오르고 있느냐고 묻는다면 뭐라고 대답해야 할지는 모르겠다. 정상이 없는 산이라는 건 그저 개념일 뿐이다. 다만 어슴푸레 드는 생각은 있다. 가끔 내가 안간힘을 쓰고 있다는 기분이 들 때가 있다. 다른 사람의 눈에는 그저 똑같은 일상으로 보일 것이다. 나 스스로도 특별히 간절한 무언가가 있는 건 아니다. 그런데도 무겁고 지친 발로 한 걸음 한 걸음씩 걷고 있다고, 앞으로도 가야 할 길이 많이 남았다고 느낄 때가 있다. 그럴 때면 시간도, 공기도, 내 몸속의 세포 하나하나까지도 평소와 다른 농도와 밀도로 이루어진 것 같다. 그런 느낌은 강해졌다가 약해지기를 반복했다. 어쩌면 그런 순간에 나는 그 산을 오르고 있는 걸 수도 있다.

아침에 걸려온 전화를 받았을 때도 그랬다. 지금의 나와 20년 전의 나, 그 시간의 간극이 흐려지면서 나는 다시 한 번 어떤 질문 앞에 다다라 있었다. 전화는, 그녀가 죽었다는 것이었다. 나는 몇 번 헛기침 같은 소리만 냈을 뿐 아무 말도 하지 못했다. 병인지 사고인지 묻지 못했고 지난 20년을 그녀가 어떻게 살았는지도 듣지 못했다. 전화를 걸어온 지인은 "혹시……" 하고 무언가 물으려다 그만두었다. 나는 그다음 말이 뭔지 묻지 않았다. 대신 비탈길 마을로 차를 몰았다.

산문이 보이기 시작하는 지점에 이르자 환경미화원 옷을 입은 사람이 산딸기를 따고 있다가는 화들짝 놀라 뒷걸음질을 쳤다. 그러곤 가슴을 쓸어내렸다.

"죄송합니다. 저 때문에 놀라신 모양이네요."

환경미화원은 아니라는 듯 손을 내저었다. 그렇게 내가 지나치려는데 마침 그도 발걸음을 옮기면서 함께 계단을 오르게 됐다. 그는 내게 산딸기를 건네며 물었다.

"건너편 아파트 단지에 사시는 모양이죠? 거기 사람들이 많이 옵니다. 그래도 이쪽 옛길을 이용하는 사람은 잘 없는데……"

"옛길이요?"

환경미화원은 공원을 가로질러 뒷문으로 나가면 연화사까지 이어진 공원 길이 나온다고 이야기했다. 공원과 같이 조성됐는데 길도 넓고 평탄해서 다들 그쪽을 이용한다는 것이었다.

"아, 그래서 이쪽 길이 이렇게 한산했군요."

"공원 길이 생긴 것도 있지만 유령 때문이기도 해요."

환경미화원은 산딸기를 입에 털어넣으며 말을 이었다. 공원 공사가 막바지에 이를 무렵의 일이었다. 아직 공원이 절반밖에 조성되지 않았고 공원 길도 막바지 공사중이라 낮에는 내내 시끄럽고 먼지도 많이 날렸다. 그래서 연화사를 찾는 사람들은 대부분 여기 옛길을 이용했는데 등반객 중 한 명이 유령을 봤다는 것이었다.

"처음에는 취객인 줄 알았대요. 걷는 모양새가 휘적휘적 비틀비틀해서 술에 취했나 했다는 거죠."

그런데 그 사람이 갑자기 나무둥치에 주저앉더니 몸을 웅크린 채 꼼짝도 하지 않았다. 등반객은 괜찮냐고 말을 걸었지만 알아듣지 못하는 듯했다. 역시 취객인가 싶어 그냥 걸음을 옮기다가 뒤돌아보니 숲길이 텅 비어 있었다. 남자는 커녕 사람의 흔적도 없었다. 아직 해가 뜨기 전이었고 주위는 어두웠다. 등반객은 오싹한 기분에 걸음을 재촉했다. 그러다 계단에 다다라 손전등으로 앞을 비췄는데 서너 계단 앞에 그 남자가 걸어가고 있었다. 옷차림이나 걸음걸이가 분명 그 남자였다. 연화사 길에 지름길이나 우회로가 있는 것도 아니었다.

남자를 보았다는 목격담은 이후에도 간간이 이어졌다. 주로 새벽에 목격됐고 항상 몸을 움츠리고 땅을 보며 산을 올랐다. 남자는 어느새 연화사 길 유령이라고 불리게 됐다. 한 번은 한 청년이 가까이서 따라가본 적이 있었다. 청년의 말에 따르면 유령은 산을 조금 오르다 멈추어 서서 헉헉거리기도 하고, 또 나무둥치에 기대 몸을 웅크리고 헐떡대기도 했다. 청년은 그때마다 멈춰 유령을 기다렸다. 그러자 무섭다기보다는 안타까운 마음이 들었다. 유령은 사람이나 세상에 관심이 없는 것 같았다. 위협적이거나 공격적이지도 않았다. 그저 발걸음을 옮기는 데 안간힘을 쓸 뿐이었다. 그날 유령은 연화사에 다다르지 못했다. 햇살이 나뭇가지를 뚫고 스며들어서인지 아니면 기력이 다한 건지 청년이 잠깐 한눈을 판 사이에 그만 자취를 감추어버렸다.

환경미화원의 이야기가 끝난 후에도 계단은 좀더 이어졌다. 등뒤의 해는 뜨겁고 계단은 여전히 가팔랐다. 입안의 산딸기가 까끌하고 달큰했다. 연화사가 모습을 드러낼 무렵 내가 물었다.

"최근에도 유령이 나옵니까?"

"마지막으로 봤다는 사람은 아마 한 2~3년 전이었죠. 하지만 워낙 이쪽 길로는 다니는 사람이 없으니까 아직도 있는지는 알 수 없죠. 그런데 선생님은 유령이 있다고 믿으십니까?"

내가 돌아보자 환경미화원은 어깨를 으쓱하더니 말했다.

"그 유령이라는 게, 어떤 사람에겐 보이고 어떤 사람에겐 안 보이고 그러는 모양이거든요. 같이 등산을 하던 사람들끼리도 봤다는 사람이 있고 무슨 헛소리냐는 사람이 있고 말입니다."

연화사에 다다라 경내를 한 바퀴 돈 후 요사채 근처 계단에 앉았다. 공양소에서 기와 한 장을 샀지만 무슨 말을 써야 할지 떠오르지 않았다. 대웅전 열린 옆문으로 절을 하는 사람이 보였다. 천천히 무릎을 꿇은 사람들은 찬 마룻바닥에 이마를 댄 채 일어날 줄 몰랐다.

유령이라는 게 실체와 분리돼 떠돌아다니는 염원 같은 것
이라면 나는 분명 유령을 만난 적이 있다. 어두운 풍경 속에
서 매일 밤 나타나던 두 개의 손. 그 손은 지금도 그 창가에
앉아 있을지도 모른다. 완성할 수 없을 것 같은 그림을 그리
고 있을지도 모른다. 그리고 누군가가 그 모습을 바라보고
있을지도 모른다. 그러다 자리에서 일어나 정상이 없는 산
길을 걸어 올라갈지도 모른다.

비탈길 마을과 길 건너 아파트 단지를 내려다보았다. 항
상 시끌벅적하던 비탈길 마을은 일요일 오전 조용한 공기
속에 잠겨 있었다. 건너편 아파트 단지 역시 20년 전과는 달
리 적막해 보였다. 예전에는 다다를 수 없을 듯 느껴졌던 두
장소가 그다지 멀지도, 다르지도 않게 보였다. 아파트 단지
와 비탈길 마을을 가르는 6차선 도로마저 수많은 집과 간판,
그리고 창문에 가려 보이지 않았다.

대웅전에서 나온 사람들이 합장을 하며 지나갔다. 나는
길을 비켜주며 아내에게 전화를 걸었다. 무사히 정상에 올
랐으며 이제 곧 내려갈 것이라고 이야기했다. 공양소에는
수많은 사람의 수많은 기원이 담긴 기와가 무더기로 쌓여
있었다. 나는 아무 말도 쓰지 않은 기와를 그 사이에 내려놓
고 산을 내려가기 시작했다.

검은 숲

10년쯤 전 대한민국에 거주했던 사람이라면 〈검은 숲〉이라는 사진을 기억할 것이다. 사진가 오영일이 찍은 〈검은 숲〉은 그해 상반기 톱 검색어 중 하나였고, 온라인 검열법이 국회에 상정되게 된 계기였으며, 공고하던 대선의 향방을 요동치게 한 시발점이기도 했다. 한마디로 그해 최고의 이슈였다. 하지만 10년이 지나고 정권이 두 번 바뀐 지금 〈검은 숲〉이나 오영일을 기억하는 사람은 그리 많지 않다.

지난해 가을 출간된 『보도 사진 20년사』에 따르면, 오영일이 유명세를 이어가지 못한 것은 이상한 일이 아니다. 최근 각광받고 있는 신진 평론가인 저자는 〈검은 숲〉이 보도 사진이 아니라면서도 220페이지와 221페이지의 절반을 〈검은 숲〉에 할애했는데 대부분 비판적인 내용이었다. 그는 〈검은 숲〉에서 정치적 의미를 걷어내면 엉성한 구도와 비릿한 감상이 남을 뿐이며 지금까지 아무도 그 사실을 지적하지 않은 것은 〈검은 숲〉이 사진 작품이라기보다는 정치 발언에 가까웠기 때문이라고 썼다.

나는 그 부분을 읽다가는 책을 덮었다. 저자의 평에 반대하거나 옹호해서는 아니었다. 며칠 전 의외의 장소에서 오영일의 흔적과 부딪친 일이 떠올랐기 때문이다. 그곳은 서울이라고 우길 수도, 서울이 아니라고 할 수도 있는 어정쩡한 위치에 있는 지하철역으로, 그래도 2개의 노선이 만나며 유동 인구도 많고 상가도 제법 형성된 곳이었다. 한 달 전음주운전으로 면허를 정지당하고 카드는 아내에게 압수당한 후 나는 최근 1시간 20분이나 되는 거리를 매일 지하철로 출퇴근하고 있는데, 바로 그 역에서 환승을 했다.

그날 아침도 환승 통로에는 출근 인파가 가득했다. 몇몇 사람이 허둥대며 앞질러 뛰어갔고 전단지를 나누어주는 사람도 있었다. 나는 전단지를 피해 몸을 틀다가는 걸음을 멈추고 돌아봤다. 지하철 역사 기둥에 사진이 붙어 있었다. 안개 낀 호수 사진이었다. 그 아래 출사 전문 사진 강습이라는 문구와 501로 끝나는 전화번호가 쓰여 있었다.

501은 사진 강사의 전화번호 마지막 세 자리였다. 그리고 지금은 해지됐다는 안내 멘트만 나오는 오영일의 휴대 전화번호 마지막 세 자리이기도 했다. 501과 사진이라는 단어의 조합은 붐비는 지하철에 시달리는 1시간 20분 내내 머릿속을 떠나지 않았다.

오영일과 나는 서울에서 남쪽으로 두 시간쯤 떨어진 대학의 사진과 동기였다. 군대에 다녀오는 시기가 엇갈리며 강의실에서는 몇 번 마주치지 않았고 사회에 나와 좁은 사진 바닥을 구르는 동안 술잔을 부딪치는 사이가 됐다. "우리가 깔아주는 담당이었지. 지금 한 가닥 한다는 걔들 다 우리가 깔아준 덕분이라고." 내가 이렇게 말하면 오영일은 "그럼, 누군가는 깔아줘야지. 그래야 세상이 돌아가지" 하고 맞받았다. 우리가 가까워진 건 그렇게 주류 사진계에 나가지 못하고 변방을 겉돌았기 때문이다.

사진작가로서 오영일의 재능은 예술성과 상업성 사이에 아주 얕게 걸쳐져 있었다. 별다른 성취도 못하고, 그렇다고 손 씻고 떠날 만큼 형편없지도 않고. 차라리 없는 것만 못한 재능이었다. 하지만 그보다 더 큰 문제는 성실함이었다. 찍고 또 찍고 보고 또 보고. 그러다보니 상업성은 유치한 채로 단단해지고 예술성은 얄팍하나마 견고해져서 어떻게도 해볼 수 없는 지경에 이르고 말았다. 그리고 나의 문제는 그런 문제를 알아볼 수 있다는 것이었다. 나는 좋은 사진을 끄집어내고 나쁜 사진을 걸러내고, 재능을 알아보고 문제를 지적할 수 있었다. 입으로는 수도 없는 걸작을 찍을 수 있었다. 하지만 카메라로는 그 반의반도 해내지 못했다. 다시 만났을 때 그는 포토 스탁의 대여용 사진을 찍는 사진사가, 나는 부업으로 월간지에 사진 전시 관련 소식을 싣는 자유기고가가 돼 있었다.

10년 전 1월 18일에도 오영일과 나는 인사동 작은 밥집 온돌방에 앉아 있었다. 오영일은 자리에 앉기 무섭게 사진 가방에서 종이 갤러리를 꺼냈다. 그는 지금까지 수십 번이나 개인전을 열었는데, 갤러리는 마분지로 벽을 만들고 밀착 사진을 오려 붙인 모형이고 관객은 나 하나뿐이었다.

"이번 전시회는 제목이 뭡니까?"

나는 평론가가 작가를 인터뷰하듯 목소리 톤만 높여 말했다. 종이 갤러리 가장 안쪽에는 숲을 찍은 사진이 붙어 있었다. 오영일은 그즈음 숲을 찍는 데 열을 올리고 있었다. 눈

비가 내리거나 일교차가 클 것이라는 예보가 있는 날이면 어김없이 새벽 일찍 자동차를 몰았다. 스탁에서 '숲' 시리즈에 대한 반응이 좋기 때문이라고 했지만 나는 그가 헛된 희망을 품고 있다는 것을 알았다.

"〈새벽〉이라고 할까 하는데……"

"아, 이 작품이 〈새벽〉이군요. 어디 한번 자세히 볼까요?"

나는 짐짓 고개를 끄덕이며 종이 갤러리를 들어올렸다. 밥집의 흐릿한 조명 아래 〈새벽〉이 모습을 드러냈다. 쏟아지는 눈과 비스듬한 새벽 햇빛 아래 숲이 왜곡돼 보였다. 죽어 쓰러진 원시 시대 거대 짐승 같기도 하고 아스라한 폐허 같기도 했다. 나는 종이 갤러리를 눈앞으로 바짝 끌어오며 물었다.

"이 사진 크게 인화한 것도 있나?"

"경찰이 찾아왔었어."

내가 입을 연 것과 오영일이 말을 시작한 건 거의 동시였다. 우리는 잠깐 말을 끊고 서로를 바라봤다. 나는 종이 갤러리를 내려놓았다.

"경찰이? 왜?"

"서기원 말이야. 서기원 알지? 서기원이 죽은 게 여기라는 거야. 내가 사진을 찍던 날 여기서 죽었다는 거야."

오영일은 종이 갤러리를 가리켰다. 서기원은 우리나라 최고 대학의 총장이었다가 지난해 정치에 입문했고, 청렴하고 현명한 이미지로 젊은 층에서 큰 인기를 끌었다. 하지만 과거 논문 위조 의혹이 대선 행보와 맞부딪치며 정치권의 태풍의 핵이 돼 있었다. 서기원은 오래전의 일이라 자세한 정황은 기억이 나지 않지만 분명 의도적인 것은 아니었다고만 입장을 밝혔다. 서기원이 모습을 감춘 것은 1월 13일이었다. 그리고 며칠간 그의 거취와 잠적의 의미에 대해 온갖 추측이 난무했다. 며칠째 계속된 혹한으로 얼어붙은 전광판에 '서기원, 조작 인정 임박한 것인가'라는 자막이 흐르고 그 뉴스를 올려다보던 사람들이 뱉은 말들이 공기 중에서 서로 엉키고 헐뜯고 추락했다.

경찰은 CCTV 화면과 '30대 중반의 남자가 산 23번지에서 자주 사진을 찍었다'는 도로변 휴게소 직원의 말을 통해 오영일을 찾아왔다. 그러곤 많은 질문을 했는데 대부분 그날의 행적이었다. 똑같은 질문을 몇 번이나 되풀이하고 그가 서기원을 보지도, 숲으로 들어가지도 않았다는 것이 확실해질 즈음 서기원의 유서가 발견됐다는 소식이 전해졌다. 경찰은 산 23번지를 찍은 사진과 필름들을 참고 자료로 요구했다. 이목이 집중된 사건이라 신중을 기해야 한다며 양해를 구했다. 오영일은 썩 내키지 않았지만 거절할 빌미도 없었다.

"그날이 얼마나 추웠는지 알아?"

오영일은 사진을 찍던 날, 서기원이 죽던 날의 추위를 생각하는지 몸을 부르르 떨었다. 서기원의 자살 소식은 며칠 후 속보로 나왔다. 경찰은 '사진작가 A가 1월 16일 산 23번지에서 찍은 사진들을 면밀히 조사한 결과 1장의 사진에서 서기원으로 보이는 사람의 옆모습을 발견했다'고 발표했다. 나는 오영일의 잔에 술을 따라주었다.

"그 사람은 왜 하필 그렇게 추운 날 죽었을까?"

이런 생각이 들었다. 참 오영일답다. 사람들은 셋만 모이면 서기원 이야기를 했다. 지하철에서, 밥집에서, 직장에서 그 문제를 두고 다툼이 일어났다. 오영일은 그런 서기원이 죽어가고 있던 숲을 찍었다. 만약 같은 상황이었다면 자신의 사진에 의미를 덧씌우기 위해 떠벌리고 흥분하고 과장할 사진작가를 나는 스무 명도 넘게 알고 있었다. 아니, 그러지 않을 사람을 찾는 게 어려웠다.

밥집의 뜨끈한 온돌에 취기가 오른 사람들이 하는 말이 들려왔다. 위조가 사실이니까 죽은 거 아니겠어? 인터넷에서 자살 청원까지 해대니 참을 수 없었겠지. 그 SNS가 근거도 없이 사람 잡은 거지. 그런 거 가지고 자살할 거라면 아예 나오질 말았어야지. 그나저나 이게 서기원 쪽에 이익인 건가, 반대쪽에 이익인 건가. 그건 모르지만 하나는 확실하지. 저 사진 찍은 사람 대박 난 거.

이제 서기원이 정말 논문을 위조했는지는 조금도 중요하지 않게 됐다. 그가 죽기 전과 똑같은 논쟁이 이번에는 서기원의 자살을 두고 불거졌다. '서기원이 죽었다'는 사실만 빼면 아무것도 달라지지 않은 것 같았다.

"지하철역 구내에 광고를 하려면 어떻게 해야 됩니까?"

퇴근길 환승역에서 역무원에게 물었다.

"대행하는 회사가 있는데, 여기 어디 연락처가 있을 겁니다. 광고하시게요?"

"아니, 그런 건 아니고. 저 사진 교습 광고, 누가 의뢰한 건지 알고 싶어서요."

"누구긴요. 거기 이름하고 연락처 다 적혀 있네요."

역무원은 별걸 다 묻는다는 듯 광고 하단을 가리켰다. 거기에는 정신철이라는 이름과 501로 끝나는 전화번호가 쓰여 있었다.

"혹시 어디 사진 학원 같은 데 소속된 건 아닌가 해서요."

"글쎄요. 그런 것까지는 모르죠. 한번 전화해보세요."

나는 다시 열차를 타고 술에 취하거나 피곤에 취한 사람들 사이에 끼어 두 정거장을 더 갔다. 내내 전화기를 손에 들고 있었지만 전화를 걸지는 않았다. 역 밖으로 나오자 눈이 내리려는지 하늘이 낮고 바람이 눅눅했다. 저만치 포장마차 앞에서 사람들이 다투는 소리가 들렸다. 술이 오른 중년 남자가 "에잇, 더러워서 안 피운다"라며 담배를 내던지더니 거칠게 발을 구르며 걸어갔다.

포장마차 천막을 걷고 들어서자 중년 남자와 흡연 문제로 시비가 붙었던 것 같은 젊은이 셋이 나를 바라봤다. 그들의 표정도 피곤하기는 마찬가지였다. 나는 전화를 테이블 위에 올려놓고 소주와 우동을 시켰다. 잠깐 담배 생각이 났지만 불을 붙일 용기는 없었다. 이내 젊은이들이 자리에서 일어났고 갈색 점퍼에 허름한 가방을 든 중년 남자 둘이 그 자리에 앉았다. 그들도 사라지고 포장마차가 텅 빌 무렵 테이블 위의 전화가 울렸다.

"네. 지금 들어갑니다."

나는 전화기를 향해 고개를 꾸벅해 보인 후 자리에서 일어났다. 그런데 주인이 보이지 않았다. 외투를 입고 지갑까

지 꺼내든 채 좁은 포장마차 안을 서성였다. 그러다 충동적
으로 담배를 꺼내 물었다. 술을 마시면 나도 모를 용기가 생
겼다. 입술 사이에 담배를 끼운 채 전화를 꺼냈다. 그러고는
한 손으로 번호를 눌렀다. 501. 마지막 세 자리를 누른 후
신호음을 기다리는 동안 조금 젖혀진 천막 사이로 찬바람이
밀려들어왔다.

서기원의 옆모습이 찍힌 사진은 〈검은 숲〉이라고 불렸다.
오영일이, 또는 누군가 다른 사람이 작명을 한 건 아니었다.
어느 날 보니 다들 그렇게 부르고 있었다. 나는 오영일에게
그것에 관해 물어본 적이 있었다. 〈검은 숲〉이라는 제목에
동의하느냐고. 그날은 내가 시사지의 청탁을 받은 인터뷰어
로 사진작가 오영일을 만난 날이었다. 담당 에디터가 사흘
안에 마감을 해줘야 한다고 했으니까 아마 1월 21일쯤이었
을 것이다.

인터뷰는 늦은 시간에 잡혔지만 늘 만나던 밥집이고 늘
만나던 시간이니 새삼스러울 건 없었다. 다만 몸 상태가 좋
지 않았다. 며칠 전부터 몸살 기운이 있었다. 집중력이 떨어
지고 무기력하게 늘어지기도 했다. 오후에는 회사에서 '도대
체 정신을 어디에 빼놓고 다니냐'는 핀잔도 들었다. 그런데

오영일이 30분이나 늦게 나타났다.

나는 잡지사에서 붙여준 사진기자에게 괜히 사과를 했다. 그는 오영일 작가님은 요즘 몹시 바쁠 테니 자기는 괜찮다고 했다. 30분은 긴 시간이라고는 할 수 없지만 그렇다고 짧지도 않았다. 사진기자에게 같이 사진 하는 입장에서 〈검은 숲〉에 대해 어떻게 생각하는지 물었다. 그는 말을 아꼈다. 사실 〈검은 숲〉은 오영일 사진 문제점의 정수라 할 만했다. 구도는 딱딱하고 이미지는 뻔했다. 그리고 감성은 촌스러웠다. 딱 오영일이었다.

"그 녀석, 그것보다는 잘 찍어요."

내가 변명을 하자 사진기자는 그런 뜻은 아니었다며 손을 내저었다. 나는 괜찮다고, 무슨 말인지 안다고 이야기했다. 그때 오영일이 나타났다. 조금 지친 듯 보였지만 표정은 밝았다. 그리고 평소와 달리 앉기도 전에 말을 쏟아냈다. "자고 나면 부재중 전화가 50통씩 와 있어. 한번은 방송국 복도에서 누가 내 이름을 부르며 인사를 하기에 아는 사람이라고 생각하고 나도 인사를 했는데 한참 가다 생각하니 글쎄, 송강호더라고. 송강호 말이야. 알지? 송강호." 그때 사진기자가 "작가님. 여기 좀 봐주세요"라고 말했다. 오영일은 능숙하게 턱을 끌어내리고 몸을 튼 후 카메라를 응시했다. 그러고는 카메라 렌즈에 시선을 둔 채 말했다.

"오늘 경찰에서 필름을 돌려받았는데, J 갤러리 있지? 거기서 전시회를 하자더라고."

J 갤러리? 그게 어디지? 잠깐 동안 오영일이 얘기하는 갤러리가 어딘지 떠오르지 않았다. 오영일은 경찰 마크가 찍힌 누런 봉투를 들어 보이며 말을 이었다.

"왜 그래. 오픈 기념전 할 때 같이 갔잖아. 우리 과 후배, 왜 정 뭐더라 하는 애 있는 데 말이야. J 그룹에서 투자했다는."

그제야 청담동 대로변에 위치한, 유리와 나무로 지어진 J 갤러리의 전경이 떠올랐다. 정은 오영일과 나의 대학 후배로, J 갤러리 건너편 식당에서 1인분에 1만 2천 원이나 하는 김치찌개를 몇 번 같이 먹은 적이 있었다. 문득 내가 왜 J 갤러리를 떠올리지 못했는지 의아한 생각이 들었다. 하지만 그건 아주 잠깐이었고 나는 벌떡 일어나며 소리를 질렀다.

"야, 축하한다. 이게 뭐야. 로또 맞은 거 아냐?"

그 바람에 테이블이 흔들리며 물이 쏟아져 오영일의 바짓자락으로 흘렀다. 하지만 그도 나도 별로 개의치 않았다. 나는 오영일의 어깨를 끌어당겨 얼싸안았고 그는 약간 겸연쩍은 표정을 하며 웃었다. 그러고는 나를 다시 바라보더니 얼굴이 안 좋다면서 어디 아프냐고 물었다.

"아프긴. 술을 못 마셔서 그렇지. 오영일 작가님이 워낙 바쁘셔야지."

내 말에 오영일은 테이블 위로 얼굴을 들이밀며 말했다.

"야, 야. 서른 중반이면 얼굴 관리도 좀 해야 한다더라. 이것 봐. 오늘 인터뷰 많다고 아내가 팩 해줬는데 그래서인 지 아주 보들보들하지 않냐?"

나는 그의 얼굴을 밀어내며 술잔을 들었다.

"그래요, 작가님. 아주 개기름이 흐릅니다."

우리는 잔을 부딪쳤다. 어느새 나는 인터뷰를 하는 게 아 니고 그도 사진작가가 아니었다.

자정이 지날 무렵 마감 뉴스에서 서기원이 속했던 당 대 표의 기자회견이 방송됐다. 그는 〈검은 숲〉이 남긴 경고를 잊어선 안 된다고 이야기했다. 검은 숲에 반쯤 가려진 서기 원의 옆모습이야말로 거짓과 음해가 난무하는 현실이 어떻 게 강직했던 한 사람을 절망하게 하고 죽음으로 몰아갔는지 를 보여주고 있다고 덧붙였다. 그리고 장면이 바뀌어 〈검은 숲〉이 화면을 가득 채웠다. 그 위로 〈검은 숲〉이 선거의 아 이콘으로 자리잡고 있다는 기자의 말이 흘렀다.

아마 그때쯤이었을 것이다. 내가 오영일에게 〈검은 숲〉이라는 제목에 대해 어떻게 생각하는지 물은 것은. 그는 여전히 뉴스에 시선을 둔 채 대답했다.

"대학 시절에 어떤 교수님이 그랬지? 사진은 우연의 예술이라고."

"그랬지. 그리고 그 우연은 수많은 경험과 기다림, 그리고 사유를 통해서만 만들어지고 포착되고 인화되는 거라고."

"나는 정말 이 전시회 잘하고 싶다."

이제 뉴스는 시위 소식을 내보내고 있었다. 서기원의 죽음으로 촉발된 시위대가 시청 앞 광장을 가득 채우고 있었다. 그리고 시위대의 손에 들린 커다란 〈검은 숲〉이 인파에 휩쓸려 어디론가 흘러가고 있었다. 〈검은 숲〉은 '서기원의 죽음'이라는 무형의 이슈에 눈에 보이는 실체를 부여했다. 그것은 논리나 이성을 넘어 감정에 호소했다. 대선을 둘러싼 정세가 급변하고 있었다.

"〈검은 숲〉? 그건 〈새벽〉을 위한 통로야."

오영일은 여전히 TV 속의 〈검은 숲〉을 바라보고 있었다. 나는 또 한번 참 오영일답다는 생각을 했다. 사진은 현실을 모사한 것이지 현실이 아니다. 사람들이 보고 있는 〈검은 숲〉은 오영일이 기다리고 기다려 포착한 이미지가 아니다. 그것은 대중들이 해석한 현실이며 그 해석을 덧씌운 상징일 뿐이다. 오영일은 분명 착각을 하고 있었다. 착각도 참 오영일답게 하는구나. 나는 그렇게 말하는 대신 술잔을 털어넣었다.

"여보세요. 안 들리세요? 말씀하세요."

전화 속 목소리가 여러 차례 같은 말을 반복했다. 나는 그 목소리 톤에서 오영일의 흔적을 발견하려 애썼지만 취기가 오른데다 통화감도 멀었다. 때마침 나타난 포장마차 주인이 덜그럭거리며 빈 그릇을 챙기는 통에 더더욱 판단을 할 수 없었다.

"저기, 사진을 배우고 싶은데요."

"아, 그러시군요. 처음이신가요?"

"카메라 정도는 가지고 있습니다. 출사 전문이라는데 다음 출사가 언제인가요?"

"이번 주말입니다. 그런데 광고 보고 전화하신 건가요?"

내가 그렇다고 하자 그는 바로 그 지하철역에서 토요일 오전 10시에 출발한다고 이야기했다. 그리고 지하철 두 정거장 떨어져 있는 평화 공원으로 향하는데, 10시 반에 공원 정문에서 합류해도 괜찮다고 덧붙였다. 나는 고개를 돌려 포장마차 천막 사이로 밖을 내다봤다. 멀리 공원 정문이 보였다. 평화 공원은 내가 사는 아파트 단지 바로 건너편이었다. 나는 생각해보고 전화하겠다고 말했다.

도어 록 비밀번호를 누르고 문을 열자 아내가 허리에 손을 얹은 채 서 있었다. 나는 고개를 푹 숙여 보이며 "늦었습니다" 하고 말했고 아내는 "또!" 하고 내 등짝을 찰싹 때렸다. 그때 문자 메시지 들어오는 소리가 났다. "인터넷에 출사 동호회 카페가 있습니다. 둘러보시면 결정하는 데 도움이 되실 것 같습니다."

"뭐야?"

아내의 말에 나는 대답했다.

"스팸이지, 뭐. 그나저나 이사 준비는 잘돼가십니까? 그런데 포장이사 불렀다면서 왜 이렇게 집을 뒤집어엎어놨어?"

나는 여기저기 이삿짐이 쌓여 있는 거실 한구석에 겉옷을 내려놓으며 말했다.

이사는 이번 주 일요일이었다. 다음주부터 살게 될 집은 더이상 서울이라고 우길 수 없는 동네였다. 나는 비틀거리는 척하며 아내의 얼굴을 외면했다.

"안 그래도 오늘 포장이사 업체에서 다녀갔는데 저 창고

방에 있는 신문이랑 잡지 무게가 장난이 아니라면서 웃돈을 요구하더라고. 그래서 내가 포장한다고 큰소리쳐놓긴 했는데 이참에 저 방 정리 좀 하면 안 될까?"

아내는 창고, 나는 서재라고 부르는 그 방에는 지난 20년 동안 발행된 6종의 신문과 10종의 월간지가 쌓여 있었다. 그리고 작은 창을 제외한 4면을 꽉 채운 책장에는 보도 사진집과 전시회 팸플릿 같은 것들이 어지럽게 꽂혀 있었다. 나는 언젠가 '우리나라 보도 사진의 역사'에 대한 책을 써볼 생각이었다. "그 언젠가가 벌써 10년도 넘게 그냥 언젠가야"라는 아내의 말에 나는 늘 "당신이 그 말 할 날도 얼마 안 남았어"라고 대꾸했다. 지난해 젊은 평론가에게 선수를 빼앗긴 후에는 더이상 둘러댈 말이 없었지만 그렇다고 신문과 잡지를 모으는 것을 멈추지도 않았다.

"오영일 기억나?"

아내는 무슨 얘기냐는 듯 돌아보더니 이내 고개를 끄덕였다.

"당신이 영원히 함께 깔아주려 했던 운명의 상대 아냐. 아직도 연락 안 돼?"

"그렇지 뭐."

"그런데 왜?"

"아니, 그냥."

"참, 사람은 좋은데 술만 마시면 대책이 안 서는 사람이었어."

오영일이 술이 약한 건 아니었다. 그런데 이상하게 마시는 동안은 멀쩡하다가도 헤어지고 나면 사고를 쳤다. 한번은 새벽에 경비실에서 전화가 와 나가보니 집들이에 왔다가 멀쩡히 손을 흔들고 나갔던 오영일이 아파트 화단에서 자고 있었다. 또 한번은 '택시비 떼먹고 도망쳤다'며 어린아이처럼 재밌어 죽겠다는 듯 전화를 했는데, 알고 보니 대리운전 기사를 불러 집으로 향하던 중 신호에 걸린 틈을 타 자기 차에서 내려 냅다 뛴 것이었다.

"다 옛날 일이지 뭐. 먼저 자. 나는 자료 좀 볼 게 있어서."

나는 서재 문을 열고 들어서며 말했다. 등뒤에서 "우리 아파트가 무너지면 그 방 잡동사니들 때문"이라고 중얼거리는 소리가 들렸다. 방문을 닫자 커튼을 떼버린 유리창 너머로 서울 변두리 아파트 단지의 불빛이 눈에 들어왔다. 창문을 열고 담배를 피워 물었다. 담배를 다시 피우기 시작한 게 오영일이 잠적하고 얼마 후니까 벌써 10년이 다 됐다. 보도 사진사 작업을 손에서 놓은 것도 그쯤이었을 것이다. 매일 6종의 신문을 챙기고, 사진집을 사고, 전시회를 들락거리는 건 똑같았지만 이 방에서 시간을 보내는 일은 점점 줄어들었다. 작업이 지지부진해서 이 방에 들어오지 않은 건지, 이 방에 앉아 있는 게 싫어서 작업에 흥미를 잃은 건지는 모르겠다. 다만 확실한 것은 이제 이 방의 용도는 딱 하나, 내가 담배를 피우는 장소일 뿐이라는 것이었다.

자정이 가까운 시간인데도 창밖의 불빛은 끝도 없이 펼쳐져 있었다. 그 불빛들 사이로 커다란 책장과 내 어깨 높이로 쌓인 신문 더미가 유리창에 비쳐 보였다. 그 실루엣 안에 서 있는 나 자신의 모습도 보였다. 방안은 고요했다. 그래서인지 창밖의 불빛이 무시무시하게 보였다.

인터뷰를 핑계로 오영일과 술을 마신 다음날 나는 아내가 흔드는 바람에 눈을 떴다. 다시 이불을 끌어올리자 아내는 "이러다 회사에서 쫓겨난다"면서 창문을 활짝 열었다. 한겨울의 찬바람과 환한 햇빛이 쏟아져 들어왔다. 몸을 일으키자 머리가 아프고 속이 울렁거렸다. 하지만 의외로 몸은 가벼웠고 몸살 기운도 없었다. 역시 오영일과 술을 못 마셔서 아팠던 건가, 나도 모르게 피식 웃었다. 문틈으로 콩나물 익는 비릿한 냄새가 흘러들어왔다.

"애들은?"

"유치원에서 스케이트장 간다고 했잖아. 그리고 애들 보는 데서 깔아준다느니 뭐니 하는 소리 좀 하지 마. 술도 좀 작작 마시고."

"애 키우는 사람이 해학을 이해 못하면 어떡하나? 해학과 유머 감각이야말로 우리를 구원할 마지막 보루라고."

"그게 무슨 해학이고 유머야. 술주정이지. 아주 평생 함께 낮고 그윽하게 깔아주자며 춤도 추던데? 그나저나 영일 씨는 천안 안 갔대?"

"천안? 그건 또 무슨 소리야? 오영일이 천안에 왜 가?"

그때 전화가 울렸다. 오영일도 술이 덜 깬 목소리였다.

"어이, 작가님. 작가님 형수가 작가님 천안 갔냐는데 그게 무슨 소리입니까? 또 무슨 사고를 친 거야?"

내 농담에 오영일은 무어라 소리를 버럭 질렀다. 그러곤 숨을 헐떡여가며 말을 늘어놓았는데 나는 대부분을 알아듣지 못했다.

그리고 몇 시간 후 나는 회사 1층 커피숍에 오영일과 마주앉았다. 오영일은 하룻밤 사이에 몇 년은 늙어버린 것처럼 보였다. 그는 잃어버렸다고 말했다. 너무 횡설수설해서 무얼, 언제, 어디서 잃어버린 건지 파악하는 데도 꽤나 시간이 걸렸다.

그는 어젯밤 술을 마셨던 인사동 밥집과 2차로 갔던 꼬치구이집, 그리고 24시간 영업을 하는 커피숍까지 훑어보고 오는 길이라고 했다. 내 기억은 밥집에서 끊어져 있었다. 오영일은 그래도 꼬치구이집까지는 기억이 난다고, 커피숍은 신용카드 영수증을 보고 알았다고 했다. 종업원들은 그를 기억했다. 그가 오영일이기 때문이기도 하고 술에 취해 큰 소리로 떠들어댔기 때문이기도 했다. 하지만 그중 누구도 그가 두고 간 서류 봉투를 기억하거나 보관하고 있지는 않았다. 그러니까 오영일은 어제 경찰에게 돌려받은 필름과 인화 사진들을 잃어버렸다.

"〈검은 숲〉 필름을 잃어버렸단 말이야?"

나는 의자에서 벌떡 일어섰다. 오영일은 고개를 저었다.

"뭐야? 잃어버렸다는 거야, 아니라는 거야?"

"그건 아직 경찰에 있어."

나는 털썩 주저앉으며 안도의 숨을 내쉬었다. 그런 내 모습에 오영일이 고개를 들었다. 그러고는 무언가 가늠하는 눈빛으로 나를 바라봤다.

"그게 문제가 아니잖아. 〈새벽〉을 잃어버렸단 말이야."

"〈새벽〉? 지금 그게 문제야. 〈검은 숲〉 안 잃어버린 게 하늘이 도운 거지. 〈검은 숲〉만 있으면 전시회는 할 수 있어."

"전시회만 하면 다가 아니잖아."

나는 의아한 기분으로 오영일을 바라보았다. 어젯밤 전시회를 잘하고 싶다던 오영일의 말이 떠올랐다. 그런 나를 오영일은 더욱 미심쩍게 바라보고 있었다.

"너, 어제 내가 〈새벽〉 보여줬지?"

"〈새벽〉이라니, 무슨 얘길 하는 거야? 너 술 덜 깼어?"

오영일은 상체를 곧추세우며 손가락으로 사각형을 그려보였다.

"이런 봉투 말이야. 누런색. 경찰서 마크 있는 거. 어제 만났을 때 내가 가지고 있었잖아. 거기 필름하고 인화지 다 있었단 말이야. 〈새벽〉도 거기 있었다고. 내가 기다리고 기다려서 찍은 사진. 그게 내 전시회의 메인 사진이라고."

그는 한참을 더 횡설수설하다가는 말을 툭 멈추고 나를 바라봤다. 그러고는 얼굴을 더욱 들이밀며 "너도 기억나지? 그러지 말고 잘 생각해봐"라고 했다. 나를 바라보는 그의 눈이 이상하게 일렁였다. 한참을 노려보던 오영일은 제풀에 털썩 기대앉으며 풀 죽은 얼굴로 "나도 내가 무슨 생각을 하고 있는 건지 모르겠다"라고 했다. 그러고는 24시간 커피숍의 야간 아르바이트생이 오늘밤에 나올 테니 거기에 희망을 걸어봐야겠다며 몸을 일으키다가는 물었다.

"너, 정말 기억 안 나?"

그날 밤 나는 오영일과 함께 인사동의 24시간 커피숍을 찾았다. 야간 담당은 두 명이었는데 둘 다 오영일을 알아보았다. 한 명은 매니저였고 다른 한 명은 아르바이트생이라고 했다.

"당연히 기억하죠. 두 분이 술이 잔뜩 취해서 들어오셨을 때 마침 TV에서 〈검은 숲〉이 나오고 있었거든요. 몇 분이 사인을 받기도 했고요. 그러다 나중에는 춤까지 추셔서……"

"춤이요?"

내가 머쓱한 기분에 묻자 아르바이트생이 지금 생각해도 웃긴다는 듯 고개를 숙이다가는 깜짝 놀라 매니저를 흘깃 바라봤다. 그러곤 작은 목소리로 덧붙였다.

"두 분이 막 팔을 이렇게 젓고 엉덩이를 이렇게, 하여튼 그러는데 몇 분이 사인을 받으러 오셔서……"

그때 오영일이 말을 잘랐다.

"혹시 우리가 여기서 무슨 사진 같은 거 보지 않았어요?"

아르바이트생은 놀랐는지 한 발자국 뒤로 물러섰다.

"글쎄요. 어제는 근처에서 큰 집회가 있어서 매장이 굉장히 붐볐거든요. 그냥 춤추신 것밖에는……"

오영일은 몇 번이나 다시 생각해보라고 다그쳤고 그때마다 목소리가 커졌다. 주위의 시선이 우리에게 쏠렸다. 사람들이 우리를, 아니, 오영일을 힐끗거리면서 손으로 입을 가리고 수군댔다. 여기저기서 오영일, 오영일 하는 소리가 들렸다. 그 위로 장면 하나가 겹쳤다. 이곳 커피숍이었다. 출입구 옆에서 오영일이 시뻘건 얼굴에 사람 좋은 웃음을 흘리면서 사인을 해주고 있었다. 젊은 여자들과 어깨동무를 하고 사진을 찍기도 했다. 매대 쪽에 몰린 사람들이 몸을 틀어 그를 바라봤고 폰으로 사진을 찍기도 했다. 그리고 나는 양손에 커피를 든 채 화장실 문 앞에서 그 모습을 보고 있었다. 누군가가 화장실 문을 급히 열어젖히는 통에 나는 바지에 커피를 엎질렀다. 그 자국이 지금도 내 바지에 남아 있었다. 분통을 터뜨리는 것 같은 오영일의 목소리가 들려왔다.

"다시 한번 좀 생각해보라구요. 그게 얼마나 중요한 건지 알아요?"

매니저가 오영일을 말렸고 우리는 떠밀리듯 커피숍 밖으로 나왔다.

"여기에서 집까지 어떻게 갔는지 기억 안 나? 택시 탔으면 영수증 같은 거 없어?"

내 말에 그는 발을 멈추더니 짜증이 난 목소리로 말했다.

"얘기했잖아. 기억이 안 나. 필름이 끊어졌다고."

나는 진정하라고 어깨를 두드리며 말했다.

"일단 전시회부터 끝내고 생각하자. 방법이 있을 거야. 그리고 사진이야 또 찍으면 되는 거잖아."

그는 고개를 들어 나를 보았다.

"정말 아무 기억도 안 나? 술은 네가 더 세잖아. 술 마시고 사고치는 건 나고, 수습하는 건 너잖아. 그런데 어제 일은 어떻게 그렇게 하나도 기억이 안 나?"

자정이 넘은 시각인데도 인사동은 붐볐다. 어느 식당인가의 문이 열리며 쏟아져나온 사람들이 오영일과 나 사이로 지나갔다. 그 사람들이 모두 지나간 후에도 오영일은 내게서 시선을 떼지 않았다. 조금 피곤한 기분이 들었다. 그는 내가 자신의 성공을 질투하고 있다고 생각하는 것 같았다. 질투. 그런 감정이 조금도 없었다고는 할 수 없다. 하지만 오영일의 성공은 한순간이면 사라질 허상이었다. 그리고 그다음에는 영원히 그 한순간을 기억하며 사는 불행만 남아 있을 것이었다. 그러니 내가 정말 오영일에게 느낀 것은 질투가 아니라 연민이었다. 나는 그 말을 하려다가 그만두었다. 그리고 그냥 "먼저 간다, 너도 들어가라"라고만 말한 뒤 등을 돌렸다. 계속 같이 있다가는 쓸데없는 말을 할 것 같았다. 돌아보지 않아도 알 수 있었다. 오영일은 자정이 넘은 길 한복판에 오래 서 있었을 것이다.

그 이후의 일은 언론에 보도된 그대로였다. 관람객 수와 매스컴 보도 횟수를 성공의 기준으로 본다면 〈검은 숲〉 전시회는 매우 큰 성공을 거두었다. 나는 오프닝 날 갤러리를 찾았지만 오영일과 악수를 하고 몇 마디 나눈 게 전부였다. 서먹하기도 했고 그때는 나도, 그도 바빴다. 이후 몇 달은 정신없이 지나갔다. 나는 오래 준비해온 사진 평론 공모에 또 떨어졌고 회사가 구조조정에 들어가는 바람에 다른 회사를 알아봐야 하는 처지가 됐다.

그해 겨울에는 새 대통령이 선출됐다. 〈검은 숲〉 이후에 후보자들의 도덕성 문제와 불법 재산 증식 이슈가 연이어 터지면서 여론은 또다른 물살을 탔다. 다음해부터 경기 침체가 본격화됐다. J 그룹은 끝없이 이어진 불법 증여 의혹과 세무 조사 끝에 주력 사업인 철강과 해운을 제외한 모든 분야에서 철수했고 온라인 검열법은 거센 반대 끝에 흐지부지됐다. 그리고 그즈음에는 오영일의 이름을 기억하는 사람은 별로 없었다.

간간이 들리는 소식에 의하면 오영일은 더이상 스톡 대여 사진을 찍지 않는다고 했다. 몇몇 갤러리에 포트폴리오를 돌렸다는 말도 돌았다. 그리고 마지막은, 지금은 김치찌개가 7천 원인 동네의 작은 갤러리로 옮긴 정과 만났을 때였다. 새 정권이 들어서고 모두가 희망에 찬 허니문 시기가 끝날 무렵이니까 아마도 내가 인사동 길바닥에 오영일을 버려두고 돌아선 지 1년 반쯤 됐을 때였을 것이다.

"얼마 전 오영일 선배가 찾아왔는데, 아직도 숲 사진을 찍으러 다닌대요. 사진이 분명 좋아지긴 했는데. 아시잖아요. 그 선배 사진 뭔가 부족한 거."

정은 잠깐 내 눈치를 보더니 말을 이었다.

"그런데 선배는 〈새벽〉 보신 적 있어요?"

내가 고개를 들자 정은 미심쩍다는 얼굴로 말했다.

"저는 점점 〈새벽〉이라는 작품이 있긴 했을까 하는 생각이 들어요. 아니, 제 얘긴 영일 선배가 거짓말을 했다는 게 아니고. 너무 간절해서 자기도 모르게 환상을 만들어내기도 하잖아요."

그때 나는 아주 작은 밀착 사진이지만 〈새벽〉을 본 적이 있다는 말을 하지 않았다. 무슨 소리냐고, 오영일을 모르냐고, 그런 거짓말을 할 사람이냐고 말하지 않았다. 대신 이제 다 지난 일이라고 밥이나 먹자고 했다. 정과 헤어져 집으로 돌아가며 나는 오영일에게 전화를 걸려다 그만두었다. 언젠가 적당한 때가 오겠지만 아직은 시간이 충분히 지나지 않은 것 같았다.

그 적당한 때는 결국 오지 않았다. 나는 통화를 자꾸 미뤘고 결국 시한을 넘기고 말았다. 〈새벽〉을 발견한 것이었다. 한창 보도 사진사 작업에 몰두해 있던 어느 날이었다. 대략의 목차를 정할 생각으로 서재에 들어섰다. 일요일이었고 오후에는 아이들을 데리고 공원에 가기로 돼 있어서 시간이 많지 않았다. 무슨 자료인가를 찾아 책장을 뒤지는데 낯선 봉투 하나가 눈에 들어왔다. 경찰 마크가 찍혀 있었다. 개별 비닐 포장된 필름과 몇 장의 인화지가 들어 있었다. 숲이었다. 눈이 내리고 있었다. 첫해가 떠오르고 있었다. 인화지 여백에 연필로 〈새벽〉이라고 휘갈긴 글씨체는 오영일의 것이었다.

공원에 단풍이 한창이었으니까 아마 10월쯤이었던 것 같다. 나는 아이들 사진을 찍어주다가 문득 공원 밖 편의점으로 향했고 담배를 한 갑 사서 돌아왔다. 아이들이 "아빠 담배 피워"라며 아내에게 달려갔다. 아내는 불룩한 내 주머니를 바라보더니 "무슨 일 있냐"고 물었다. 아내의 말에 의하면 그날 나는 카메라 파인더에서 죽은 사람이라도 목격한 것 같았다고 했다. 새하얗게 질렸다가 벌겋게 달아올랐고,

멍하니 서 있다가 갑자기 부산을 떨었다.

오랜만에 빨아들인 담배 연기에 약한 현기증이 일었다. 만약 오영일의 야트막한 상업성과 예술성 아래 진짜 재능이 도사리고 있었다면 그는 분명 두번째 세번째 〈새벽〉을 찍었을 것이다. 그깟 사진 한 장 없다고 묻혀버린다면 그건 진짜 재능이 아니다. 그러니 〈새벽〉은 재능의 결과물이 아니라 우연의 산물이다. 하지만 두번째 담배를 꺼내 물었을 땐, 그렇다고 해도 오영일에게 마땅히 주어졌어야 하는 기회를 내가 빼앗았다는 사실에는 변함이 없다는 생각이 들었다. 〈새벽〉은 분명 좋은 사진이었다. 〈검은 숲〉이 없었다고 해도 분명 누군가의 눈에는 띄었을 것이다. 만약 두 작품을 함께 전시했다면 오영일은 조금 더 주목을 받고, 자신감을 얻어 더 좋은 사진을 찍었을지도 모른다. 나는 담배를 공원 담벼락에 비벼 끈 후 꽁초를 주머니에 넣었다.

그날 이후에도 나는 몇 번이나 오영일에게 전화를 하려 했다. 특히 술에 취한 밤이면 지난 일들이 아무것도 아닌 것 같은 생각이 들었다. 그러던 중 모교 행정실 직원에게서 전화가 왔다. 동문 명부 작업을 하는데 오영일의 전화번호가 결번으로 나온다며 새 번호를 아느냐고 물었다.

그렇게 10년이 지났다. 내 머릿속에서 부딪치고 엉키고 소용돌이치던 생각들은 점차 가라앉았고 최근에는 10년 전의 그 일을 떠올린 적도 없었다. 다만 담배를 피우는 습관만은 버리지 못해서 서재에 들어설 때마다 나는 담배를 꺼내 물었고 아무런 작업도 하지 못한 채 방을 나섰다.

　토요일 아침은 일찍 시작됐다. 두 아들을 일찌감치 주말 학원에 보낸 아내는 목장갑을 끼고 창문을 모두 열어젖혔다. 내게도 수건 한 장과 목장갑 한 켤레가 배당됐다. 서재로 들어서자 커다란 박스에 벌써 신문이 반쯤 차 있었다. 책장 두 개를 비우고 허리를 폈다. 시곗바늘이 10시를 지나고 있었다. 평화 공원은 걸어서 10분 거리다. 나는 세번째 책장으로 다가갔다. 그러곤 가장 위 칸부터 비우기 시작했다. 열어놓은 창으로 찬바람이 들이쳤지만 등허리에는 땀이 흘렀다. 아래에서 두번째 칸 커다란 사진집을 들어냈다. 경찰 마크가 찍힌 서류 봉투가 놓여 있었다. 10년 동안 쌓여 있던 먼지와 종이 부스러기가 공기 중으로 날아올랐다.

　창가에 서서 담배를 피워 물었다. 색색의 옷을 입은 사람들이 평화 공원 입구 쪽에서 덩어리를 이루고 있었다. 뛰어서 5분이면 공원 입구까지 갈 수 있다. 시간을 맞추지 못하더라도 공원 어디선가 출사팀과 마주칠 것이다.

인기척에 돌아보니 아내가 서재로 들어서다가는 멈추어 서 있었다. 창문 밖으로 상체를 내밀고 있는 내 모습에 놀란 모양이었다. 목에 수건을 묶고 양손에 박스를 하나씩 든 아내의 얼굴은 벌겋게 달아올라 있었다.

"당신은 어땠어? 나같이 깔아주는 사람 만나 힘들었지?"

아내가 갑자기 무슨 소리냐며 내 표정을 살폈다. 나는 피식 웃으며 "당신은 여전히 유머 감각이 제로"라고 했다. 그러고는 서재를 나와 안방으로 향했다. 열린 문틈으로 아내가 어디 가느냐고 물었다.

"담배가 떨어졌어. 금방 올게."

딱히 어떤 결정을 한 건 아니었다. 공원에서 오영일을 만나면 그냥 반갑다고만 할 것이다. 아니, 정문 건너편에서 얼굴만 확인하고 돌아올 것이다. 아니, 정신철은 오영일이 아닐 것이다. 아니, 나는 그냥 담배를 사서 돌아올 것이다. 바지를 갈아입는 몸짓이 왠지 급해져 왼쪽 바지통에 오른다리를 넣었고 균형을 잃고 휘청대느라 더욱 시간이 지체됐다.

"당신, 담배 좀 끊어. 요즘 들어 기침도 자주 하잖아. 그러다 큰일나."

아내가 오랜만에 담배 잔소리를 하다가는 뭐라고 중얼거렸다.

"뭐? 안 들려."

"이 사진 말이야."

"무슨 사진?"

나는 서재로 들어서며 물었다.

"〈새벽〉 말이야."

아내는 오영일의 사진을 보고 있었다.

"당신이 〈새벽〉을 어떻게 알아?"

아내가 나를 바라봤다. 그러더니 대답 대신 말했다.

"요 며칠 당신 이상한 거 알아? 갑자기 영일씨 이야기를 하질 않나. 깔아준다는 말, 10년이나 하지 않았잖아. 게다가 영일씨 사진도 보고 있고. 왜 그래? 영일씨에게 무슨 일 있어?"

나는 그런 거 아니라고 아내의 말을 자르고 〈새벽〉을 어떻게 아느냐고 다시 물었다.

"당신이 영일씨 작품 중에서는 괜찮다고 그랬잖아."

"내가? 내가 언제?"

"그때 왜 〈검은 숲〉인가 때문에 영일씨가 완전 떴을 때 있잖아. 술 진탕 마시고 와서 평생 함께 깔아줄 거라고 춤춘 날 말이야. 당신이 영일씨랑 마지막으로 술 마신 날이지, 아마."

"무슨 얘기야? 자세히 좀 해봐."

아내는 여전히 불안한 눈초리로 기억을 더듬듯 천장을 올려다봤다. 그러고는 입을 열었다.

아내의 말에 의하면 나는 1월 21일에서 22일로 넘어가는 새벽 3시쯤 집에 들어왔다. 한 손에는 겉옷을 말아 쥐고 다른 손에는 갈색 봉투를 들고 있었다. "늦었습니다." 나는 언제나처럼 현관에서 고개를 숙였고 아내도 늘 그렇듯 내 등을 찰싹 때리고 옷과 봉투를 받으려 손을 내밀었다. 그러자 내가 겉옷으로 봉투를 둘둘 감싸 품에 안더니 허리를 숙이고 '다다다' 소리까지 내며 안방으로 돌진해 침대에 펄쩍 뛰어들었다. 그러고는 그대로 잠이 들었다. 아내는 잠이 들어 흐트러진 내 품에서 겉옷과 봉투를 끄집어내 식탁 의자에 올려두었다.

"당신 술 취한 거 보니까 오늘도 뭔가 오영일 사건 사고가 있겠구나 생각이 들더라고."

다음날은 겨울치고는 푸근했다. 아이들 유치원에서 스케이트장 야외 학습을 가는 날이라 아내는 아침부터 바쁘게 움직였다. 나는 그 와중에도 술냄새를 풍기며 코를 골았다. 아내는 아이들에게 칫솔을 들려 화장실에 밀어넣은 후 나를 식탁으로 끌어냈다. 그러곤 토마토 주스를 한 잔 들려주었는데 그때에도 나는 술이 덜 깬 멍한 상태였다.

아내는 아침 준비를 하며 오늘의 오영일 사건 사고는 무엇일 것 같으냐고, 이번엔 어디 멀리 천안이나 용인까지 가버린 것 아니겠냐고 물었다. 그러자 내가 여전히 멍한 눈에 숙취로 손까지 떨면서 "제까짓 게 가긴 어딜 가. 뛰어야 벼룩이지"라고 대답했다. 말투가 신랄해 아내는 뒤를 돌아봤다.

"하지만 크게 신경쓰지는 않았어. 사실 당신이 영일씨 사진에 대해 이야기할 때면 늘 조금 무시하는 것 같은 기색이 있었거든."

아내는 왠지 오영일에게 미안한 기분이 들어서 "그래도 저 사진은 괜찮지 않아? 구도 같은 거야 나는 잘 모르지만 왠지 보고 있으면 마음이 서글퍼진다고 하나. 한 번 사는 세상 뭘 그렇게 아등바등하나. 그런 생각이 들던데"라고 했다. 그런데 내가 아무런 대답도 하지 않았다. 평소라면 또 뭐라고 놀려댔을 텐데 혹시 다시 잠이 든 건가 돌아봤더니 내가 그 사진을 얼굴 가까이에 대고 바라보고 있었다. 나는 그 사진을 머리 위로 치켜들어 보고, 팔을 멀리 뻗어 보고, 식탁에 내려놓고 보고, 다시 눈앞에 가져다가는 노려봤다.

"그러고는 아마 내가 전시회에 대해 물었을 거야. 영일씨 전시회 한다면서? 하고."

아내는 대선 결과가 뒤집어지면 그쪽 당 총재가 평생 영일씨에게 고마워해야 할 거다. J 그룹이 뒤에 있다니 몰라도 억쯤은 받지 않겠냐. 사람 뜨는 거 한순간이라고 덧붙였다.

"그러고서 돌아봤는데 당신이 여전히 그 사진을 노려보고 있더라고. 지금에 와 하는 얘기지만 그때 내가 좀 실수한 게 아닌가 생각했어. 나도 뭐라고 표현은 못하겠는데, 그냥 실수했다는 생각이 들더라고."

어색한 순간은 아이들이 화장실에서 나오며 끝이 났다. 내가 기다렸다는 듯 일어나 아들 녀석들을 붙잡아 양쪽 팔에 하나씩 끼고는 아내가 말리는데도 빙빙 돌며 랩을 하듯 노래를 불렀다. 아빠 친구 영일이 아저씨. 아빠와 영원히 함께 깔아줄 아저씨. 낮고 그윽하게, 우아하게 변함없이, 우리는 깔아주고 깔아주고 깔아줄 사이. 작은 녀석이 아프다고 몸을 틀었지만 나는 점점 더 빠르게 좁은 거실을 뛰어다녔고 결국 소파에 부딪쳐 넘어지고 말았다. 아내가 아이들을 일으켜 세우며 정신 좀 차리라고 내 등을 때렸다. 그러자 내가 벌떡 일어나 사진과 봉투를 집어 들고 서재 방으로 들어가더니 금세 돌아나와서는 이렇게 말했다.

"오영일 사진치고 괜찮지. 하지만 딱 거기까지야."

아내가 이야기를 마쳤을 때 나는 신문 더미에 걸터앉아 있었다.

"왜 나한테 얘기 안 했어?"

"얘기하고 말고 할 게 뭐 있어. 그냥 예전에 그런 일이 있었다는 거지."

아내는 괜한 이야기를 했나 하는 표정으로 말했다.

"그날, 아침 먹다가 내가 오영일 전화 받고 뛰어나갔잖아. 그런데 당신과 그런 얘기를 할 시간이 어디 있었어?"

"아, 그거. 그건 점심이지. 당신 술병 나서 아침에는 주스만 마시고 토하고 또 자다가 점심 지나서야 일어나서 나갔잖아."

나는 창밖과 시계를 번갈아 바라봤다. 푸른 하늘에는 애드벌룬이 떠 있고 시계는 10시 반을 지나가고 있었다.

가미코지에서의 하루

우연은 원인에 대한 무지일 뿐이라고 아내는 이야기했다. 생태학자였던 아내는 생물이 멸종하거나 습지가 파괴되는 데는 수많은 우연이 개입하지만 그것은 멸종이나 파괴를 최종 결과물로 보았을 때의 판단이며 만약 우연이라고 치부되어버린 변수, 그러니까 여행객의 배낭에 묻어온 외래종 식물이나 마을 가운데로 뚫린 고속도로 같은 것들을 최종 결과물로 상정한다면 거기에는 또한 정연한 논리와 인과관계가 존재한다고 했다.

최근 나는 그 말에 대해 가끔 생각하곤 하는데, 그때마다 죽어가는 생물 입장에서 보면 멸종의 이유 같은 건 아무 의

미도 없을 거라는 결론에 도달하지 않을 수 없었다. 그러니까 1년 반 전 아내가 일본 나가노현의 높은 산맥에서 목숨을 잃었을 때, 그녀를 죽음으로 몰아넣은 것이 이른 폭설이었는지 약한 지반이었는지 따위가 내게는 아무 상관이 없었던 것이다.

만년설이 올려다보이는 낯선 여관방에 술에 취해 드러누운 지금, 나는 또다시 아내의 말에 대해 생각하고 있다. 지금, 여기를 최종 결과물로 상정한다면 어디까지가 우연이고 어디부터가 누군가의, 또는 무언가의 의지로 일어난 일일까. 혹시, 하나하나의 우연은 나와 아무 관계도 없는 것이지만 그 우연과 우연을 엮은 고리의 끝에는 아주 익숙하고 그리운 것이 있는 건 아닐까.

사흘 전 전화벨이 울렸을 때 아들 녀석과 나 사이의 공기는 끊어질 듯 팽팽했다. "이유가 뭐냐"고 물은 지 한참이 지났지만 녀석은 여전히 식탁을 노려보며 입을 다물고 있었다. 막 열세 살 생일이 지났을 뿐인 녀석이 팔짱을 끼고 눈을 내리깐 모습은, 마치 나는 자신의 일에 참견할 권리가 없다고 이야기하는 듯했다. 나는 손으로 이마를 감싸며 한숨을 쉬었다. 며칠 동안 이어진 야근으로 피곤했다. 지금까지는 이런 일을 부모님께 떠넘겨왔다. 하지만 지금 부모님은 여행중이시고 장모님은 무릎 수술로 입원해 계신다. 아니, 무엇보다 이런 일은 처음부터 내가 감당해야 했다.

이달 들어 두번째 만나는 아들의 담임은 아이에게 조금 더 신경을 써달라고 이야기했다. 아들의 목에는 길게 찢어진 상처가 부어올라 있었고 상대방 학생은 이미 집으로 돌아갔다고 했다. 싸움 자체는 열세 살짜리가 할 만한, 사소한 것이었다. 그런데도 담임이 굳이 나를 부른 건 엄마가 없다는 선입견 때문이었을 것이다. 그러니 나는 그때 "어서 잘못했다고 말씀드려"라고 하는 대신 '성장의 과정에서 그런 다툼은 얼마든지 일어날 수 있는 일이며 뉘우치고 화해하면 되는 것'이라고 이야기해주었어야 하는지도 모른다. 하지만 집으로 돌아오는 내내 나는 회사 일로 전화에 매달렸고, 아들은 이어폰을 낀 채 창밖만 내다보았다.

전화벨이 울린 건 내가 다시 한번 "아빠 말이 우스워?"라고 내가 들어도 우스운 말을 내뱉었을 때였다.

"윤강혜씨 남편분 휴대 전화인가요?"

나는 한동안 대답을 하지 못했다. 아내의 이름은 항상 가장 무방비 상태일 때 들이닥쳐 나를 쩔쩔매게 했다.

"윤강혜씨 유품이 일본 나가노현의 가미코지 지역에서 발견됐습니다."

전화를 건 사람은 아내가 참가했던 생태 복원 탐사대 팀장이었다. 이름을 듣자 장례식에서 인사를 나누었던 기억이 났다. 나가노현 히다산맥 탐사 현장에 고립된 생태학자는 모두 여섯이었다. 그중 넷은 구조되고 두 명은 목숨을 잃었는데 팀장은 운이 좋은 쪽이었다. 그는 직접 유품을 전달받기를 원하면 늦어도 11월 7일까지는 가미코지에 가야 하며, 혹시 상황이 여의치 않으면 연구소에서 우편으로 회수하겠다고 했다. 팀장의 목소리는 고립과 죽음의 상황을 회상하고 싶지 않은 마음과 목숨을 잃은 동료에 대한 죄책감 사이에서 경직돼 있었다. 구조대는 끝내 아내의 시신을 발견하지 못했다.

잠긴 아들의 방문 앞에서 "아직 끝난 거 아니니 이거 당장 열라"고 이야기했지만 내 목소리는 화가 난 것 같지도, 강제력이 있는 것 같지도 않았다. 아이라도 분명 생각이 있고 감정이 있다. 머리로는 알고 있었다. 하지만 막상 맞닥뜨리면 나는 그런 생각을 하지 못했다. 녀석은 아주 어린아이같이 굴다가도 다음 순간 기어코 나를 이기고야 말겠다는 듯 이를 악물고 대들었다. 내게 열세 살 시절이 없었던 것도 아닌데 녀석을 어떻게 상대해야 할지 알 수가 없었다.

거실을 대충 정리하고 방으로 들어섰다. 등뒤로 문을 닫자 비로소 아내의 유품은 무엇일까, 그것이 왜 가미코지에서 발견됐을까 같은 생각이 들었다. 아내는 탐사 이야기를 즐겨 하는 편이어서 나는 밤늦게까지 낯선 지명이며 동물들의 특성, 그리고 그 지역에 얽힌 시시콜콜한 옛이야기를 들어야 했는데, 내가 기억하는 한 가미코지는 아내가 목숨을 잃은 곳에서 멀리 떨어져 있었다.

아내는 가미코지가 신도 쉴 수 있는 곳이라고 했다.

"'가미'라는 단어 때문에 처음에는 '신神'과 관계된 지명일 거라 생각했어. 나중에야 '가미'의 한자가 '신神'이 아니라 '상上'이라는 것을 알게 됐지만, 그곳을 방문하고 보니 가미코지上高地가 신과 관계된 지명일 거라는 생각이 오히려 강해졌어."

만년설이 병풍처럼 둘러싼 고원 분지, 고요히 패어 있는 호수와 연못들, 그 호수를 따라 흐르는 차가운 강. 태곳적부터 그랬던 듯 아무렇지 않게 서 있는 풀과 나무.

그곳으로 아내의 유품이 떠내려왔다.

가미코지 아래 온천 마을에 도착한 것은 해가 꽤 기울었을 무렵이었다. 온천 마을 버스 정류장은 붐볐다. 가미코지는 매해 4월 말 산을 열었다가 11월 중순에 닫는데, 올해의 폐산제

閑山祭는 11월 7일, 내일이었다. 렌트한 자동차를 버스 정류장 뒤에 주차하고 우동집으로 들어섰다. 가미코지에는 자동차가 올라갈 수 없다. 길이 험하거나 도로가 좁아서가 아니라 그곳의 생태계를 보존하기 위해서다. 그래서 누구든 온천 마을에 차를 두고 버스로 30분쯤 구불구불한 산길을 올라야 했다. 가장 빨리 나오는 메뉴를 물어 우동을 시켰다. 밤비행기를 타고 서울로 돌아가려면 서둘러야 했다. 폐산제까지 머물 생각은 없었다. 관광을 하거나 축제를 보러 온 게 아니었고, 내일 회사에서 중요한 미팅이 잡혀 있기도 했다.

"가미코지는 '재팬 알프스'라 불리는 히다산맥 한가운데 있는 분지인데, 해발 1,500미터의 고지로, 엄마가 사고를 당한 곳으로부터는 100킬로미터나 떨어진 곳이래. 엄마의 유품이 그렇게 멀리 흘러왔다니 이상한 일이지."

아들은 창밖을 바라보더니 이내 파카 주머니에서 스마트폰을 꺼냈다. 그러더니 지퍼를 턱밑까지 끌어올리고 고개를 숙이며 어깨를 움츠렸다. 가미코지로 향하는 데 아들과 동행하는 것은 좋은 생각인 것 같았다. 하루종일 아이를 맡길 곳이 없기 때문이기도 했지만 현실을 떠나 낯선 풍경을 바라보는 시간이 길어지면 서로 많은 생각을 할 것이고 차분한 마음으로 이야기를 나눌 수 있지 않을까 생각했다.

하지만 인천 공항에서나 비행기에서나 아들은 어쩔 수 없이 따라왔을 뿐이라는 듯 굴었다. 이어폰을 낀 채 창밖만 내다봤다. 가미코지 자료를 건네주거나 엄마 이야기를 해도 들은 척도 하지 않았다. 기내식은 손도 대지 않고 나가노 공항에서는 자동차를 렌트하는 동안 어딘가로 사라져 한참이나 시간을 지체하게 만들기도 했다. 나는 화를 내지 않으려 애썼다. 그러다보니 말수가 줄었는데, 그렇다고 녀석이 먼저 말을 거는 법도 없었다. 긴 침묵을 견디지 못해 내가 다시 입을 열면 아들은 번번이 딴청을 피우거나 말대답을 해 결국 내가 "예의 바르게 행동해"라거나 "아빠 말이 우스워" 같은 말을 내뱉게 했다. 온천 마을에 도착한 건 그렇게 세 시간이 지난 후였다. 나도 아들도 목구멍 끝까지 감정이 치솟아 있었다.

"밥 먹을 때는 폰 좀 내려놔. 일본까지 왔는데 주위도 좀 보고, 파카도 좀 벗고. 춥지도 않은데 사내자식이."

우동을 반쯤 비웠을 즈음 나는 결국 언성을 높였다. 온천 마을은 고도가 높아 바람이 세고 기온이 낮다. 우동 가게는 일본 음식점이 대개 그렇듯 그리 따뜻하지 않았다. 하지만 스마트폰에 정신이 팔려 건성으로 우동을 뒤적이는 모습에 나는 결국 목구멍까지 차오른 말을 뱉어버렸다. 벌떡 일어

나 내 키의 반밖에 되지 않는 아이의 어깨를 잡고 이어폰을
빼고 파카 지퍼를 내려 벗겼다. 아들은 아프다는 듯 귀를 잡
으며 나를 노려봤다.

"엄마의 유품을 찾으러 가는 길인데, 너는 그깟 스마트폰
이 엄마보다 더 중요해?"

그 말에 아들이 벌떡 일어났다. 이를 악물고 있었다. 얼
굴이 점점 달아오르더니 이내 뺨이 실룩거렸다. 나는 자리
에 앉으라고 인상을 썼다. 하지만 아들은 듣지 않았다. 내가
"도대체 애 교육을 어떻게 해놓은 거야?" 하고 말하자 녀석
은 세게 의자를 밀쳤다. 표정이 일그러져 있었다. 금방이라
도 눈물이 떨어질 것 같았다. 녀석은 급히 고개를 숙이며 밖
으로 나갔다.

화장실에서 손을 씻고 거울을 바라봤다. 엄마 이야기를
그렇게 하다니 내가 심했다. 창문 너머로 재팬 알프스가 펼
쳐져 있었다. 아내는 지금도 저곳 어딘가에 누워 있을 것이
다. 자리로 돌아오니 아들의 의자는 여전히 뒤로 밀쳐진 채
였다. 파카도 스마트폰도 그대로 놓여 있었다. 젓가락을 들
었다가 내려놓았다. 국물을 한번 휘젓고는 또 내려놓았다.
겨우 열세 살짜리 아이일 뿐이다. 상처를 입은 것이다. 다시
한번 마음을 다잡았다.

우동집을 나섰는데도 아들의 모습은 보이지 않았다. 순식간에 차가운 바람이 도로를 휘감았다. 화장실에 다녀온 건 겨우 1~2분 정도였다. 주차장으로 달려갔다. 렌터카 근처에도 아들은 없었다. 한기가 등허리를 타고 올랐다. 버스 매표원을 붙잡아 세웠다. 손으로 키를 가늠해 보이며 꼬마 아이를 보았는지 물었다. 나이가 지긋해 보이는 매표원은 한 소년이 조금 전에 혼자 버스를 탔다고 대답했다. 그러면서 내 손보다 한 뼘 정도 위를 짚더니 자기 목에 대고 사각형을 그려 보였다. 목에 반창고가 있다는 뜻인 것 같았다. 매표원은 다음 버스는 20분 후라고 했다. 그러고는 가미코지에는 다른 곳으로 가는 도로가 없으니 한번 거기에 올라간 사람은 거기 그냥 있거나 내려오는 수밖에 없다며 너무 걱정하지 말라고 내 어깨를 두드렸다. 그동안에도 아들을 태운 버스는 내게서 멀어지고 있었다.

승객을 가득 태운 버스는 도무지 속력을 내지 않았다. 허연 눈을 뒤집어쓴 키 큰 나무들이 뿌연 하늘과 맞닿아 있었다. 가미코지의 관문이라는 가마 터널에 들어서자 시야를 채우던 압도적인 풍경이 사라지고 바퀴 소리, 엔진 소리, 사람들 소곤거리는 소리가 버스 안을 채웠다. 아침 5시에 문을 열고 저녁 8시에는 닫는 이 터널이 닫히면 가미코지는 외부 세계와 완전히 단절된다. 일본 여성 특유의 하이톤으로 이어지는 안내 방송이 구불구불 뚫린 터널을 따라 기괴하게 울렸다.

정류소는 화려하게 번쩍였다. 붉은 무늬의 휘장이 휘날리고 울긋불긋한 등산복을 입은 사람들이 무리 지어 서 있었다. 사방을 훑었다. 아무리 사람이 많아도, 아무리 장식이 요란해도 단번에 아들을 알아볼 수 있을 거라 생각했다. 흐린 하늘 아래로 구름이 잔뜩 몰려가고 안개비가 흩날려 얼굴이 따끔따끔했다.

안내소 직원은 내 일본어를 못 알아듣는 건지 그런 척하는 건지 눈을 가늘게 뜨고 "하이, 하이"만 되풀이했다.

"그러니까 내 말은, 내 말은 말입니다. 한국어, 한국어 아시는 분 없습니까?"

나는 답답한 마음에 주위를 둘러봤다. 호기심에 바라보던 사람들이 외면하며 발걸음을 옮겼다. 안타깝지만 어쩔 수 없다는 듯 고개를 돌렸다. 차가운 공기 속에서 내 말은 아무런 의미도 전달하지 못한 채 스러졌다.

"히토리데 바스니 놋타 오토코노 코 미타 코토 아루까이?"

그때 저음의 일본어가 들려왔다. 몸집이 작고 머리가 하얗게 센 노인이었다. 노인은 안내소 직원들과 빠르게 몇 마디 나누더니 "스웨터만 입은 소년이 코지 호텔에서 내렸다"고 말했다. 그러더니 혹시 윤강혜씨의 남편이냐고 물었다.

노인은 겐이치 마루야마였다. 연구소에서 보내준 메일에 따르면 아내의 유품은 마루야마 가족이 운영하는 임강관臨江館에 보관돼 있었다. 유품을 발견한 사람은 노인의 둘째 아들이라고 했다. 노인은 가미코지 관광 지도를 집어 들더니 가운데 커다랗게 동그라미를 그리며 "이곳이 가미코지 정류소"라고 말한 후 조금 아래쪽의 코지 호텔을 짚은 후 강 건너편에 있는 여러 료칸 중 하나에 밑줄을 그었다. 그곳이 임강관이었다. 노인은 코지 호텔에서 임강관까지는 20분 거리인데 자신은 폐산제 준비 때문에 동행할 수 없다고 했다. 그러고는 저녁에 뵙자며 고개를 숙였다.

나는 고맙다는 인사도 하는 둥 마는 둥 하고 발걸음을 옮겼다. 코지 호텔로 향하는 길은 풀숲 사이로 뚫려 있었다. 문득 노인이 우리말을 했다는 것을 깨달았지만 뒤를 돌아보지는 않았다. 어디선가 물소리가 들렸다. 아즈사강이었다. 만년설로 뒤덮인 호다카 연봉에서 발원해 가미코지를 가로지르는 차갑고 맑은 강. 아내의 유품은 이 강을 따라 가미코지에 다다랐다.

아들과 처음 부딪힌 게 엄마를 찾으러 가겠다고 떼를 쓴 것 때문이었다. 시신도 없는 장례식을 치르고 한 달 또는 한 달 반쯤 지났을 무렵이었다. 집에 돌아왔는데 아들이 소파에 앉아 있었다. 그러고는 여물지도 않은 이를 꽉 문 채 아빠는 왜 엄마를 찾으러 가지 않느냐고 물었다. 왜 엄마가 죽었다고만 생각하느냐, 죽은 걸 보지도 못했지 않느냐고 했다. 내가 다가가자 아들은 내 눈을 똑바로 노려보며 목소리를 높였다. 내가 끌어안으려 하자 소리를 지르고 마루를 뒹굴며 울었다. 그렇게 한참을 실랑이를 하다 나는 결국 소리를 질렀다. 엄마는 죽었다고. 떼를 쓴다고, 어리광을 부린다고 살아 돌아오지 않는다고.

발걸음을 옮기는데 재채기가 나왔다. 11월이지만 해발 1,500미터의 고지였다. 찬 공기에 코끝이 아팠다. 왼손에는 아들의 푸른 파카가 들려 있었다. 걸음을 재촉했다. 나무판자를 덧댄 길은 험하다고는 할 수 없지만 고른 편도 아니었다. 급한 마음에 자꾸 걸음이 꼬였다. 허둥대다가 판자 틈에 발이 끼고 말았다. 발목이 시큰거렸다. 갈림길이 없으니 길을 잃을 염려는 없지만 자욱한 안개 속에서 마치 방향을 잃고 헤매는 것 같은 기분이 들었다.

"임강관 위치를 묻더니 관광 지도를 얻어갔습니다."

푸른 제복을 입은 코지 호텔 프런트 직원의 말에 나는 다시 한번 한국인 소년이 맞냐고 물었다. 아들은 일본어를 할 줄 모른다. 게다가 마루야마 노인이나 임강관에 대한 자료는 제대로 보지도 않았다. 직원은 정확하지는 않지만 한국인 같아 보였다고 했다.

전화 신호가 울리는 동안 나는 로비를 서성였다. 카운터 뒤에서는 직원이 걱정스러운 얼굴로 나를 바라보고, 로비를 오가는 투숙객들은 성마른 내 동선을 피해 이리저리 발걸음을 돌렸다. 이윽고 노년기에 들어선 것이 분명한, 가늘고 떨리는 목소리가 흘러나왔다. 임강관의 안주인인 듯한 노파는 자꾸 어긋나는 내 일본어를 참을성 있게 듣더니 훨씬 또박또박한 말투로 "아드님이 조금 전에 임강관에 도착했다"라고 대답했다. 그 말에 의자에 주저앉았다. 마음속에 단단히 뭉쳐 있던 게 풀어지며 다리에 힘이 빠지고 한기가 몰려왔다.

코지 호텔을 나서자 해가 지고 있었다. 어둠이 내리기 시작한 숲길을 서둘러 걸었다. 녀석을 만나면 혼을 내야 하나 끌어안아야 하나. 길옆으로 죽은 고목과 비슷비슷한 풀숲이 이어졌다. 왼쪽 발목이 화끈거렸지만 걸음을 늦추지 않았다. 예기치 않은 일로 시간이 지체돼 비행기 시간이 촉박했다. 아니, 아직 아들을 보지 못했다. 아들은 분명 임강관에 있겠지만 직접 내 눈으로 보고 내 손으로 붙잡아야 안심이 될 것 같았다. 희뿌연 안개가 슥슥 지나갔다.

내 발소리 외에 무언가가 풀숲을 밟는 듯한 기척을 느낀 것은 코지 호텔을 나선 지 10분 정도 됐을 때였다. 처음에는 주위가 잘 보이지 않는데다 긴장한 탓에 예민해진 것이라 생각했다. 하지만 흙길로 들어서자 내 것이 아닌 기척은 더욱 명확해졌다. 다리를 건너 오른쪽 길로 접어드는데 풀숲에서 나무 부러지는 소리가 났다. 누군가가 삭정이를 밟은 것 같았다. 걸음을 멈추자 이번엔 뒤쪽에서 풀 헤치는 소리가 들렸다. 그러고는 오른쪽 키 큰 풀들이 흔들리기 시작했다. 흔들림은 풀숲 여기저기로 퍼져나갔다. 사각사각 풀 밟는 소리가 나면서 풀숲이 물결치며 휘청거렸다.

백여 년 전 영국인 선교사 부부가 등산복에 자일을 메고 나타나기 전까지 재팬 알프스는 곰과 멧돼지, 사슴과 원숭이의 땅이었다. 가미코지의 주인이 인간으로 바뀌며 그들은 모습을 감추었지만, 생태계에 대한 자각이 생겨나고 자동차 운행이 금지된 지금, 곰이 줄어들면 사슴과 원숭이가 늘어나고, 곰의 먹잇감인 사슴과 원숭이가 충분히 많아지면 다시 곰이 늘어나는 자연의 순환이 되돌아오고 있다고 했다.

지금 가미코지는 곰과 멧돼지의 시기였다. 먹이가 줄어든 맹수들이 민가를 습격하는 일이 심심치 않게 일어난다고 했다.

나는 그런 곳에서, 안개가 장막처럼 둘러싼 가운데 사방으로 트인 길 위에 혼자 있었다. 멈춰 선 발끝에 힘이 들어갔다. 모든 신경이 청각에 몰려들어 귓바퀴가 움찔움찔했다. 가미코지는 수많은 사람이 오가는 관광지다. 게다가 내일은 인파가 절정인 폐산제다. 하지만 그들은 모두 볼거리가 많은 상류로 올라가버렸다. 그들과 나 사이는 어둠과 안개, 그리고 무심한 숲으로 겹겹이 가로막혀 있다. 소리를 지른다고 해도 들리지 않을 것이다. 누군가가 달려온다고 해도 너무 늦을 것이다. 곰이 얼마나 흉포한 짐승인지, 멧돼지와 맞닥뜨리면 어떻게 해야 하는지, 아무것도 떠오르지도 않았다. 거대한 먹이사슬의 세계에서 나는 내 몸 하나 방어할 수 없는 작고 나약한 생물에 불과했다.

풀숲의 움직임은 점차 길을 향해 조여들었다. 그러더니 마침내 왼쪽 앞으로 늘어선 마른풀이 버스럭 소리를 내며 반으로 꺾였다. 나는 꼼짝도 하지 못하고 풀숲을 바라봤다. 서늘한 기운이 등줄기를 타고 내려갔다.

툭 튀어나온 것은 작은 원숭이였다. 순간적으로 눈이 마주쳤다. 원숭이도 나도 서로의 존재에 놀라 꼼짝도 하지 못했다. 회갈색 털이 거칠게 뻗어 있고 얼굴이 붉은 원숭이는 나를 똑바로 바라보았다. 얼굴은 경직돼 있지만 노란 눈에는 흔들림이 없었다. 이윽고 한참 앞쪽의 풀숲에서 뭔가가 또 튀어나왔다. 역시 원숭이였다. 처음 녀석보다 훨씬 작은 두번째 원숭이는 나를 힐끔 바라보더니 몸을 돌려 걷기 시작했다. 풀숲의 움직임은 차례로 길로 향했고 꼬리가 짧고 얼굴이 붉은, 크고 작은 원숭이를 툭툭 뱉어놓았다. 원숭이는 길을 가득 채울 만큼 많았다. 지금까지 이 많은 원숭이가 어디에 숨어 있었을까 싶을 정도였다. 원숭이들은 제각기 길을 걸었다. 더러는 작은 녀석이 큰 녀석을 따라가기도 하고 더러는 무리에서 뚝 떨어져 혼자 걷기도 했다. 제일 처음 나온 녀석도 내게서 눈을 돌려 걷기 시작했다.

아들도 이 길을 지났을 것이다. 이 안개 속에 무방비 상태로 서서 흔들리는 풀숲을 보며 겁에 질렸을지도 모른다. 나는 안개 너머, 숲 건너, 불러도 들리지 않을 것처럼 먼 곳에 있는 사람일 뿐이었을지도 모른다. 아내는 우연은 원인에 대한 무지라고 했다. 그렇다면 아들과 내가 자꾸 어긋나는 이 우연의 길에서 내가 이해하지 못하고 있는 원인은 무엇일까. 흩날리는 안개에 눈앞이 축축했다.

다시 걷기 시작했다. 풀숲에서 튀어나온 원숭이들이 한 마리 한 마리 풀숲으로 돌아가고 길 위에 혼자 남았을 즈음 임강관이 모습을 드러냈다.

안주인은 마루에서 나를 맞았다. 마루야마 노인보다도 작고 나이들어 보였다. 신을 벗으려는데 아들의 흙 묻은 운동화가 신발장에 놓여 있었다. 노파를 따라 삐걱대는 계단을 올라갔다.

"아드님이 감기에 걸린 모양입니다. 지금은 잠이 들었습니다."

나는 아들의 파카를 내려다봤다. 지퍼를 턱밑까지 올리고 있었던 건 감기 기운 때문이었을까. 노파는 아들이 울더라고 했다. 배가 고파 보여 밥과 된장국을 내주었더니 허겁지겁 먹다가는 젓가락을 내려놓은 채 한참을 그냥 앉아 있기에 혹시 더 필요한 게 있는지 물으려 다가갔더니, 마치 어린아이처럼 입술을 삐죽거리고 서러운 표정을 지으며 울고 있더라는 것이었다.

긴 마루 복도를 가운데 두고 늘어선 장지문 중 하나에 슬리퍼가 놓여 있었다. 그 문 건너편에서 앓는 소리가 들려왔다. 나는 삐죽 튀어나와 있는 아들의 맨발을 이불 속으로 밀어넣으며 곁에 앉았다. 열에 들떠 벌겋게 달아오른 아이의 얼굴을 바라보았다. 머리카락은 땀에 절어 이마에 들러붙었고 눈물 때문인지 땀 때문인지 뺨에 시커먼 얼룩이 져 있었다. 반쯤 벌린 입에서는 숨을 쉴 때마다 앓는 소리가 새어나왔다. 아들의 머리카락을 쓸어넘기는데 목 뒤 상처가 눈에 들어왔다. 반창고가 반쯤 떨어져 부어오른 상처가 그대로 드러나 있었다.

임강관으로 향하면서 나는 아들의 휴대 전화를 열어보았다. 잠금장치가 되어 있었지만 그래봐야 열세 살짜리일 뿐이었다. 나는 나이도, 경험도 훨씬 많고 무엇보다 아빠였다. 그 정도는 시간만 들이면 해결하지 못할 일은 아니었다. 게임과 채팅, 사진 같은 프로그램들을 거쳐 음악 앨범을 열다 나는 손을 멈추었다. "에키니 이키타인데스카, 도우 이케바 이인데스카." 초급 일본어 회화였다. 나가노행 비행기에서, 렌터카에서 재팬 알프스를 바라보며 아들이 듣고 있었던 건 일본어 회화였다. 아들은 언제부터 일어를 공부한 걸까. 일어를 배우고, 일본에 오면 엄마를 찾을 수 있다고 생각한 걸까.

끝이 너덜거리는 더러워진 반창고를 떼어내려 하자 아들이 칭얼거리며 돌아누웠다. 창문을 넘어 들어온 희미한 빛 아래 찢어진 살에서 나온 진물과 반창고가 엉겨붙은 게 보였다. 다시 손을 뻗다가는 그만두었다. 아프지 않게 반창고를 떼어낼 자신이 없었다.

아래층으로 내려오자 다다미방에 무명 헝겊에 싸인 작은 꾸러미가 놓여 있었다. 아내의 유품이었다. 안주인은 일부러 자리를 피한 것 같았다. 나는 장지문을 닫고 방석에 앉았다. 그러고는 꾸러미를 풀었다. 아내의 개인 노트북의 까만 표면이 형광등 불빛 아래 흐릿하게 빛났다. 뒷면에 아내가 다니던 연구소의 이름과 윤강혜라는 이름이 영어로 쓰여 있었다. 노트북은 방수포에 싸인 채 아즈사강을 떠내려왔다고 했다. 케이블을 연결하고 전원을 누르자 윙 하고 노트북 켜지는 소리가 들렸다.

오늘밤은 일본에서 묵어야 할 것 같다고 이야기하자 부장은 곤란한 기색이 역력했다. 사정을 아는 그로서는 화를 낼 수 없어 더 답답했을 것이다. 부장은 인간적인 사람이지만 개인사로 계속 자리를 비우는 팀원을 언제까지나 감싸줄 수는 없을 것이다. 회사에 돌아갔을 때 불이익을 당하더라도 어쩔 수 없는 일이라 생각했다. 전화를 끊고 자리에서 일어나는데 마루야마 노인의 낮은 목소리가 들려왔다.

노인이 돌아오자 임강관은 순식간에 활기를 띠었다. 안주인이 분주히 식사 준비를 하는 동안 목욕을 마치고 나온 노인은 함께 저녁 식사를 하자고 권했다. 밥상은 작은 공기에 담긴 밥과 된장국, 채소절임, 그리고 아즈사강에서 잡은 생선구이가 전부였다. 노인은 젊은 시절 수많은 곳을 떠돌았다고 했다. 일본뿐 아니라 대만과 필리핀에서도 살았고 부산에서도 4, 5년을 보냈다고 했다. 우리말을 하는 건 그래서였다. 마루야마 노인은, 가미코지로 돌아온 건 자신이 이곳에서 태어났고 이곳에서 죽음을 맞는 것을 당연하게 생각할 마지막 세대이기 때문이라고 했다.

"가미코지로 올라오는 길에 가마 터널을 지나셨지요?"

노인은 잠깐 말을 멈추었다가 다시 입을 열었다.

"그게 쇼와 2년이었을 겁니다. 온천 마을과 가미코지를 잇는 터널을 만드는데, 너무 위험한 공사라 조선인 인부를 모집했지요."

그 공사에서 수많은 조선인 인부가 목숨을 잃었다. 쇼와 2년이면 1927년이다. 그때 마루야마 노인은 겨우 네 살이었는데 노동 현장에서 목숨을 잃은 김이라든가 박 같은 남자들을 많이 안다고 했다. 그들은 공사장에서 죽은 수많은 다른 조선인과 함께 그냥 터널 아래 묻혔다.

"많은 사람이 카미코치의 생태 파괴 주범이 가마 터널이

라고 이야기합니다. 과격한 사람은 터널을 부수어버리자고
도 합니다. 그렇다면, 그때 이곳에 스러져간 인부들의 죽음
에 도대체 무슨 의미가 있는 것입니까. 나는 이해할 수가 없
습니다."

노인의 말에 나는 '만약 가마 터널이 만들어지지 않았다
면 아내도 죽지 않았을까' 하는 생각을 하지 않을 수 없었
다. 하지만 노인은 고개를 저었다. 터널은 뚫렸고 인부들은
죽었고 수많은 사슴과 원숭이, 풀과 나무, 곤충과 새 들이
죽임을 당했다. 그리고 아내도 죽었다. 그 어떤 것도 돌이켜
지지 않는다.

장지문이 열리더니 안주인이 쟁반에 도쿠리와 술잔을 받
쳐들고 들어왔다. 마루야마 노인은 데운 술을 따라주며 내
일 폐산제에 쓰일 신주와 같은 종류라고 했다. 그리고 매해
산을 닫고 나면 가미코지는 적막과 추위에 휩싸이는데, 그
것은 마치 죽음과도 같다고 말했다.

"이상하지 않습니까? 산을 되살리기 위해 닫는 것인데 그
것이 죽음을 연상케 하다니요."

"임강관으로 오는 길에 원숭이들을 봤습니다."

나도 모르게 말했다.

"하!"

노인은 독특한 소리를 냈다. 그러고는 무겁게 가라앉아 있던 표정을 펴고 자세를 고쳐 앉으며 술잔을 들었다.

"이제 곰과 멧돼지의 시기가 가고 원숭이의 날이 돌아오고 있는 겁니다. 산이 되살아나고 있다는 증거지요."

나는 바닥을 내려다보았다. 그러다 물었다.

"그렇게 되기까지 얼마나 걸렸습니까? 멧돼지와 원숭이가 돌아오기까지 말입니다."

노인은 생각을 되짚는 듯 한참이나 먼 곳을 바라보았다. 그동안 안주인이 저녁상을 내갔고 노인은 술잔을 천천히 기울였다. 그러고는 잘 모르겠다는 듯 고개를 저었다.

"아주 많은 시간입니다. 아주 많은 시간. 결국은 그렇게 많은 시간밖에는 없습니다. 다만 노력하는 겁니다. 그 수많은 시간을."

아들 곁에 드러누웠다. 열은 조금 가라앉은 듯했지만 앓는 소리는 여전했다.

마루야마 노인은 노트북이 아내가 죽은 곳에서 백여 킬로미터를 떠내려왔다고 했다. 지난 10월 때아닌 고온으로 호다카 연봉에 폭우가 내렸다. 그 바람에 만년설이 부분적으로 녹으며 지반이 약해졌고 그 사이로 물줄기가 생겨났다.

노트북은 그 물줄기에 실려 산 아래로 향했다. 그리고 아즈 사강의 지류를 타고 가미코지에 다다랐다.

그때 마루야마 노인의 둘째 아들이 임강관에 머물고 있었던 건 우연이었다. 가미코지에서 몇 시간 떨어진 나가노시에 거주하는 둘째 아들은 댐을 관리하는 정부 부처에서 일하는데, 지난 10월의 폭우로 인근 댐의 수위가 높아져 출장을 왔다가 잠시 임강관에 들렀다. 그리고 보통 때는 아무도 찾지 않는 깊은 골짜기까지 올라갔다가 죽은 나무뿌리에 걸려 있는 방수 파우치를 발견했다. 그곳은 둘째 아들이 어린 시절 키웠던 개를 묻은 곳이었다.

아내의 노트북은 끝내 아무것도 보여주지 않았다. 로딩중임을 알리는 모래시계가 화면 가운데 나타났지만 그것은 모래가 다 떨어지면 뒤집히고, 모래가 다 떨어지면 또다시 뒤집히기를 반복할 뿐이었다. 아들의 머리카락을 쓸어올리자 여전히 붉게 부어오른 상처가 드러났다. 작은 창 너머로는 아내가 죽은 산이 올려다보였다.

오! 롤라

지금부터가 중요하다. 직선으로, 최단 거리로 달려야 한다. 그녀의 손을 꽉 잡았다. 그녀도 굳이 뿌리치지 않았다. 뛰지 마세요. 진행 요원들이 외쳤지만 웃기는 소리였다. 게이트가 열리는 순간 모두 달리기 시작했다. 우리도 뛰었다. 중년 남자의 어깨를 밀쳐 넘어뜨리고 외국인 여자의 발을 밟았다. 사람들을 앞지르며 전속력으로 나아갔다. 그러다 한순간 발을 헛디뎠다. 정말 한순간이었다. 흙바닥에 나동그라지며 코를 처박았다. 콧부리가 시큰거리고 눈물이 찔끔 났다. 누가 일부러 발을 건 건지 나 혼자 걸음이 꼬인 건지는 모르겠다. 그런 걸

따질 때가 아니었다. 그녀는 저만치 달려가고 있었다. 뒤를 돌아보지도 않았다. 속으로 욕을 뱉었다. 그녀를 향해선 아니었다. 그냥 욕이 나왔다.

먼저 도착한 사람들이 스크럼을 짠 듯 빽빽이 선 곳에 이르러서야 그녀를 따라잡았다. 이리저리 어깨를 들이밀어봤지만 비집고 들어갈 방법이 없었다. 일반 입장보다 먼저 들어온, 다른 티켓을 손에 쥔 사람들이었다. 그래도 꽤나 좋은 자리까지 왔다. 그녀를 앞에 세우고 돌아봤다. 사람들은 여전히 들소떼처럼 뛰고 있었다. 외국인도 많았다. 불안한 눈동자의 외국인 노동자가 아니라 건장한 체격에 영어를 사용하는 푸른 눈의 외국인.

3만 명이 모두 입장하는 데 한 시간이 넘게 걸렸다. 다들 흥분을 이기지 못해 휘파람을 불고 웃통을 벗어젖혔다. 자리를 두고 육박전이 벌어지기도 했다. 외국인 중에는 끌어안고 키스를 하는 사람도 있었다. 하지만 우리가 있는 쪽은 꿈쩍도 하지 않았다. 펜스에서 얼마 떨어지지 않은 좋은 위치. 다들 자리를 뺏기지 않으려, 한 뼘이라도 더 비비고 들어가려 앞사람을 떠밀었다.

내 뒤는 거구의 남자였다. 검고 거친 곱슬머리에 얼굴이 까무잡잡한 게 라틴 아메리카 사람 같았다. 체온이 뜨겁고 입김은 시큼했다. 남자는 몸의 힘을 빼고 내게 업히듯 기댔다. 내가 허리를 세우며 몸을 틀어도 들썩도 하지 않았다. 돌아보자 자기도 뒷사람 때문에 어쩔 수 없다는 듯 어깨를 으쓱했다. 그녀도 나를 돌아봤다. 그녀와 나 역시 구석구석 밀착돼 있었다. 분명 어색한 자세였다. 하지만 싫지는 않았다.

그녀의 얼굴이 내 오른쪽 뺨 바로 옆에 있었다. 조금이라도 얼굴을 돌리면 뺨이 부딪칠 듯했다. 그녀는 고개를 한껏 빼 반대쪽만 바라보았다. 나도 목을 길게 늘이며 주위를 구경하는 척했다. 그러다 고개를 돌려 그녀를 슬쩍 바라봤다. 뺨에는 세로 주름이 잡히고 왼쪽 윗입술이 치켜올라가 있었다. 상황이 어색하거나 불편할 때 자기도 모르게 나오는 표정이었다.

"왜?"

그녀가 나를 흘깃 보며 물었다.

"그냥."

그녀가 다시 고개를 돌렸다. 나는 혼잣말인 듯 중얼거렸다.

"그런데 얼마 만이지?"

그녀는 여전히 다른 쪽을 보면서 역시 혼잣말인 듯 대답했다.

"9개월쯤 됐겠다. 아, 좀 넘었구나."

나는 그녀를 바라봤다. 그녀의 머리카락이 내 뺨에 스쳤다.

"9개월?"

내 기억이 맞다면 1년이 넘었다. 마지막으로 만난 게 내 스물여덟번째 생일날이었고 지난달에 내가 스물아홉이 됐으니까 분명 1년이 넘었다. 그런데 그녀는 9개월이라고 했다.

"아니야. 1년 좀……"

그때 스피커가 요란한 소리를 내며 켜졌다. 주위가 순식간에 조용해졌다. 다들 스테이지 위를 바라보면서 숨을 죽였다.

갑자기 허공에서 수백 개의 조명이 한꺼번에 터졌다. 스테이지에서도 빛이 솟구쳐올랐다. 순식간에 무대 위에 빛으로 만들어진 구조물이 나타났다. 그러고는 오! 롤라(O! LOLA) 로고가 폭발하듯 모습을 드러냈다.

스타디움은 단번에 끓어올랐다. 라틴 아메리카 남자가 괴성을 지르며 펄쩍펄쩍 뛰었다. 그녀도 발을 구르고 손을 흔들었다. 스타디움 전체가 소리를 지르고, 휘파람을 불고, 점핑을 했다. 금세라도 무너져내릴 것 같았다.

그녀의 옆얼굴을 바라봤다. 그녀의 얼굴은 흥분과 기대

로 일그러져 있었다. 그대로였다. 내가 아는 그대로. 이상했다. 겨우 1년이 지났을 뿐이다. 어쩌면 그대로인 게 당연했다. 그런데도 이상한 기분이 들었다. 헤어진 연인답다는 건 어떤 걸까. 누군가는 더이상 만나지 않는 것이라고 했다. 피치 못한 사정이 생긴다면, 그래도 만나지 않는 것이다. 그런데도 꼭 만나야 한다면, 세 번을 물어도 만나는 것밖에 답이 없다면, 그때는 필요한 시간만 함께하는 것. 그것이 헤어진다는 것이라고 했다. 그녀와 나는 1년 전 헤어졌다.

나도 손가락을 입술에 대고 휘파람을 불었다. 그녀와, 라틴 아메리카 남자와, 키스를 하던 외국인과 박자를 맞춰 미친 듯 발을 굴렀다. 그녀와 나는 서로를 만나기 위해 스타디움까지 온 게 아니었다. 세 번을 물어도 만나야 할 이유가 있었다. 그 꼭 필요한 시간이 지금 시작되고 있었다.

지구 최고의 밴드 오! 롤라의 첫 내한 공연이었다.

오! 롤라는 1982년 스코틀랜드 에든버러에서 한 시간쯤 떨어진 소도시의 하이스쿨 밴드로 시작했다. 첫 EP는 겨우 500장 남짓 팔았지만 운 좋게 한 프로모터의 귀를 사로잡았고, 1989년에 발매한 세번째 앨범으로 『롤링스톤』 잡지의 표지를 장식했다. 네 명의 젊은이가 잔뜩 인상을 쓴 채 정면을 응시하는 고전적인 흑백사진 위로 이런 카피가 휘갈겨져 있었다. "로큰롤이 세상을 구원할 것인가." 이후 발표한 앨범 세 장이 연거푸 성공을 거두며 오! 롤라는 지구 최고의 밴드가 됐다.

25년이 지난 지금, 그들은 왕좌에서 내려왔지만 그렇다고 다른 밴드에게 왕좌를 넘겨준 건 아니었다. 이제 로큰롤이 세상을 구원할 것이라고 믿는 사람은 아무도 없었다. 듣는 사람도, 노래하는 사람도, 기타 치는 사람도 그랬다. 아무도 그 왕좌를 원하지 않았고 왕좌가 있다는 것을 기억하는 사람도 별로 없었다. 아이러니컬하게도 바로 그런 이유로 인해 오! 롤라는 지금까지 지구 최고의 밴드로 남아 있을 수 있었다.

오! 롤라라는 밴드명은, 그들이 밴드를 시작하게 된 계기와 관련이 있었다. 롤라는 보컬이자 프런트맨인 믹 휴슨의 연인이었는데, 사실 밴드 자체가 휴슨이 롤라를 꼬시기 위한 프로젝트였다. 프로젝트가 성공했다는 건, 두 사람이 연인이 됐고 또 롤라가 이후 밴드에도 참가한 걸 보면 짐작할 수 있다. 하지만 연애도, 밴드 멤버로서의 관계도 그리 오래 가지는 못했다. 롤라의 베이스 연주를 들을 수 있는 건 2집까지이다.

롤라가 탈퇴한 것은 아니었다. 롤라는 실종됐다. 두번째 앨범의 프로모션 투어차 브리스톨에 체류할 때였다. 롤라는 조깅을 하겠다고 호텔을 나섰다가는 돌아오지 않았다. 롤라와 휴슨은 이미 헤어진 상태였지만 과거 연인이었던 점, 그리고 롤라의 불같은 성격 때문에 두 사람이 자주 다투었다는 진술이 이어지며 휴슨이 용의선상에 오르기도 했다. 하지만 롤라가 사라지던 날 휴슨은 미국에서의 매니지먼트 계약 때문에 런던에 가 있었던 것으로 밝혀졌고 사건은 미궁에 빠졌다.

롤라의 실종 사건은 지금도 미제로 남아 있다. 신경안정제 과다 복용으로 죽었다는 루머도 있고, 남태평양 어느 섬에 살고 있다는 이야기도 있지만 어느 것도 확인되지 않았다. 나머지 멤버들은 오래 상심하거나 실의에 빠져 있지는 않았다. 그들은 그때 세계 최고의 밴드가 되기 일보직전이었다. 공연은 세션맨을 투입해 마쳤다. 롤라의 연주가 그리 훌륭했던 건 아니기 때문에 어려운 일은 아니었다. 그들을 고민에 빠뜨린 건 밴드명이었다. 롤라가 없는 오! 롤라. 그들은 미국 싱글 발매일이 잡히고 프로모션 일정이 나온 시점까지 숙고했다. 그리고 결국 밴드명을 바꾸지 않기로 했다.

새터데이 나이트 라이브에 출연한 날 휴슨은 말했다.

"우리의 투어는 롤라를 찾는 여정이고 우리의 노래는 롤라를 향한 연가입니다."

그날 이후 "오! 롤라. 너는 지금 어디에 있는가"라는 〈오! 롤라〉의 후렴구 가사는 밴드의 모토가 됐다.

그러니까 오! 롤라는 오! 사랑의 동의어인 것이다.

스피커가 켜졌지만 공연이 시작되지는 않았다. 대신 공연 시작이 30분 정도 지연된다는 안내 방송이 나왔다. 그러곤 강한 비트의 음악이 이어졌다. 대부분 영국이나 북미의 록이었다. 사람들의 자세도 헐거워졌다. 쭈그려 앉거나 두리번거리는 사람이 생겼고 그 틈으로 무릎을 끼워넣으며 자리를 빼앗는 치도 있었다.

그녀는 내내 입을 다물고 있었다. 내가 물으면 돌아보지 않은 채 대답만 했다. 마치 그녀의 뒤통수와 이야기를 나누는 것 같았다. 얼마나 더 기다려야 하지, 하고 물으면 그녀의 뒤통수가 어깨를 으쓱하며 고개를 저었다. 〈웨이크 업〉이 나오면 공연이 시작되는 거라던데. 아케이드 파이어의 〈웨이크 업〉 말이야, 라고 하면 뒤통수는 들었다는 건지 아닌지 모를 정도로 끄덕였다. 결국 나도 입을 다물었다.

"일은 어때? 할 만해?"

그렇게 물은 건 외국인 커플이 키스를 하는 걸 본 후였다. 큰 키와 새빨간 머리카락을 한 여자 때문에 아까부터 눈에 띄던 커플이었다. 남자는 뒤통수만 보이고 여자만 얼굴이 보였는데, 뺨이 쭉 빨려들어가도록 열렬히 키스를 하는 와중에도 눈을 뜨고 여기저기를 두리번거렸다. 무심코 바라보다가는 여자와 눈이 딱 마주치고 말았다. 놀라 고개를 돌렸다. 그런데 이번에는 그녀와 시선이 부딪쳤다. 그녀도 그 커플을 보다가는 고개를 돌린 모양이었다. 반사적으로 눈길을 돌리며 엉겁결에 물었다. 그녀의 직장에 대해. 별로 알고 싶지도 궁금하지도 않았다. 물을 생각은 더더욱 없었다. 그런데 그런 질문이 무작정 튀어나와버렸다.

"그렇지 뭐."

그녀는 시큰둥하게 대답했다. 그러곤 더이상 그 이야기를 하지 않겠다는 듯 팔짱을 꼈다. 대답을 준비해왔구나. 나는 뒤통수를 바라봤다. 그녀는 대답을 준비해왔다. 만약 내가 직장 이야기를 물으면 그렇지 뭐, 정도가 가장 안전할 거야, 하고. 그녀와 햇수로 6년을 사귀었다. 그 정도는 알았다. 뒤통수는 꿈쩍도 하지 않았다.

"왜? 나하고 회사 이야기는 하기 싫어? 궁금해서 물어본 거 아니야. 그냥 할말이 없어서 그런 거지. 그런데 그게 무슨 국가 기밀처럼 그러냐."

농담처럼 말했지만 농담은 아니었다. 그녀도 그렇게 생각했을 것이다. 서로 그 정도는 짐작할 수 있었다. 나는 관심없다는 듯 손까지 툭툭 털어 보였다. 그녀는 너절한 내 고시원 방부터 면접에서 떨어지고 벌인 추태들까지 다 보았다. 새삼 더 보여줄 찌질함도 없었다. 그녀가 무슨 일을 하는지, 어떻게 지내는지 짐작할 수 없는 것도 아니었다. 지방 소도시 무역 회사라는 게 다 거기서 거기 아닌가. 전화 받고, 커피 타고, 뒤치다꺼리하고, 잘해봐야 계산서 끊고 은행이나 다니고.

나는 그녀에게서 한발 물러서며 상체를 폈다. 그러고는 허리를 돌리는 척하면서 팔꿈치로 라틴 아메리카 남자를 세게 쳤다. 남자는 끙 소리를 내며 한 걸음 물러섰다.

그녀와 나는 오! 롤라의 팬 카페에서 처음 만났다. 대학교 2학년 때였다. 마침 열한번째 정규 앨범이 나왔고 월드 투어 중 우리나라를 찾을지도 모른다는 소문도 돌았다. 우리는 값싼 술집에 모여서 오! 롤라와 로큰롤 이야기를 했고 잠깐이나마 지금 이곳의 내가 아닌 누군가, 먼 나라의 혁명가나 무정부주의자가 된 듯한 착각을 했다. 우리는 술에 취

해 왜 우리나라 사람들은 오! 롤라를 듣지 않는지 개탄했고
다 함께 스코틀랜드로 공연을 보러 가자며 열을 냈다.

그리고 어느 해인가 오! 롤라의 음악만 트는 파티를 열었
다. 딱 한 번이었다. 싼값에 티켓을 팔았지만 별로 사는 사
람은 없었다. 팬 카페 사람들만 모여 앉아 밤을 새워 술을
마셨다. 누군가가 연단에 올라 마이크를 잡은 건 새벽 즈음
이었다. 그는 뒷주머니에서 접힌 종이를 꺼내더니 주섬주섬
읽기 시작했다. 이른바 오! 롤라 선언서였다.

냄새나는 지하 클럽이었지만 선언은 엄숙했다. 다들 휴슨
이나 모리시 같은 표정을 했고 여자들은 롤라처럼 아이라인
을 짙게 그리고 머리를 새빨갛게 물들였다. 그녀도 그랬다.
싸구려 염색약에 머리카락이 끊어질 듯 부스스했다.

선언문의 내용은 기억나지 않는다. 우리를 저세상 속으로
내모는 유령이 있다. 어쩌고 하는 게 공산당 선언 비슷했다.
클럽에는 담배 연기가 자욱하고 스테이지에는 빗물이 샜다.
읽는 사람도, 듣는 사람도 모두 취해 있었다. 선언문이 끝나
자 박수가 터졌다. 휘파람 소리가 기적처럼 울렸다. 그리고
〈오! 롤라〉가 플레이됐다. 다들 따라 불렀다. 서로를 끌어
안고 춤을 췄다. 아직도 사랑해. 후렴구를 구호처럼 외쳤다.
그런 날들이었다. 그런 날들이 계속될 거라고 믿었던 건 아

니었다. 그렇게까지 바보는 아니었다. 그래도 우리는 노래를 부르고 키스를 했다.

그녀의 입술에서는 소주 맛이 났다. 심지어 별로 시원하지도 않았다. 그래도 취했다. 그녀의 어깨를 껴안고 머리카락을 그러잡고 입술을 비볐다. 립스틱이 번지며 붉게 뭉개졌다. 땀이 흘러 마스카라가 까만 눈물처럼 번졌다. 사람들이 떠드는 소리가 춤을 추듯 맴돌았다. 끝없이 떨어지는 빗소리와 누군가의 토악질 소리, 술에 취해 흐느끼는 여자들, 조악한 스피커에서 나오는 기타 소리. 그곳에서 우리는 입을 맞추었다. 바깥의 세계는 아무런 의미가 없었다. 입술을 통해 수없이 많은 말이 오갔다. 혀가 닿는 구석구석마다 마음이 닿았다. 아니, 나는 그때 바보였다. 그런 날은 계속되지 않아도 그런 것들은 사라지지 않을 줄 알았다. 수없이 많은 말이나 구석구석 닿는 마음 같은 것. 그때 우리에게 오! 롤라는 신념 같은 밴드였다. 오! 사랑. 그런 것이 신념이 될 수도 있는 때였다.

오! 롤라의 내한 소식을 들은 건 지난해 여름이었다. 그녀와 내게는 별로 좋지 않은 때였다. 그녀는 가까스로 서울 남쪽에 위치한 소도시에 있는 소규모 무역 회사에 취직을 해 이사를 했다. 그리고 나는 취업 준비생이라는, 누가 지었는지 알 수 없는, 인터넷 사이트 회원 가입란에도 쓸 수 없는 신분으로 서울의 동쪽 끝 변두리 고시원에 남겨졌다. 처음에 우리는 일주일에 한 번씩 만났다. 주말이면 그녀가 오든가 내가 갔다. 우리는 그래서 더 좋다고 말했다. 자주 못 만나니까 반가워서 더 좋고, 보고 싶은 것도 좋고, 예전 같다고, 그게 좋다고.

그러다가 괜찮다고 이야기하는 날이 왔다. 자주 못 만나도 괜찮아. 그동안 지겹게 들러붙어 있었잖아. 우리는 괜찮아. 실제로도 그랬다. 두세 주 만에 만나면 반가웠다. 즐거웠고 많이 웃었다. 섹스도 열심히 했고 사랑한다는 말도 헛바닥에서 냄새가 나도록 했다. 그래서 피곤했다.

너무 피곤했다. 고시원에 돌아오면 셔츠도 벗지 못하고 잠이 들었다. 새벽에 깨어나 냉장고 문을 열어놓은 채 물을 마시면서 냉장고 불빛에 드러난 어두컴컴하고 좁은 고시원 방을 보고 있자면 이런 생각이 들었다. 이러다 죽는 거 아닐까. 연애하느라 과로사했다면 사람들이 웃겠지. 내비게이션은 두 좁은 방 사이의 거리가 자동차로 1시간 28분이라고 했지만, 지하철을 타고, 광역 버스를 타고, 마을버스를 타고, 다섯 블록을 걸으면 내비게이션의 계산이 모든 사람에게 동일하게 적용되는 건 아니라는 걸 알게 된다. 그녀의 방은 군산이나 거제보다 멀었다. 그 시간의 괴리와 거리의 피로감은 우리에게 많은 것을 생각하게 했다. 우리는 시간과 거리를 돈으로 환산했고 다시 기회와 타이밍과 피로와 월세 같은 것으로 환산했다. 우리는 피곤했다. 그건 의지나 노력, 심지어 사랑의 문제도 아니었다. 오히려 체력이나 성욕 저하, 나이같이 어떻게 해볼 수 없는 일에 가까웠다. 더이상 아무것도 좋지도 않고 괜찮지도 않았다. 우리는 어느새 만나는 대신 전화를 하는 게 더 좋았고, 통화를 하는 대신 카톡을 하는 것도 괜찮았다.

오! 롤라의 내한 소식을 듣던 날도 그랬다. 우리는 각자의 방에 드러누워 있었다. 전화를 귀에 대고 서로의 몸을 더듬었지만 만져지는 건 나 자신뿐이었다. 그러다가는 그녀가 코를 고는 소리가 들렸다. 나는 손을 멈추었다. 등허리가 땀으로 축축했다. 하지만 창을 열 수는 없었다. 고시원 1층 베이커리에서 빵 굽는 냄새 때문이었다. 그 냄새가 달콤하고 따뜻하게 느껴지던 때가 있었다. 처음 한 달은 그랬던 것 같다. 아니, 열흘, 일주일뿐이었는지도 모르겠다. 그러고 나서는 그냥 속이 뒤집어졌다. 느끼하고 들쩍지근했다. 창문을 열 수도 없었다. 아니 창문을 닫아놓아도 소용이 없었다. 그 냄새는 고시원 어디에서나 났다. 몸에 들러붙어 떨어지지 않았다. 빨가게 CF만 봐도 구역질이 났다.

시간을 확인하려 스마트폰을 들여다보다 알게 됐다. 두 달 후 오! 롤라가 역사적인 내한 공연을 갖는다. 광고 페이지에서 〈오! 롤라〉가 흘러나왔다. 오! 롤라. 너는 어디에 있는가. 〈오! 롤라〉는 그들의 데뷔곡이었다. 그때 휴슨과 롤라는 갓 스물이었다. 연주도 노래도 형편없었다. 스리 코드조차 서툴렀다. 그런데 이상하게 감정을 들끓게 하는 에너지가 있었다. 격정이 있었다. 휴슨의 기타가 간주로 넘어가는 부분에서 나는 눈을 감았다. 그녀의 고른 숨소리가 들렸다. 손을 바지춤으로 밀어넣었다. 딜레이 이펙터가 잔뜩 먹힌 기타 소리가 빗소리처럼 쏟아져내렸다. 그녀가 내 위로 올라왔다. 베이스와 드럼이 호흡을 주고받으며 바닥에 깔렸다. 그녀의 머리카락이 내 가슴을 쓸어내렸다. 휴슨의 목소리가 터져나왔다. 오! 롤라. 오! 롤라. 오! 롤라. 나는 참지 못하고 그녀의 이름을 불렀다.

"왜 그래? 롤라가 뭐? 왜?"

그녀는 놀라 깨어난 듯했다. 잠이 들었다는 걸 미안해하거나 창피해하지도 않았다.

"오! 롤라? 겨우 그거였어? 난 또 불이라도 난 줄 알았네."

그녀는 오! 롤라를 겨우 그거, 라고 했다. 졸리다면서 이만 끊자고 했다. 내일 아침에 회의가 있어서 일찍 나가야 한다고 했다. 그때였다. 불쑥 이런 생각이 들었다. 우리는 헤어지게 될 것이다. 무엇 때문이었는지는 모르겠다. 속옷에까지 찌들어 있는 빵 냄새 때문이었는지, 그녀의 시큰둥한 말투 때문이었는지, 얼마 전 면접을 본 회사에서 아무런 연락이 오지 않고 있기 때문이었는지.

나도 모르게 말했다.

"우리, 오! 롤라 공연 보러 가자."

그녀는 잠깐 아무 말도 하지 않았다. 이게 무슨 소린가 생각하는 것 같았다. 그러다가는 피식 웃으며 그래, 가자, 하고 대답했다.

티켓은 20만 원에 육박했다. 오! 롤라의 내한 공연은 W카드의 후원으로 이루어졌는데, W카드가 우리나라 공연 문화가 너무 후지다거나 2016년의 젊은이들에게 록 스피릿이 필요하다고 판단해 공연을 유치한 건 아니었다. 닥치는 대로 아르바이트를 했다. 코피가 났고 갈비뼈에 금이 갔다. 비염도 가라앉지 않았다. 하지만 그만둘 수는 없었다. 로큰롤이 세상까지 구할 필요는 없었다. 그저 그녀와 나만 구제하면 됐다. 오! 롤라는 한때 우리에게 신념 같은 밴드였다.

그녀는 티켓을 보고 이상한 표정을 지었다. 6년을 만났는데도 읽어내기 어려운 표정이었다. 내가 "왜? 안 좋아?"라고 묻자 그녀는 그렇다는 건지 아닌지 모를 어정쩡한 대답을 했다. 그러고는 그냥 앞서 걸었다. 나는 티켓을 주머니에 넣고는 그녀의 뒤통수를 보면서 따라 걸었다. 여름이었다. 지나가는 사람들은 모두 얼굴을 찡그리고 있었다. 무언가에 또는 누군가에게 화가 난 것 같았다.

우스운 일은 그로부터 두 주쯤 후에 일어났다. 공연 날짜까지 한 달가량 남아 있을 때였다. 휴슨과 슈퍼 모델 출신인 두번째 부인, 지금은 이혼했으니 전 부인이 된 여자 사이에서 태어난 딸이 급성 백혈병에 걸려 공연이 연기됐다. 취소는 아니지만 무기한 연기였고, 환불을 원하는 사람들은 신청을 하라는 공지가 떴다. 공연이 재개된다는 메일이 온 건 그로부터 14개월이 지난 후였다.

그 14개월 가운데 언제쯤 그녀와 나는 헤어졌다. 별다른 일이 있었던 건 아니다. 나도, 그녀도 헤어지자고 하지 않았다. 누가 딴짓을 한 것도 아니었다. 그냥 어느 날 돌아보니 우리는 통화를 하지 않고 있었다. 어느 날 보니 그녀의 메신저 프로필 사진에서 내가 사라져 있었다. 어느 날 보니 우리는 만나지 않고 있었다.

헤어진 연인답다는 것은 만나지 않는 것. 그건 〈오! 롤라〉의 가사였다. 휴슨은 롤라와 다투고 홧김에 헤어지기로 한 후 그 곡을 썼다. 당시 고등학생이었던 휴슨은 롤라의 집 앞에서 밤이 오길 기다렸다. 그러다 새벽녘에 창문을 넘어 들어가 잠들어 있는 롤라를 바라보면서 그런 가사를 썼다. 헤어진 연인답다는 건 어떤 걸까. 만나지 않는 것이다. 그렇다면 함께 있는 지금, 우리는 헤어진 것이 아니다. 그 곡은 오늘 공연의 세트 리스트 중에도 있었다.

스타디움에 어둠이 내리자 오! 롤라의 로고는 더욱 선명해졌다. 그녀는 지쳤는지 고개를 뒤로 젖혔다가 앞으로 푹 숙였다. 괜찮아? 물으려다 그만두었다. 문득 그녀가 아까 한 말이 떠올랐다. 그녀는 우리가 9개월 전 헤어졌다고 했다.

나는 물었다.

"그런데 말이야. 9개월 전에 무슨 일이 있었지?"

내 말에 그녀가 잘 들리지 않는다는 듯 약간 고개를 돌렸다. 이제 스타디움에는 완전한 어둠이 내렸고 음악은 점점 비트가 강해졌다.

"9개월 만이라고 했잖아, 아까."

내가 다시 묻자 그녀는 힐끔 돌아보면서 "기억 안 나?"

하고 되물었다. 그러곤 대답을 기다리는 듯 잠깐 말을 멈췄다가는 입을 여는데, 앞사람이 갑자기 팔을 뻗으며 기지개를 폈고 그 바람에 그녀가 중심을 잃고 내게 안길 듯 휘청했다. 그녀는 서둘러 자세를 바로잡았다. 이어서 왜 그날 있잖아, 하고 입을 열며 약간 얼굴을 돌려 나를 바라봤다. 짧은 순간 그녀의 뺨이 내 뺨에 닿았다.

다음 순간 나는 그녀의 어깨에 얼굴을 처박았다. 콧부리가 시큰하고 머리가 띵했다. 잠깐 동안은 무슨 일이 일어났는지 깨닫지 못했다. 〈웨이크 업〉이 나오고 있다는 걸 안 건 조금 후의 일이었다. 이제 곧 공연이 시작되는 것이다.

뒤에서 밀려오는 힘은 어마어마했다. 스탠딩석에 자리잡은 관객 모두가, 아니, 3만 명이 한꺼번에 스테이지로 달려드는 것 같았다. 그 완력과 함성에 정신을 차릴 수가 없었다. 라틴 아메리카 남자의 얼굴이 내 어깨를 뚫고 나왔고 나는 그녀를 덮친 꼴이 됐다. 어떻게든 몸을 세워보려고 했지만 움직이기는커녕 숨도 쉴 수 없었다.

나는 벌컥 화를 내듯 몸을 뒤틀었다. 팔꿈치와 어깨를 휘두르고 발길질을 했다. 누군가 명치나 가슴, 코를 맞는다고 해도 어쩔 수 없었다. 그러자 아주 약간 틈이 생겼다. "괜찮아?" 그녀를 향해 소리쳤지만 내 목소리는 내 귀에도 들리지 않았다. 나는 등을 둥글게 말고 어깨를 한껏 치켜올렸다. 사람들을 뒤로 밀었다. 그녀가 몸을 펴는가 싶더니 약간씩 허리를 세우며 자세를 바로잡았다.

오! 롤라의 공연이 다시 열린다는 안내 메일을 받고 나서야 그녀를 생각한 건 아니었다. 하지만 전화를 하지도, 만나러 가지도 않았다. 우리는 만나지 않는 것이 헤어진 것이라는 노래를 알고 있었다. 두 장의 티켓을 어떻게 할 것인지에 대해서는 문자를 주고받았다. 그녀는 이젠 오! 롤라 가사도 기억나지 않는다고 했다. 내게도 티켓 값을 사용해야 할 훨씬 더 급하고 유용한 현실들이 있었다. 그런데도 우리는 만났다. 그러니, 정말 젖 먹던 힘까지 다 한다면 우리는 함께 버틸 수 있지 않을까.

그런 착각을 나는 5초, 10초 정도 했다. 그 정도가 내게 허용된 시간이었다. 5초, 길어야 10초. 〈웨이크 업〉이 끝나고 오! 롤라가 무대에 오르자 아까의 3만 배는 되는 것 같은 힘이 밀려왔다. 숨을 쉴 수도 몸을 비틀 수도 화를 낼 수도 없었다. 허리가 꺾이고 머리가 터질 것 같았다. 눈앞이 시뻘겠다. 스타디움이 무너지는 것 같았다. 생각이, 시야가 머리에서 배로, 다리로 흘러내렸다. 온몸의 세포가 비명을 질렀다. 시야가 가물가물해졌다.

누군가가 뺨을 때리는 바람에 정신을 차렸다. 라틴 아메리카 남자였다. 여기가 어디지? 이 남자가 왜 나를 보고 있지? 왜 온몸이 찢어지게 아픈 거지? 인상을 찡그리자 남자가 뒤를 가리키며 뭐라고 물었다. 뒤로 나가고 싶냐는 것 같았다. 내가 뭐라고 대답했는지, 대답을 하긴 했는지도 잘 모르겠다. 남자와 외국인 몇몇이 내 어깨와 허리를 붙잡았다. 그러고는 원, 투, 쓰리 하는 구령과 함께 나를 번쩍 들어올리더니 뒤로 밀어냈다. 나는 거의 던져지다시피 밀려났다. 또다른 손과 어깨와 팔꿈치 들이 나를 받아서는 뒤로 던졌다. 나는 그렇게 계속 뒤로 던져졌다. 그러다 마침내 바닥에 내팽개쳐졌다.

무작정 기었다. 사람이 없는 곳을 찾아 주저앉았다. 벽에 기대 머리를 감싸 안았다. 온몸이 롤러에 밀려 으깨진 것 같았다. 팔다리가 떨어져나갔는지 감각이 없었다. 무릎 사이에 얼굴을 묻고 웅크렸다. 그런다고 통증이 줄어드는 건 아니지만 왠지 그래야 할 것 같았다. 괴성을 지르고 떼창을 하는 소리가 이명처럼 멀어졌다 가까워지길 반복했다.

그러다 떠올랐다. 그녀가 없다. 주위를 둘러봤다. 무대에서 조금 떨어진 뒤쪽은 의외로 한산했다. 여기저기 사람들이 내팽개쳐진 채 울고 있었다. 그런 사람들 중 그녀는 보이지 않았다. 그녀의 어깨를 놓친 게 언제였지 떠오르지 않았다. 그녀는 아직 저 앞에 있을까. 어딘가 다른 곳으로 팽개쳐졌나. 아니면 혹시 빠져나오지 못한 건 아닐까.

일어서려는데 갑자기 주위가 핏빛으로 변했다. 붉은 조명이 3만 명의 머리 위로 쏟아졌다. 〈오! 롤라〉가 시작된다는 사인이었다.

"롤라, 너 이곳 어딘가에 있는 거야?"

스테이지에서 휴슨이 외쳤다. 휴슨은 아주 조그맣게 보였다. 관객들이 미친 듯한 함성으로 응답했다. 팔을 흔들고 점핑을 했다. 휴슨이 관객들을 향해 다시 외쳤다.

"롤라, 지금 듣고 있는 거지?"

3만 명의 롤라가 휴슨을 향해 외쳤다.

"아직도 사랑해."

여자도 있고, 남자도 있고, 여자친구를 목말 태운 사람도 있었다. 딜레이 이펙터가 잔뜩 먹힌 기타가 스타디움이 터져나갈 듯 울렸다. 휴슨이 하트 모양의 스테이지를 달리기 시작하자 수만 명의 관객이 한 덩어리가 돼 소리를 지르고 손을 뻗고 허공을 향해 뛰어올랐다.

나도 모르게 일어섰다. 다리가 후들거리고 가슴께가 뻐근했다. 관객을 헤치며 스테이지 쪽을 향해 걸어갔다. 서양인 남자에게 명치를 얻어맞고 아직 학생인 듯한 여자애에게 머리카락을 쥐어뜯겼다. 하지만 뼈가 저리도록 버티는 건 이미 해본 일이었다. 지금도 하고 있는 일이었다. 갈비뼈는 금세 붙는다. 코피 좀 쏟는다고 죽지 않는다. 지금 저기 휴슨이 있다. 나는 스크럼을 짠 듯 막아선 사람들 사이를 밀치고 들어갔다.

그런 간절한 기분, 해낼 수 있을 것 같은 마음은 5초 또는 10초, 아니 이번엔 15초 정도는 이어졌던 것 같다. 그러곤 마치 필연처럼, 정해진 수순처럼, 나는 누군가에게 무릎을 차였고 그대로 바닥에 나뒹그러지고 말았다. 그것 자체로 대수로운 일은 아니었다. 발목을 삐끗했고 무릎이 아팠지만 견딜 수 없는 정도는 아니었다. 그런데 허리를 펴려는 순간 누군가가 내 등을 찍어 눌렀고 뒤이어 또다른 사람이 무릎을 얹더니 나를 반쯤 올라타서는 점핑을 했다. 허리를 펴려 했지만 내가 있던 자리는 이미 다른 사람들에 의해 빽빽이 차 있었다. 기를 쓰고 고개를 빼려 했지만 이번엔 누군가가 엉덩이를 차는 바람에 앞으로 고꾸라질 수밖에 없었다. 누구의 것인지도 모를 무릎에 머리를 차이고, 또다른 누군가의 뒷발질에 코피가 터졌다. 연이어 손등이 밟혔고 또 허리를 차였다. 비명을 질렀지만 수만 명의 함성 속에 섞여 들릴

리가 만무했다.

나는 허리를 펴고 고개를 드는 것을 포기했다. 그러곤 기었다. 한순간도 쉬지 않고 제자리 뛰기를 하는 다리들 사이를 정신없이 기었다. 잠시라도 손발을 멈추면 사람들의 무릎과 발이 기다렸다는 듯 날 걷어찼다. 빠져나갈 방법이 그것밖에는 없었다. 그러다 누군가와 부딪쳤다. 그 사람도 기고 있었다.

"오! 롤라."

휴슨이 다시 롤라를 불렀다. 3만 명이 휴슨을 향해 외쳤다. 아직도 사랑해. 휴슨이 다시 한번 소리쳤다. 오! 롤라. 관객들이 메인 스타디움 천장이 무너질 듯한 함성으로 대답했다. 아직도 사랑해. 관객들은 한 덩어리가 돼 몸을 비틀고 뛰어올랐다. 머릿속을 태워버릴 듯한 흥분과 희열에 몸부림치는 것 같았다. 괴로움에 절규하고 서로에게 주먹질을 하며 악다구니를 쓰는 것 같았다.

무대에서 먼 곳에 다시 쭈그려 앉은 채 나는 그 모습을 멍하니 바라보았다. 온몸이 벌벌 떨리고 입안에서 피 냄새가 났다. 고개를 떨어뜨리자 그녀의 겉옷이 손에 들려 있었다. 언제부터 들고 있었는지 기억이 나지 않았다. 〈웨이크 업〉이 시작되기 직전 그녀의 뺨이 잠깐 내 뺨에 닿았던 순간이 떠올랐다. 9개월 전. 그때 말이야. 그녀는 말했다. 다음 말을 나는 듣지 못했다. 그녀가 나와 헤어진 순간은 3만 명의 함성 속에 묻혀버렸다.

휴슨은 〈오! 롤라〉의 미국 싱글 발매를 앞두고 고민했을 것이다. 롤라는 실종된 지 오래였다. 수사는 흐지부지됐고 휴슨에게는 새로운 걸프렌드도 있었다. 하지만 롤라를 헤어진 연인이라 못 박는 순간 밴드의 정체성이 흔들린다. 휴슨은 결국 가사를 새로 썼다. 헤어진다는 것. 그건 만나지 않는 것. 그 가사는 이렇게 바뀌었다. 오! 롤라. 너는 어디에 있는가. 오! 롤라. 아직도 사랑해. 휴슨을 비난할 수는 없다. 그때 그들은 세계 최고의 밴드가 되기 일보직전이었다. 다시 에든버러 지저분한 지하 클럽에서 술병을 던지는 술꾼들을 상대할 수는 없었다. 사람은 변한다. 그걸 손가락질할 수는 없다. 하지만 그 순간 휴슨은 롤라를 버렸다. 그들이 어떤 형식으로 투어를 돌건, 그들의 노래가 무슨 내용이건 그것은 사랑이 아니다. 롤라를 찾는 것은 투어의 콘셉트이고, 롤라를 향한 사랑 노래라는 것은 마케팅 수단일 뿐이다.

롤라는 죽었다.

3만 명이 동시에 스타디움을 나서자 광장은 아수라장이 됐다. 나는 주위를 둘러봤다. 그녀를 찾을 거란 기대는 없었다. 다들 각자의 이유로 감정이 불안정해져 이상한 행동을 했다. 갑자기 큰 소리를 지르거나 텀블링을 하는 사람도 있었다. 그러다 팔이 부러지기도 했다. 나처럼 주위를 흘끔거리는 사람도 있었다.

핸들이 높은 바이크들이 시끄러운 소리를 내며 떠났다. 자동차마다 시동이 걸리고 헤드라이트가 켜졌다. 공연이 끝나기를 기다렸던 택시들도 승객을 태우고는 줄지어 떠났다. 오! 롤라도 오늘밤 비행기로 하와이로 향한다고 했다. 순식간에 메인 스타디움은 텅 비었다.

나는 터벅터벅 걸었다. 나 같은 사람도 많았다. 그들 사이를 그냥 휩쓸려 걸었다. 누군가가 "로큰롤 윌 네버 다이" 하고 소리를 질렀지만 다들 그냥 흘깃 바라볼 뿐이었다. 저만치 번화가가 나타났다. 함께 걷던 사람들은 하나둘 횡단보도를 건너거나 버스에 올랐다. 땀이 식어 공기가 쌀쌀했다. 팔짱을 끼고 몸을 움츠려도 나아지지 않았다. 그녀의 겉옷을 걸쳤다. 억지로 팔을 꿰자 그럭저럭 입을 만했다. 편의점에 들어가 컵라면과 김밥 두 줄을 사 먹었다. 창문에 내 얼굴이 흐릿하게 비쳤다. 콧부리가 벌겋게 부은 듯 보였지만 그것 외엔 아무것도 달라진 게 없었다. 창밖으로 사람들이 계속 지나갔다.

이응 뒤에 리을

시작은 지난 3월의 첫 화요일이었다. 대규모 도시 재개발 사업을 앞두고 도시안전과는 너나 할 것 없이 분주했다. 그중에서도 C지구는 제일 먼저 손을 댈 곳이었다. 서울 서쪽에 길게 뻗은 상업 단지인 C지구는 경제 개발 시기에 지어진 대부분의 건물이 그렇듯 단시간에, 최대의 공간을 파내는 것 외엔 아무것도 고려하지 않은, 날림에, 몰취미에, 이젠 낡아 위험하기까지 한 건물들의 집합소였다. 내가 비너스 오피스텔의 이름을 발견한 건 그런 건물들의 철거 예정일 리스트를 마지막으로 확인하던 중이었다. 펜을 내려놓고 "비너스 오피스텔, 비너스 오피스

텔" 하고 중얼거려보았다. 창밖에는 눈이 내렸다. 도시안전
과는 10층이었다. 창문 아래는 덕수궁이다. 수백 년간 왕들
의 거처였던 전각에 눈이 쌓였다. 비너스 오피스텔. 처음엔
분명 맞는 것 같았는데 중얼거릴수록 아닌 것 같기도 했다.

　그러다 전화벨이 울렸다. 외조부의 부고였다. 아니, 선후
관계는 반대일 수도 있다. 전화를 받은 게 먼저고 그다음에
오피스텔의 이름을 발견했는지도 모른다. 그런 것은 중요하
지 않다. 다만 두 일이 연이어 일어났고, 만약 그렇지 않았
다면 비너스 오피스텔에 대한 기억은 그대로 시간 속에 묻
혀버렸을지도 모른다.

　서장욱이. 어렸을 땐 진짜 기발했는데. 저 형 머릿속엔 뭐
가 들었을까 궁금했어요. 장례식장은 이미 소멸한 관계가
사흘을 말미로 되살아나는 곳이다. 비슷한 이름은 남았지
만, 비슷했던 얼굴은 살아낸 시간만큼이나 달라진 사람들.
그들 기억 속의 나를 만나는 건 곤혹스러운 일이었다. 도시
기반시설본부에서 마흔두 살 6급 공무원 서장욱은 고지식
하고 쪼잔한 사람이었다. 그런 자신이 낯설 때도 있었다. 하
지만 지금은 그가 서장욱이었다.

　장례식은 번잡하고 쓸쓸했다. 자식과 손주들이 문상객을

맞는 동안 외조부의 영정은 90여 년의 세월을 홀로 애도했다. 그리고 가까운 가족만 남은 발인의 새벽이 왔다. 긴 술자리에, 잊고 있던 기억에, 갑작스러운 친숙함에 다들 지쳐 있었다. 드문드문 옛이야기들이 오가고 가끔은 서로를 거칠게 대하는 것이야말로 친족 간에만 허용되는 친밀함이라는 듯 욕설을 섞었다.

그러다 사촌형 이야기가 나왔다. 큰외삼촌 댁의 둘째 형. 나는 슬쩍 자리를 빠져나왔다. 아무도 알아채지 않기를 바라며 취했다는 듯 일부러 비틀거렸다. 이런 말을 들은 직후였다. 그 형이 워낙 답답했잖아. 그러니 누가…… 대한민국 최고의 로펌에 다닌다는, 사촌 형제들 중 제일 잘나가는 녀석이 한 말이었다. 밖으로 나가려 구두를 꿰다가는 주저앉았다. 아닌 게 아니라 취기가 많이 올랐다. 벽을 따라서 화환들이 늘어서 있었다. 이거야말로 한밤의 꽃구경이군. 그런 말이 불쑥 떠올랐다. 밖으로 나왔지만 갈 곳은 없었다. 계단을 내려가 1층 복도를 서성이다 가장 끝 방으로 들어섰다. 장례식장에서 가장 넓은 영안실, 연예계 스타나 고위급 공무원, 재벌 회장의 장례에나 쓰일 법한 널찍한 공간은, 그래서 대부분 비어 있었다. 영안실 안쪽에 마련된 상주용 응접실에 벌렁 드러누웠다.

나는 여전히 이렇게 어둡고 으슥한 곳을 금방 찾는구나. 빈 영안실은 불빛도 온기도 없었다. 어둠이 방바닥에 모포처럼 깔려 있었다. 등에 차가운 바닥이 느껴졌다. 머릿속에 뭐가 들었는지 알 수 없는, 기발하고 특이한 사람은 사실 내가 아니라 둘째 형이었다. 외조부의 다섯 자식이 낳은 열한 명의 외사촌 중 나와 가장 가까웠던 형. 이름은 청록이었다. 돌림자인 '청'과 자신의 것으로 받은 '록'. 형은 그 두 글자로 이루어진 자신의 이름을 무던히도 싫어했다. 청록. 평이한 이름은 아니었다. 국어 시간에 배운 청록파 때문에 놀림을 받기도 했을 것이다. 하지만 형이 자기 이름을 싫어한 이유는 따로 있었다. 발음이 너무 어렵잖아. 이응 받침 뒤에 리을이 초성으로 오는 게 문제였다. 이응 받침 뒤에 리을. 음악이라면 몰라도 이건 이름이라고. 부르기 쉽고 알아듣기 쉬워야지. 형은 자신의 이름이 차라리 저주라고 했다. 돌아보면 소년의 허세였다. 자신의 이름을 잘 알아듣지 못하는 누군가에게 반복해서 이야기해주어야 하는 게 창피했던 소년은 자신의 감정을 많이도 에둘러 표현했다.

하지만 그때는 나 역시 소년이었다. 형이 무작정 멋있게 보였다. 이응 받침 뒤에 리을. 나는 그때까지 무언가의 발음을 그런 식으로 생각해본 적이 없었다. 어떤 두 개의 자음이 부딪치는 게 저주가 될 수 있다는 생각 역시 해보지 못했다. 그래서 나는, 형이 어마어마한 언어적 재능을 지녔으며 세계적인 석학이 되거나 적어도 베스트셀러 작가는 될 거라고 생각했다.

형은 나보다 서너 살쯤 많았다. 그리고 네 사촌 누구는 말이야, 라고 시작되는 어머니의 잔소리에 등장한 적이 없었다. 우리는 사촌 형제들이 PC방으로 몰려가거나 인강을 들으러 집으로 돌아간 뒤 남는 두 사람이었다. 게임을 해도 슈팅 게임 대신 탈출 게임을 하고 복잡한 퍼즐을 푸는 걸 놀이라고 생각했다. 창고나 다락방에 불도 켜지 않은 채 나란히 앉아 새로 구상한 게임이나 만화 스토리를 서로에게 들려주기도 했다. 너희 둘은 참 닮았구나. 이모나 외숙모들이 말할 때마다 우리는 서로를 가리키며 기막히다는 듯 비죽댔다.

대부분의 사촌 형제들처럼 형과 나도 시간이 지나며 멀어졌다. 사촌 형제들은 서로 다른 대학에 가고 서로 다른 직업을 갖고 서로 다른 결혼을 했고, 그에 따라 부모들도 멀어지거나 가까워졌다. 큰외삼촌과 어머니는 멀어진 쪽이었다. 그래서 나는 뜻밖의 경로를 통해 형이 게임 시나리오를 쓴다는 것을 알게 됐다.

스터디 교재였던 『뉴스위크』에 형의 사진이 실려 있었다.

새로운 밀레니엄이 시작될 무렵이었다. 기사 자체는 한국의 벤처와 게임 산업에 관한 것이었는데 좁은 오피스텔에 모여 앉은 게임 회사 직원들 사진에 형의 얼굴이 있었다. 본문에도 짧지만 언급이 있었다.

"미스터 박은 액션 아케이드 장르인 〈노상강도〉의 게임 시나리오 작가다. 잔인한 장면이 많다는 말에 그는 '개인적인 작업이 아니라 산업이니까요'라고 말했다. ……미스터 박이 참여한 게임의 또다른 특징은 두번째 게임 현실이다. 게임 중간에 나오는, 눈에 잘 띄지 않는 작은 문고리를 열면 메인 게임과는 다른 공간이 펼쳐진다. 두번째 게임 현실은 매우 동화적인 탈출 게임이다. 아름답고 낭만적이다. 메인 게임의 잔혹성과 대비되는 공간. 아이러니컬한 것은, 게이머는 그 아름다운 공간에서 폭력이 난무하는 곳으로 탈출해야 한다는 것이었다. 이것에 대해 미스터 박은 그냥 어깨를 으쓱했다. 그러고는 이렇게 물었다. '그런데 문고리는 어떻던가요?'"

나는 그 부분에서 잡지를 덮었다. 스터디 팀원들이 도착했기 때문이었다. 참, 문고리라니 무슨 소리였지? 그 기사가 떠올랐을 때는 다른 팀원이 『뉴스위크』를 가져가버린 후였다.

형을 다시 만난 건 대학을 졸업하기 얼마 전이었다. 아마 장례식이나 환갑잔치, 아니면 결혼식에서였을 것이다. 사촌 형제들은 사회인이 될 무렵부터 그런 곳에서 다시 부딪힌다. 그날도 형은 내가 혼자 게임을 하고 있는 외진 방으로 아무렇지도 않게 들어섰다. 사이가 소원해지기 전 항상 만나던 그대로. 누군가가 죽거나 결혼하거나 늙어갈 때, 으슥하고 어두운 곳에서 불쑥.

형은 곁에 주저앉더니 맥주 캔을 땄다. 마치 몇 주 전 만났다는 듯 스스럼없는 모습이었다. 그러곤 물었다. 올해 졸업이지? 계획은 있어? 나는 잠깐 우물거렸다. 형의 질문에는 언제나 일정 정도의 대답이 포함돼 있었다. 형은 내가 뭐가 될 거라고 생각한 걸까. 우리는 벽에 등을 기댄 채 반대편 벽을 바라봤다. 문틈으로 배어든 불빛에 벽이 천장에서 바닥으로 내려올수록 환해졌다. 공무원 공부를 하고 있어. 내 말이 끝나기도 전에 형은 무어라 감탄사를 뱉었다. '아'와 '어' 사이의 난감한 소리였다. 그러고는 시선을 옮겼다. 공무원. 아, 공무원. 그렇지, 공무원. 이거, 아는 게 없어서 물을 말도 없는걸. 어쩌면 당연한 반응이었다. 그때만 해도 주위에 공무원 시험 공부를 하는 사람이 없었다. 그래도 무안하고 언짢았다. 나도 시선을 돌렸다. 형은 휴대 전화를 꺼내 들여다보았다. 나는 바지 주머니에 손을 넣었다 뺐다.

문밖에서 사람들이 서로를 부르거나 이야기를 나누는 소리가 들렸다. 그릇이 달그락거리는가 하면 아이들의 발소리가 군악대 드럼처럼 지나갔다. 밖으로 나갈까. 그런 마음으로 문을 바라봤다. 은색의 반질반질한 문고리가 눈에 들어왔다. 둥그렇고 단단했다. 아주 현실적인 모양이었다.

"참. 그거 무슨 뜻이었어? 문고리 말이야."

형은 또다시 감탄사를 뱉었다. 이번엔 분명한 아, 였다. 형은 무언가를 찾는 듯 주위를 둘러보더니 딱 이 정도 크기의 방이었다고 했다. 그러고는 이야기를 시작했다.

흔한 벤처 무용담이었다. 소규모 게임 회사, 철야, 개발 막바지 단계에 이르면 회의실에서 침식을 해결하는, 성공담으로 포장된 괴담. 형은 신이 나서 손짓, 고갯짓을 섞어가며 말했다. 나는 고개를 벽에 기대며 천장을 올려다봤다. 가슴 벅찬 일을 하라는 건 대개 낭만을 가장한 착취다. 고등학교 무렵 가세가 기울면서 나는 그 사실을 깨달았다. 아니, 깨닫고 말고 할 일도 아니었다. 모르는 게 이상했다.

"그런 밤을 본 적이 있니?"

형이 불쑥 물었다. 그것이 한밤의 꽃구경이었다. 게임 회사는 오래된 상업 지구의 낡은 오피스텔 지하 1층에 있었다.

딱 이 정도 크기라는 건, 그때 형이 일하던 오피스텔을 가리켰다. 아주 좁았다. 흡연자들은 오피스텔 정문 옆 작은 화단에 쭈그리고 앉아 담배를 피웠다. 언젠가부터 게임 회사에서는 꽃구경 가자, 하면 담배 피우러 가자는 뜻이고, 꽃구경하고 오겠습니다, 는 담배 피우고 오겠다는 말로 통했다.

거리는 조용했어. 숨죽인 발소리나 기침 소리, 갑자기 켜지는 전등 같은 것으로 사람이 있다는 걸 짐작할 뿐이었지. 그런 밤이면 형은 이상하게 감상적이 됐다. 거기 앉아 밝아오기 시작하는 새벽의 동쪽 하늘 *끄트머리*를 바라보고 있으면 저 하늘 너머는 이미 내일이겠지, 하는 생각이 드는 거야. 그리고 그렇게 계속 그쪽으로 가면 거기가 미래겠지. 형은 멋쩍은 듯 웃었다. 그런 기분 든 적 없니? 형의 질문에는 항상 대답이 숨어 있었다. 나는 그런 밤을 본 적이 없었다. 가끔 경비가 나타나기도 했다. 둥그런 플래시 불빛을 앞세우고 나타나는 경비는 얼굴을 익힐 즈음이면 바뀌었다.

형이 그, 를 알게 된 건 한밤의 꽃구경이 몇 달이나 계속된 후였다. 그, 라고는 하지만 그녀일 수도 있었다. 한 번도 본 적이 없으니 노인인지 학생인지도 알 수 없었다. 분명한 건 그가 오피스텔 근처에 머물고 있다는 것뿐이었다. 그의 존재감은 슬리퍼 *끄*는 소리나 재채기 같은 것이 아니었다.

그는 텅 빈 상업 지구의 한밤중, 그 시간, 그 공간에만 가능한 방식으로 자신을 알렸다.

"그건 음악이었어."

"음악?"

형은 고개를 끄덕였다.

"언젠가부터 꽃구경을 할 때마다 음악이 들리더라고. 처음엔 어디에서 들리는지 도통 몰랐어."

대부분 모르는 노래였지만 들을 만했다. 취향이나 선곡이 좋았다기보다는 시간과 공간의 문제에 가까웠다. 한밤중, 꽃이 진 지 오래인 화단, 이따금 들르는 둥그런 불빛, 뻑뻑한 눈과 시큼한 입 냄새, 담배 연기. 그런 곳으로 흘러드는, 어디서 누가 듣고 있는 건지 알 수 없는 음악.

그러던 어느 날이었다. 그 밤도 특별할 건 없었다. 거의 1년을 함께한 선배와 동료 한 명이 일주일 간격으로 짐을 쌌다. 정리 해고나 감원은 아니었다. 하지만 다를 것도 없었다. 세상은 꿈을 이야기하지만 꿈은 담배 연기 같은 것이다. 중독이 된다. 제때 끊지 못하면 파국에 이를 수도 있다. 하지만 안다고 끊을 수 있는 것도, 몰라서 못 끊는 것도 아니다. 형은 커다란 달을 향해 부풀어오르는 담배 연기를 손으로 휘저어버리고 오피스텔로 들어섰다. 그리고 계단을 내려가는

데 음악 소리가 들렸다.

형은 자기도 모르게 음악 소리를 따라갔다. 지하 1층 게임 회사로 들어가지 않고 한 층을 더 내려갔다. 비너스 오피스텔은 오래된 건물이어서 계단이 건물 중앙에 있었다. 지하 2층 복도에는 긴 어둠이 깔려 있었다. 문은 모두 잠겨 있고 전등은 꺼져 있었다. 음악 소리는 왼쪽에서 들려왔다.

형은 복도 마지막 방 옆에 다다라 걸음을 멈추었다. 방문에 관계자 외 출입 금지 사인이 붙어 있었다. 노란 바탕에 붉은 사선이 두 가닥 가로질렀다. 형은 닫힌 문 앞에서 서성였다. 막상 거기까지 갔지만 뭘 어떻게 해볼 생각이 있었던 건 아니었다. 이내 음악이 끝났다. 다른 노래가 이어지지는 않았다. 대신 숨소리도 들릴 것 같은 적막이 밀려왔다. 형은 크게 숨을 들이마셨다가 내뱉었다. 그러곤 돌아서려는데 형의 손이 불쑥 움직이더니 문을 두드렸다. 형은 놀라 자신의 손을 바라봤다. 한 발자국 물러서면서 침을 꿀꺽 삼켰다. 안에서는 아무 기척이 없었다. 형은 다시 한번 두드렸다. 그래놓고 또 깜짝 놀라 주위를 둘러봤다. 누군가가 나오면 뭐라고 하지? 무슨 용건이냐고 물으면 뭐라 둘러대지? 음악이 좋아서라고 하면 미친놈이라고 하겠지? 방안에서는 여전히 아무 소리도 들려오지 않았다. 형은 한 걸음 더 뒤로 물러섰다. 서둘러 자리를 뜨려고 몸을 돌리는 순간 손이 다시 움직였다. 자신도 이해할 수 없는 행동을 했다. 불쑥 문고리를 잡은 것이다.

"바로 저렇게 생긴, 둥그런 은빛의 특색 없는 문고리였어."

형은 문고리를 가리켰다. 그러더니 손을 뻗어 그것을 잡는 시늉을 했다.

나는 그때 형의 손이 그리던 모양을 지금도 기억한다. 형의 손은 평범했다. 마디가 억세지도 손가락이 길지도 않았다. 별다른 특색이 없었다. 그런데 어둑한 방, 낮은 조명 때문인지 형의 손은 이상할 만큼 크고 강해 보였다. 그런 손이 둥그런 공간을 만들어냈다. 손바닥 안은 보이지 않았다. 논리적으로 이야기하자면 그곳엔 아무것도 없었다. 그런데 내 눈엔 무언가를 쥐고 있는 것 같아 보였다. 분명 무언가가 있었다.

"그때 복도 저쪽에서 둥그런 불빛이 나타났어. 다른 사람의 방문 손잡이를 잡은 채로 경비에게 딱 걸리게 된 거지. 온갖 생각이 다 들더라."

사실 그냥 손잡이를 놓고 물러서면 될 일이었다. 그런데 형은 그게 잘 되지 않더라고 했다. 수많은 생각이 어마어마한 속도로 머릿속을 헤집는 데 반해 몸은 꼼짝도 하지 못하고 얼어붙어버렸다.

다행히 불빛은 계단을 올라가 사라졌다. 형은 한숨을 내쉬면서 시선을 돌렸다. 그러고 나서 문고리를 놓으려다가는 내려다봤다. 차갑던 문고리가 더이상 아무 느낌이 없었다. 체온과 같은 온도가 된 거였다.

"그런데 그것뿐이 아니었어. 이건 참 이상한 이야기인데, 손바닥으로 무언가가 흘러드는 것 같았어. 말하자면 어떤 감정인데, 에너지이기도 하고, 형태는 없지만, 눈에 보이지도 않고, 뭐라고 말로 설명하긴 힘든데, 그러니까 내 말은……"

형은 잠깐 나를 바라봤다. 내가 무슨 말이라도 거들길 바라는 듯 내 눈을 바라봤다. 어린 시절 상대방이 지어낸 이야기의 뒷부분을 다투어가며 이어갈 때 그랬던 것처럼 기대에 찬 시선이었다. 나는 아무 대답도 하지 못했다. 형은 시선을 거두며 말했다.

"하여튼 그런 이상한 기분은 처음이었어. 좀 제대로 얘기해줄 수 있으면 좋을 텐데. 그런데 말이야, 어떻게 생각해? 그 지하 2층 방에 뭐가 있었을 것 같아?"

음악 소리가 들리는 문의 저편. 그곳에 무엇이 있었을까.

"글쎄. 뭐 음악을 좋아하는 사람이겠지. 작곡가나 뭐 그런 사람일 수도 있고."

형은 잠깐 아무 말도 하지 않았다. 그러다 역시 그런 거겠지, 라며 다시 고개를 돌렸다. 형은 결국 그 방에 들어가보지 못했다. 문은 잠겨 있었다.

이후에도 우리는 조금 더 나란히 앉아 있었다. 이야기도 조금 더 나누었다. 아마 이런 이야기였던 것 같다. 요즘도 청록파라고 불려? 청록파? 아, 맞아. 그런 일도 있었지. 너는 참 별걸 다 기억하는구나. 그럼 저주도 풀린 건가.

그날 이후에도 외가 친척들은 죽고 결혼하고 아이를 낳았다. 한두 번은 내가 주인공이었고 사촌형이 주인공일 때도 있었다. 하지만 그날 이후 우리는 한 번도 외지고 어둑한 방에서 마주치지 않았고 한밤의 꽃구경이나 문고리, 음악 소리 같은 이야기도 나누지 않았다.

형을 마지막으로 만난 곳도 좁고, 사람들이 좀처럼 가고 싶어하지 않는 장소였다. 구치소의 접견실. 형은 회사의 소유물을 불법으로 빼돌린 혐의를 받고 있었다. 게임 회사가 자금난을 이기지 못하고 망할 무렵의 일이었다. 직원은 몇 남지 않았고 형은 가장 선임이었다. 형이 빼돌린 것으로 추정되는 것은 게임 데이터였다. 형은 혐의를 부인했다.

나는 928번이 전광판에 들어오는 것을 확인하고 6번 접견실로 들어섰다. 접견실은 통유리로 가로막혀 있었다. 15라는 붉은 숫자가 접견 제한 시간을 알렸다. 나는 자꾸 그 숫자를 곁눈질했다. 시퍼런 형광등 아래 마주한 시간은 곤혹스러웠다. 새하얗게 질린 표정, 붉은 기운이 점점이 올라온 뺨, 아무렇게나 뻗친 곱슬머리, 이상하게 치켜올라간 어깨. 불편한 시간이 흘렀다.

"거기, 그 지하 2층 방 말이야. 거기 사는 사람은 끝내 만나보지 못했어?"

나도 모르게 말했다. 갑자기 왜 그런 말을 했는지 나 자신도 알 수 없었다. 까맣게 잊고 있던 일이었다. 돌이켜본 적도 없었다. 형은 멈칫하더니 아, 하고 감탄사를 뱉었다. 그러곤 한참 아무 말 없이 앉아 있었다. 시선은 내 뒤의 벽 어딘가를 향했지만 그곳의 무언가를 보고 있는 것 같지는 않았다. 형도 잊고 있었던 모양이었다. 정말 낡은 오피스텔이었지. 복도에선 하수구 냄새가 나고, 계단 구석엔 1년 내내 곰팡이가 피어 있고.

"그래, 서장욱이. 너는 그런 걸 기억하는 녀석이었지. 거기서 이사 나오고는 나도 잊고 있었는데. 생각해보니 그 방에 사는 사람 결국 한 번도 못 봤다. 이상하네. 겨우 한 층 아래인데, 지나가다 한두 번은 부딪혔을 법도 한데 말이야. 뭐 보나마나 나랑 비슷한 사람이었겠지."

나는 아무 말도 하지 못하고 머뭇거렸다. 그러는 사이 붉은 숫자가 1로 떨어졌다. 형은 몸을 일으키면서 악수를 청하듯 손을 내밀었다. 나도 엉겹결에 손을 뻗었다. 손끝이 유리벽에 부딪쳤다. 그 유리벽 너머에 무언가를 잡고 있는 듯 둥그렇게 말린 형의 손이 보였다. 접견실 형광등 아래 형의 손안이 훤히 들여다보였다. 그 안에는 아무것도 없었다.

검찰은 끝내 형의 혐의를 밝혀내지 못했다. 데이터는 실체가 없는 것이다. 수많은 사람의 꿈과 수억의 돈을 잡아먹었지만 만질 수도, 전시할 수도, 수거할 수도 없었다. 구치소에서 풀려난 후 형은 한동안 열심히 시나리오를 쓰고 면접을 봤다. 하지만 취업은 쉽지 않았다. 나이가 너무 많았을 수도 있고, 조건이 맞지 않았을 수도 있고, 기획이 별로였을 수도 있다. 어쩌면 데이터를 빼돌렸다는, 확인되지 않는 의혹 때문일 수도 있다.

친척들이 공원묘지 주차장에 둥그렇게 모여 섰다. 몇몇은 담배를 피우고 몇몇은 통화를 했다. 다음엔 누구의 장례식에서 보게 될까. 농담 같지 않은 농담을 하며 악수를 나누었다. 외갓집의 맏형, 그러니까 큰외삼촌 댁의 큰형은 내 손을 힘주어 잡으며 말했다.

"저 녀석도 안타까워서 그러는 거야."

큰형은 로펌 변호사로 있는 사촌을 턱으로 가리켰다. 셋째 외삼촌댁 둘째. 어린 시절 어머니의 잔소리마다 등장하던, 사촌 형제들의 공적. 그래서 이름도 잊히지 않는 박청식. 큰형은 어젯밤 이야기를 하는 것이었다. 자정이 지날 무렵 청식이 취한 목소리로 청록이 형 이야기를 꺼냈다.

"그 오피스텔 건물주하고 담판 보는 게 정말 만만찮았어. 우리 로펌 선배가 동문이어서 도움을 많이 받았지. 그럴 땐 인맥이 최고거든. 네트워크 말이야, 네트워크."

그 오피스텔. 사촌형이 일했던 오피스텔에 화재가 난 건 6년 전이었다. 인명 피해는 없었다. 오피스텔은 이미 문을 닫은 상태였고 재개발이 예정돼 있었다. 그러니 사실상 재산 피해라고 할 것도 없었다. 화재가 대단한 것도 아니었다. 그저 방 하나를 태웠다. 방화범은 그 방에서 죽은 채 발견됐다. 직접적인 사인은 유독 가스에 의한 질식이었다. 나는 그 소식을 해외 출장중 들었다. 슬퍼야 할 것 같은데 별로 그렇지 않았다. 그냥 기분이 멍했다. 형은 얼마나 절망스러웠던 걸까. 그런 생각이 든 건 또다른 장례식과 결혼식에서 형의 이야기를 토막토막 전해 들으면서였다.

형은 서서히 망가져갔다. 수순처럼 재취업을 포기했고 친척 누군가가 소개한 직장에서는 몇 달을 버티지 못했다. 가족들과도 멀어졌다. 돈 때문이 아니면 연락도 하지 않았다. 술을 마셨고, 길거리에 쓰러져 병원 응급실에서 연락이 오기도 했다. 형을 마지막으로 본 사람은 친척 아주머니였다. 구부정해가지고, 검은 비닐봉투에 감춘 걸 이따금 마시면서 비틀비틀 걷는 게, 딱 보기에도 그냥 알코올중독에 노숙자였다고 했다.

청식은 형이 방화를 한 게 오피스텔 철거가 결정되고 얼마 후였다고 말을 이었다.

"재개발 소식을 뉴스로 본 거겠지. 그렇지 않으면 갑자기 거길 왜 갔겠어. 하여튼 경찰이 그러는데 지하 2층 그 방문이 안에서 잠겨 있었대요."

"지하 2층이 아니라 지하 1층이겠지."

나는 괜한 꼬투리를 잡았다. 청식은 술만 취하면 그 이야기를 꺼냈다. 큰형 말대로 안타까워서 그런 건지는 모르겠지만 항상 그랬다. 지하 2층이라고 헛소리를 하는 것도 매번 똑같았다. 나는 지금까지 아무 말도 하지 않았다. 다 지나간 일이었다. 지하 1층이면 어떻고 2층이면 어떤가. 그런데 철거 예정 건물 리스트에서 비너스 오피스텔의 이름을 본 탓인지 나도 모르게 말이 튀어나갔다.

"아닙니다. 지하 2층이 맞을걸요. 제가 직접 가봤으니 확실합니다."

나는 술잔을 기울이려던 자세 그대로 청식을 바라봤다. 게임 회사는 오피스텔 지하 1층에 있었다. 그런데 청식은 형이 죽은 곳이 지하 2층이라고 했다. 그렇다면 형은 게임 회사에서 죽은 게 아니었다. 게임 회사에 불을 지르고 그 방에서 보낸 시간들과 함께 죽은 게 아니었다. 지하 2층, 지하 2층. 나는 속으로 되뇌었다. 형이 오피스텔 지하 2층에서 죽었다면 혹시 그곳이 아닐까 하는 생각이 들었다. 음악 소리가 들려오던 방.

그 와중에도 청식은 계속 떠들어댔다. 사람이 그렇게 약해빠져서 어떡해요. 처음 소송할 때만 해도 그래. 그 게임 회사 대표가 그랬다더군요. 나중에 다 함께 모여서 다시 시작하자고. 나는 그 대표를 탓할 생각은 없어요. 재판 준비하며 몇 번 만났는데, 사람 괜찮아요. 그때는 그 사람도 진심이었겠지. 하지만 진심이 다 뭐예요. 그게 무슨 힘이 있어. 그걸 무작정 믿는 사람, 무턱대고 기다리는 게 어리석은 거지.

내가 자리에서 일어선 건 그즈음이었다. 친족이기 때문에, 애정이 있기 때문에, 안타까워서 그러는 거라는 표정. 연민으로 포장된 멸시. 청식의 말을 이해 못하는 건 아니었다. 벤처 거품은 커다랗게 부풀었던 만큼 요란하게 터졌다. 수많은 회사가 도산하고 수많은 사촌형이 쓸려갔다. 가장 커다랗고 단단한 회사만 살아남았다. 사촌형의 회사는 그렇게 운이 좋지 못했다.

하지만 나는 형을 위해 어떤 해명도 두둔도 하지 못했다. 그 이야기를 왜 또 꺼내느냐고 핀잔 한번 주지 못했다. 그냥 화장실에 간다는 듯 엉거주춤 일어나 누구의 시선도 끌지 않기를 바라면서 조용히 신을 꿰었을 뿐이었다.

큰형은 담배를 꺼내 물며 말을 이었다.

"청식이 녀석이 그때 애 많이 썼다. 처음 끌려들어갔을 때도, 화재 때도. 저 녀석이 아니었으면 어떻게 됐을지 몰라. 뛰어다닌 것도, 전화를 돌린 것도, 돈을 쓴 것도 다 저 녀석이었으니까."

몰랐던 일은 아니었다. 모든 뒤처리를 청식이 했다. 나는 형이 죽은 곳을 가보기는커녕 장례식에도 참석하지 못했다. 변명의 말이 끓어올랐지만 그걸 들어줄 사람도, 요구한 사람도 없었다. 변명이 필요한 사람은 나뿐인데 나는 그게 변명에 불과하다는 걸 알았다.

큰형은 문득 생각났다는 듯 내 어깨를 두드렸다.

"그러고 보니, 청록이가 너랑 가까웠지."

나는 아무 말도 하지 못했다.

"고맙다."

큰형은 또 보자며 걸음을 옮겼다. 나는 형을 따라 걸으며
물었다.

"혹시 그 오피스텔이 어디쯤이었는지 기억하세요?"

큰형은 잠깐 발걸음을 멈추더니 고개를 끄덕였다.

"글쎄, 양화대교 건너 어디였는데, 동명은 모르겠고 이름
이 특이했던 것 같은데."

"비너스 오피스텔 아닌가요?"

큰형은 그랬나, 하고 말하더니 역시 잘 모르겠다며 고개를
저었다.

장례식이 끝나고 며칠은 정신없이 지나갔다. 업무가 밀려
있었고, 조문을 왔던 동료와 상사들에게 인사를 해야 했다.
그런 일이 모두 끝난 건 3월의 셋째 주였다. 아침부터 공기
가 눅눅하다 싶더니 점심 무렵 눈이 내리기 시작했다. 나는
충동적으로 비너스 오피스텔 관리 회사에 전화를 걸었다.

오피스텔을 최종 확인하겠다고, 그저 형식적인 체크라고 둘러댔다.

택시에서 내려 2차선 오르막길을 걸었다. C지구임을 알리는 상징물들이 뜯겨나간 자리가 시멘트로 메꿔져 있었다. 표지판과 교명주는 역사박물관으로 옮겨졌다. IT 강국 대한민국 소프트웨어 산업의 산실. 홍보대행사가 고용한 프리랜서 라이터가 썼을 소개란에는 그렇게 적혀 있었다. 한때의 번창함, 수많은 한밤의 꽃구경, 밤하늘 저 너머에는 이미 내일이 와 있다는 벅찬 기분은 그런 문장으로 박물관에 남게 됐다. 버려진 상가와 깨진 유리창 사이로 악취가 떠돌았다. 커다란 붉은 엑스 자가 그려진 건물들이 계속 나타났다. 그 위로 눈이 내렸다.

오르막이 끝나는 지점에 다다라 뒤를 돌았다. 기묘하게 평화로웠다. 더이상 꿈꾸지 않아도 된다는 편안함. 나는 지금도 이런 곳을 좋아하는구나. 저만치 공사 포장막에 가려진 오피스텔이 보였다. 검은 승용차 앞에 두툼한 외투를 입은 남자가 서 있었다.

"이거, 서과장님이 여기까지 오시고. 나랏일에 바쁘신 분이 말입니다."

오피스텔을 관리하는 기획 회사의 이사라는 남자는 악수

를 청하며 너스레를 떨었다. 유들유들함이 몸에 밴 목소리였다. 그는 감기에 걸린 듯 쿨럭거리면서도 계단을 내려가는 내내 재개발 계획에 대해 묻고 비너스 오피스텔이 잘나가던 시절에 대해 떠벌렸다. 한때는 밤새도록 불이 꺼지지 않는 건물이라고 뉴스에도 나왔습니다. 비너스 오피스텔은 오래전 이미 안전 점검에서 C등급을 받았다. 낡은 설계에 보수비용이 막대했고 결국 리모델링을 포기하고 문을 닫았다.

지하 2층은 캄캄했다. 남자의 플래시 라이트가 복도를 휘저었다. 그 불빛 사이로 닫힌 문들이 나타났다. 둥그런 은빛 문고리들이 달려 있었다. 복도 끝 방 앞에서 걸음을 멈추었다.

"바로 저렇게 생긴, 은빛의 둥그런, 특색 없는 문고리였지."

이게 그런 문고리인가. 나는 어둠 속에서 주먹을 쥐었다 폈다. 사촌형의 손이 만들어냈던 둥그런 공간을 떠올렸다. 남자가 무언가 이야기한 것 같지만 귀담아듣지 않았다. 손을 뻗어 문고리를 잡았다. 손바닥에 냉기가 스몄다. 문 닫은 지 오래인 오피스텔. 게다가 밖에는 눈까지 내리고 있었다. 문고리를 돌리려다 멈췄다.

"경비의 플래시 불빛이 사라지고 나서 한숨 돌렸지. 그러다 깨달았어. 차갑던 문고리가 더이상 아무 느낌도 없었어. 내 체온과 똑같아진 거지. 그런데 그게 다가 아니었어."

사촌형의 말이 떠올랐다. 나는 문고리를 잡은 손에서 힘을 뺐다. 잠깐이면 될 테니까. 그 정도는 기다려볼 만하니까. 그리고 무슨 일이라도 일어나길 기다렸다. 그런데 그냥 그뿐이었다. 아무 일도 없었다. 주위를 둘러봤지만 무얼 느껴야 하는지 모르니 해볼 수 있는 일도 없었다. 금속의 냉기는 가셨지만 그렇다고 체온과 같아진 건지는 알 수 없었다. 나는 어깨를 끌어올렸다가는 늘어뜨렸다. 어쩔 수 없는 일이었다. 아니, 어쩌면 당연한 일이었다. 이미 십수 년이 지났다. 형과 어깨를 부딪쳐가며 이야기에 열을 올리던 어린 시절로부터는 까마득한 시간이 흘렀다. 이상한 기분은 분명 있었다. 하지만 형이 죽은 곳이었다. 며칠 후면 철거될 건물이었다. 그것만으로도 충분히 이상한 기분이 들 만했다. 나는 손잡이를 돌렸다.

몇 년이나 갇혀 있던 공기가 밀려나왔다. 캄캄한 어둠 속이지만 공간감은 확연했다. 얼굴에 스치는 바람, 이것저것 뒤섞인 냄새, 무언가 후다닥 흩어지는 느낌. 넓은 곳 같았다. 남자의 플래시 라이트가 방을 휘저었다. 그 아래로 시커멓게 타버린, 원래 무엇이었는지 확인할 방법이 없는 잿더미가 나타났다. 나는 순간적으로 고개를 돌렸다.

"참, 지금 생각해도 화가 납니다. 미치려면 곱게 미쳐야지. 남의 건물 유리 깨고 들어와 방화라니. 그때 골치 아팠던 거 말도 못합니다. 경찰서 불려다니고. 무슨 원한 관계 아니냐고. 사실 우리야말로 피해자 아닙니까. 아무리 문을 닫았대도 원. 이 머리, 이거 다 그때 빠졌어요."

남자가 다시 쿨럭거리기 시작했다. 이번엔 허리를 꺾어가며 기침을 했다. 그 바람에 주위가 부산스러워졌다. 나는 방 안으로 들어섰다. 방은 좁았다. 사촌형이 딱 이 정도의 공간이라고 했던, 『뉴스위크』 사진에서 봤던 오피스텔보다 더 좁아 보였다.

"여기도 무슨 회사였나요? 아니면 개인 주거용이었나요?"

"여기요? 여긴 임대하던 곳이 아니에요. 창고였지요. 쓰레기 창고라고 해야 하나, 보관소라고 해야 하나. 사람들이 그렇잖아요. 뭐 귀한 게 없어. 이사 가면 다 버리고 가고, 또 갑자기 찾아와서 내놓으라고, 고소한다고 야단하고. 그런 물건을 모아두는 곳이었어요. 그래, 여기 관계자 외 출입 금지 사인도 있잖습니까."

허탈한 웃음이 터져나왔다. '허'와 '하' 사이의 어정쩡한 웃음. 남자가 왜 그러냐는 듯 바라봤다. 그 문고리 너머. 음악이 들려오던 방은 쓰레기 창고였다. 사람들이 쓰다 버리고 간 쓰레기가 가득한 곳. 비너스 오피스텔이 철거된다는 뉴스를 보고 형은 이 방을 떠올렸을 것이다. 형은 현관 창문을 부수고 들어왔다. 가슴 떨리는 일을 한다는 것의 무게를 지탱해주던 음악이 흘러나오던 방 문고리를 열었다. 그런데 그곳이 쓰레기 창고였다.

"그만 됐으니 돌아……"

나는 돌아서며 말했다. 그런데 남자의 모습이 보이지 않았다. 고개를 돌리자 남자는 마치 벽을 통과한 듯 저만치 먼 곳에 서 있었다. 그의 플래시 라이트는 더 깊숙한 곳을 향했다. 그제야 깨달았다. 방의 안쪽이 뚫려 있었다. 그곳은 어둠일 뿐 벽이 아니었다. 남자가 나를 돌아보며 물었다.

"이것 때문에 오신 거 아닙니까? 여기 선로 때문에요."

나중에 알게 된 일이지만, 비너스 오피스텔 지하에 지하철 선로가 지나가고 있었다. 40여 년 전 건설됐으나 노선 계획이 변경되며 폐쇄됐고 한 번도 사용된 적이 없는 채로 잊혔다. 남자는 발을 탕탕 구르며 말했다.

"원래는 여기 벽이 있었는데 화재 때 무너졌어요. 그렇게 약한 벽이 아닌데, 경찰도 이상한 일이라 했지만 뭐 어차피 철거될 예정이었으니 문제가 될 건 없었습니다."

나는 남자가 있는 곳으로 다가갔다. 창고 방이 끝나는 곳, 그리고 선로가 시작되는 곳, 그 경계에 서서 잊힌 지하철역을 내다봤다. 플래시 라이트의 불빛만으로는 모든 것이 한꺼번에 보이지 않았다. 남자가 손을 움직임에 따라 무너진 기둥이 잠깐 모습을 드러냈다. 녹슨 선로의 일부가 보였다. 그 위로 비틀릴 대로 비틀린 철근들이 쏟아져 있었다. 천장에 뚫린 구멍에서는 굵은 케이블들이 선로를 향해 목을 늘어뜨렸다. 벽면 타일은 형체를 알아볼 수 없을 만큼 뜯겨나갔다. 그 모든 것들이 외부인의 침입을 허락하지 않겠다는 듯 단단히 스크럼을 짜고 있었다.

나는 케이블을 들추고 철근을 피해 선로로 들어섰다. 어딘가에서 물 떨어지는 소리가 들렸다. 선로의 먼 끝은 터널이었다. 희끄무레한 빛이 그곳에서부터 비어져 나오고 있었다.

"저쪽으로 가면 어디가 나옵니까?"

남자는 아무 곳도 나오지 않는다고 했다. 처음엔 다른 선로와 연결돼 있었는데 지금은 막혔다는 것이었다.

터널을 향해 다가가자 빛도 점차 강해졌다. 무언가 익숙한 냄새가 나는 것 같았다. 나는 터널 입구에서 걸음을 멈추고 고개를 빼 안을 바라봤다. 터널 벽이 시커멓게 번들거렸다. 빛을 따라 시선을 옮겼다. 터널을 가로질러 천장을 향해 고개를 젖혔다. 천장에 둥그런 구멍이 뚫려 있었다. 그 구멍을 통해 빛이 선로로 떨어졌다. 그 빛에 통로가 희뿌옇게 빛났다. 빛은 끊임없이 쏟아졌다. 조금씩 사선으로 쏠리기도 하고 좌우로 흔들리기도 했다.

그것은 눈이었다. 지하에 눈이 내렸다. 통풍구인지 채광창인지 알 수 없는 구멍을 타고 들어온 눈이 빛줄기처럼 폐쇄된 선로를 밝혔다.

"얼마나 됐나. 여기 철거 작업을 한다고 구청에서 나선 적이 있는데 이 안에서 쓰레기가 얼마나 많이 나왔는지, 말도 말아요. 서과장님은 짐작도 못해. 결국 포기하고 닫아버렸지. 정권이 바뀌었던가 해서 철거가 또 유야무야됐거든. 그런 일이야 항상 있는 거니까요. 하여튼 이 도시에서 필요 없어진 건 다 이 안에 있는 것 같았어. 지금도 엄청 남아 있을 거예요. 뭐 이젠 다 묻혀버리겠지만."

남자는 또 몇 번 쿨럭거리더니 말을 이었다.

"우리 오피스텔에 그 닷컴 회사들이 많았어요. 거기에도 돈 많이 뜯겼어요. 망해 넘어간 게 한둘이 아니었으니까. 걔네들도 쓰레기 엄청 버리고 갔어요. 전기밥솥부터 외국 책에, CD에."

나도 모르게 움찔했다. 남자를 바라보지 않고 의례적인 질문이라는 듯 물었다.

"CD라면 혹시 데이터가 담긴 CD라거나 불법 복제 소프트웨어같이, 문제가 될 만한 건 아니었겠죠?"

남자는 놀라 정색을 했다.

"아니, 서과장님. 오해하면 안 돼요. 내 말은 그런 거 말고 왜 음악 나오는 CD 있잖아요."

나는 남자를 돌아봤다.

"음악 CD요?"

남자는 고개를 끄덕였다. 그런 게 다른 잡동사니들과 뒤섞여서 엄청나게 많이 나왔다고 했다.

"아."

내 목소리가 터널 벽에 반사돼 여기저기로 튀다 돌아왔다. 남자는 CD들이 누가 거들떠보지 않을 정도로 엉망이었다고 했다. 부서지고, 썩고, 뭔지 모를 더러운 것이 잔뜩 엉긴 게 차라리 그냥 쓰레기 더미였다고. 남자로서는 누군가가 그걸 수거해 사용했다거나 돈을 벌었다거나 하는 의혹은 없다는 이야기를 하려는 것 같았다. 나는 철근과 케이블 선이 양치식물처럼 늘어뜨려져 있는 터널 안의 어둠을 바라봤다. 그동안에도 천장에서는 계속 빛이, 빛 같은 눈이 쏟아져 내렸다.

오피스텔 밖으로 나오자 눈이 잦아들었다. 나는 통화할 곳이 있다고 남자를 먼저 보내고 화단에 쭈그려 앉았다. 주머니를 뒤졌더니 구취 제거용 캔디가 나왔다. 캔디를 입에 넣고 하늘을 올려다봤다. 찬 공기 속으로 담배 연기인 양 숨을 내뿜었다. 저만치 통풍구 맨홀이 눈에 들어왔다.

오피스텔을 나오면서 나는 남자에게 물었다. 혹시 터널 천장의 구멍이 어디로 통하는지 아느냐고. 남자는 무언가를 가늠하듯 고개를 갸웃거리더니 정확하지는 않지만 오피스텔 현관 옆, 그러니까 화단이 있는 곳 같다고 대답했다.

통풍구는 화단이 끝나는 곳 바닥에 있었다. 격자무늬로 뚫린 통풍구 속으로 눈이 흘러들고 있었다. 귀를 기울였지만 음악 소리는 들려오지 않았다. 나는 언젠가의 사촌형처럼 둥그렇게 주먹을 말아 쥐어보았다. 눈이 내리는 어둠 속에서 내 손은 낯설게 보였다. 그런 손이 둥그런 공간을 만들어냈다. 바람이 비너스 오피스텔 앞길을 휘몰아쳐 내려갔다.

이제 일대가 재개발되면 비너스 오피스텔도, 폐쇄 선로도, 그 안에 있는 버림받은 모든 것도 묻혀버릴 것이다. 어디선가 날아온 신문지가 펄럭였다. 화단에 쌓여 있던 눈이 날리며 소용돌이쳤다. 나는 바람을 피해 눈을 감으며 고개를 돌렸다.

그때였다. 무언가가 손바닥에서 따끔 하고 튀었다. 마치 약한 전기가 흐른 듯했다. 손이 반사적으로 움찔했다. 놀라 눈을 떴지만 달라진 건 아무것도 없었다. 나는 손을 꽉 쥐었다 폈다. 논리적으로 말하자면 내 손안에는 아무것도 없었다. 하지만 분명 무언가가 있었다. 얕은 전류가 흐르는 것 같기도 하고 따끔거리기도 했다. 추워서 손이 저린 건가 생각했지만 그것과는 달랐다. 아주 작고 따뜻한 것이 손바닥 안에서 부르르 떠는 것 같았다. 아니, 그런 촉감이나 질감 같은 것도 아니었다.

무언가가 손바닥을 감싸듯 흘러들었다. 무언가. 그 무언가는 입에서는 맴돌았지만 말이 되어 나오지는 않았다. 입술은 들썩였지만 그것은 단어의 형태가 아니었다. 그러는 사이에도 손바닥으로는 무언가가 계속 흘러들었다.

"어떤 감정인데, 에너지이기도 하고, 형태도 없고, 눈에도 안 보이는."

형의 말을 떠올렸다. 형의 장난스러운 눈길이 느껴지는 것 같았다. 기대에 찬 듯, 허공에 뜬 듯한 시선이 나를 보고 있었다. 내가 무어라도 말을 거들기를 기다렸다. 나는 그 시선을 마주봤다. 나도 모르게 입을 열었다.

"마치 음악 같은."

바람이 잦아들면서 주위가 조용해졌다. 나는 천천히 주먹을 쥐었다. 뜨거운 입김이 차가운 공기와 충돌하며 공기가 뿌옇게 번졌다. 그 속에서 불쑥 음악 소리가 흘러나오는 것 같았다.

당신은 마이바흐를
타본 적이 있습니까

　　　　　　　20년쯤 전의 일이다. 제대를 한 해니까 스물다섯이나 스물여섯쯤이었을 것이다. 나는 복학하는 대신 부모님의 곱창 가게에서, 말하자면 알바를 시작했는데 독산동 우시장에 가서 곱창을 사오는 일이었다. 곱창을 고르는 건 쉬웠다. 일단 두꺼워야 한다. 그리고 꽃이 펴 있어도 구멍이 많아서도 안 된다. 곱창에 구멍을 뚫는 건 안에 든 걸 빼내기 위해서인데 곱창 속에 들어 있는 게 무엇이겠는가. 구멍이 많다는 건 그런 게 왕창 들어 있었다는 뜻이다. 사실 그런 걸 따질 필요도 없다. 신선한 것과 그렇지 않은 것은 그냥 딱 보면 알 수 있다. 좋은 곱창을 고르는 건 돈만 있으면 오케이다.

하지만 마을버스가 겨우 지나다니는 좁은 비탈길, 테이블 다섯 개짜리 곱창집 아들의 알바가 그렇게 간단할 리는 없었다. 나는 두꺼운 것, 구멍이 없는 것, 꽃이 없는 것, 유백색의 매끈한 것들이 다 팔려나가고 남은, 얇고, 너덜거리고, 꽃이 펴 있고, 거뭇한 것들 중 전화 주문으로 배달 나가는 저급품이나 어제의 재고가 아닌, 그나마 괜찮은 것을 골라야 했다.

시장 거리에는 동물의 내장과 핏덩이, 털 같은 것들이 아무렇지도 않게 널려 있었다. 사람들은 죽은 동물의 살덩이와 염통과 허파를 손으로 주물렀다. 그런 것들을 돈을 받고 팔고 돈을 주고 샀다. 동물 내장이 담긴 비닐봉투를 든 채 독산동에서 아현동까지 버스를 탔다. 즙이 뚝뚝 떨어지는 비닐봉투에서는 말로는 표현할 수 없는 냄새가 났다.

그러다 전화가 왔다. 오후쯤이었던 것 같다. 나는 1층 식당 문을 열고 저 나갔다 와요, 라고 하지도 않고 집을 나섰다. 독산동에 다녀오면 내 일은 끝이었다. 하려면 일이야 많았겠지만 개의치 않았다. 그 정도면 된 거 아닌가 생각했다. 그때 나는 아무렇게나 턱수염을 기르고 세탁도 하지 않은 청바지를 매일 입었다. 두피가 보일 만큼 머리를 짧게 자르고 모자도 쓰지 않았다. 주머니에 손을 찌르고 껄렁대며 비탈길을 오갔다. 그런 게 멋인 줄 알았다.

햇살이 뜨거운 날이었다. 비슷비슷한 주택과 가게, 일렬 주차된 자동차, 점집 깃발과 슈퍼 간판 같은 것들이 햇볕에 벌겋게 달아올라 몸을 비비 꼬았다. 검은 자동차는 비탈길과 큰길이 만나는 삼거리에 서 있었다. 한번도 본 적이 없는, 아주 크고 번쩍이는 차였다. 기사는 아무것도 묻지 않고 뒷좌석 문을 열어주었다. 나는 아무렇지도 않은 척 건들거리며 차에 탔다. 일부러 자동차 여기저기를 둘러보고 만져보고 눌러봤다. 과장해서 신기해하고 놀라 하고 재미있어 했다. 그러면 어색함이 감춰질 것 같았다.

차창 밖으로 많은 것이 지나갔다. 교차로, 신호등, 차선, 가로수, 행인, 그리고 다른 자동차. 멋대로 사는 것도 좋고, 개성도 좋고, 자유로운 것도 좋다. 하지만 그런 것을 한방에 아무것도 아니게 만들어버리는 것도 있었다. 그 자동차가 그랬다. 그때 나는 그 자동차의 이름이나 배기량, 가격 같은 건 알지도 못했는데도 그랬다. 겨우 자동차 따위에 주눅이 들다니 우스운 일이었지만 그랬다. 기가 막혔지만 그 무력감에 반항해볼 방법도 없었다. 그래서 평생 다시 타보지 못할 자동차 안에서 내가 제대로 본 것이라고는 유리창에 비친, 창밖 풍경에 겹쳐진 내 얼굴뿐이었다.

철제 게이트를 지나자 양쪽으로 활엽수가 늘어선 짧은 드라이브 웨이가 나타났다. 호텔이나 레스토랑은 아니었다. 손님이나 방문객이라고 할 만한 사람은 나뿐이었다. 조도가 낮은 램프가 늘어선 복도를 지나, 금세라도 실내악단이 들어와 연주를 시작할 것 같은 방에 들어섰다. 홀이라고 해야 할지도 모르겠다.

커피잔에는 푸른 꽃이 그려져 있었다. 줄기부터 꽃받침, 꽃잎까지가 모두 농도만 다른 푸른색이었다. 그 잔을 향해 손을 뻗을 엄두가 나지 않았다. 그래도 마셨다. 이 정도는 매일 마신다는 듯, 이런 잔 정도는 곱창 가게에 널렸다는 듯. 남자는 짙은 색 정장을 입고 타이를 매고 있었다. 50대 정도로 보였는데 사실 그때 내게는 40대나 50대나 60대나 모두 나이든 남자였을 뿐이니 실제 어땠는지는 모르겠다.

남자가 말했다.

"선생님이 쓰신 작품을 읽었습니다. 그와 관련해서 몇 가지 여쭈어보고 싶은 것이 있습니다."

작품. 남자가 '작품'이라고 말한 건 내가 PC통신에 끄적이고 있던 짧은 이야기였다. 전화 통화에서도 들은 얘기였다. 전화는 식당으로 걸려왔다. 식당 번호를 어떻게 알았는지는 모르겠다. 개인 정보 같은 개념이 희박한 때긴 했다.

"작품에 나오는 CD 말입니다. 재킷 옆면에 은회색 선이 그어져 있는 CD요. 혹시 실제 모델이 있는 겁니까?"

"아니요. 제가 지, 지어낸 겁니다."

"혹시 박OO라는 작곡가를 아십니까? 일제강점기의 작곡가인데요."

그때나 지금이나 나는 클래식 음악에는 문외한이다. 남자는 몇몇 질문을 더 했지만 내가 할 수 있는 대답은 '모른다' 또는 '모르겠다'뿐이었다. 남자는 고개를 끄덕였다. 그러곤 말했다.

"괜찮습니다."

남자는 바쁠 것 없으니 느긋하게 이야기하자는 듯 나에게 커피를 권했다. 어딘가에서 수입한 커피로 깊은 흙 맛이 난다고 했다. 나는 멍청하게 커피잔을 내려다봤다. 푸른 꽃에 담긴 흙의 깊은 맛. 그게 도대체 어떤 맛인지 짐작도 할 수 없었다. 남자는 곱창 가게에 대해서도 물었다. 경기가 좋지 않은데 괜찮냐, 부모님의 연세는 어떻게 되시느냐, 몇 시에 열어서 몇 시에 닫느냐. 나는 기분이 좋다는 듯 상체까지 흔들흔들해가면서 대답했다. 그래봐야 별 얘긴 없었다. 내 이야기가 다 거기서 거기다. 곱창, 독산동, 등록금, 복학. 비밀도 아니라는 듯, 부끄럽지도 않다는 듯, 세상 다 그렇지 않냐는 듯. 그러다 남자가 물었다.

"선생님은 어떠십니까. 지금은 아르바이트를 하고 계신다고 알고 있는데, 이제 복학을 하셔야죠. 학교는 어떻습니까. 괜찮습니까?"

지금 돌아보면 남자는 그저 나를 가늠해보기 위해 이런저런 미끼를 던졌던 것뿐일 테다. 그런데 그때는 왠지 남자가 내 이야기를 진심으로 듣고 있는 것 같았다. 그리고 이건 나중에야 깨닫게 된 건데 그런 느낌은 남자가, 내가 쓰던 시시껄렁한 이야기를 '작품'이라고 부르면서 시작됐다. 그러고 보니 독산동행을 아르바이트라고 부른 것도 남자가 처음이었다. 친척이나 동네 사람들은 나를 보면, 복학도 안 하고 진짜 아르바이트를 안 잡고 빈둥거리며 부모님 등골이나 빼먹는다는 얼굴을 했다. 그런데 남자가 나를 바라보는 방식 어딘가에는 그들이 나를 제대로 대해주지 않았다는 느낌이 있었다. 남자는 고개를 끄덕이고 눈을 지그시 감았다 떴다. 손을 맞잡으며 내 쪽으로 상체를 숙였다. 그 모든 제스처가 내 말에 대한 동의, 내 불만에 대한 동조 같았다.

남자는 다시 물었다.

"괜찮으십니까?"

나는 대답하지 않았다. 이상하게 기분이 다운됐다. 그때까지 죽기 살기로 붙잡고 있던 것이 아무것도 아닌 것 같았다. 나도 모르게 시인했다. 아무렇지 않은 게 아니라고. 불안하고 두렵다고. 아니 정말 그런 말을 하지는 않았는지도 모르겠다. 하지만 분명 그런 느낌이었다. 남자에게 나를 다 보여준 것 같은. 그리고 보면 남자는 누군가의 속마음을 털어놓게 하는 일을 아주 잘하는 사람이었다.

그러다 놀라 고개를 들었다. 남자 뒤로 노인이 한 명 걸어가고 있었다. 키가 작고 몸피가 다부진 노인이었다. 아무도 말해주지 않았지만 알 수 있었다. 노인은 주인이었다. 등기상의 소유주일 뿐 아니라, 그곳의 공기, 분위기, 냄새, 빛, 그리고 시간의 주인. 그리고 그 남자의 주인이었다. 노인은 나 따위는 관심도 없다는 듯 창가로 걸어가 1인용 소파에 앉았다.

남자는 잠깐 노인을 보더니 자세를 고쳐 앉았다.

"사실 저희는 그 CD를 찾고 있습니다."

"제가 쓴 얘기에 나오는 CD를요?"

남자는 그렇다기보다는, 하고 입을 뗐다.

"그 CD는 1980년대에 발매된 박수오 작곡가의 컬렉션 중 한 장입니다."

남자는 사진을 보여주었다. 스물너덧 장은 족히 돼 보이는 CD 컬렉션이 찍혀 있었다. 재킷은 연주자의 얼굴이나 오케스트라 공연 실황 같은 것들이고, 가늘고 긴 옆면에는 선이 하나씩 그려져 있었다. 그러니까 개별 CD의 옆면, 책이라면 책등이라고 불릴, 가늘고 긴 옆면에 가로로 선이 하나씩 그어져 있었다. 선의 위치와 색깔은 CD마다 달랐다. CD 번호에 따라 선은 아래에서 위로 올라갔고, 번쩍이는 검은색에서 흰색으로 변했다. 그래서 CD 컬렉션 전체를 보면 왼쪽 아래에서 오른쪽 위로 대각선이 죽 이어져 있는 것처럼 보였다. 그런데 하나가 어긋나 있었다. 선이 자연스럽게 이어지려면 딱 CD 한 장이 더 필요했다. 아마도 스무번째쯤 되는 CD인 것 같았다. 그 CD를 세로로 세운다면 위에서 1~2센티미터쯤 내려온 곳에 은회색 선이 있어야 했다.

"잘 생각해봐주십시오. 혹시 어디에서 보신 거 아닙니까?"

나도 모르게 웃음이 나왔다. 노인이 웃음소리에 반응하듯 나를 돌아봤다. 그 순간 무언가가 입을 콱 틀어막았다. 갑자기 공기가 모래가 된 듯 기도가 막혔다. 실제로 움직인 사람은 아무도 없었다. 천장이 무너지거나 독가스가 뿜어져나온 것도 아니었다. 오히려 누구도, 아무것도, 공기도 미동하지 않았다. 그런데도 숨이 쉬어지지 않았다.

"하지만 저, 저는 정말 그 CD를 본 적이 없습니다."

가까스로 말을 내뱉은 건 남자가 낮게 헛기침을 하고 나서였다. 나는 더듬거리면서, 중얼거리듯, 사죄하듯, 죄를 고백하듯 쩔쩔맸다. 정말입니다. 그냥 제가 만들어냈습니다. 본 적은 없습니다. 그러곤 다시 고개를 들었을 때 노인은 이미 방에 없었다. 문을 여는 소리도 못 들었는데 사라졌다. 창가의 1인용 소파에는 누가 앉았던 자국조차 남아 있지 않았다.

자동차는 나를 삼거리에 내려주었다. 그때 자동차 뒤에 쓰인 이름을 봤다. 메이바흐(MAYBACH). 5월의 바흐. 클래식은 모르지만 그 자동차에 바흐라는 이름이 붙은 이유는 알 것 같았다.

비탈길에 접어들자 누릿한 곱창 냄새가 밀려왔다. 비위가 상했다. 아직 비탈길 초입이었다. 곱창집은 보이지도 않았다. 그런데도 냄새가 진동하는 것 같았다. 곱창집의 활짝 열린 문 너머로, 지저분하게 걸린 발 너머로 웃음기 없는 어머니가, 아직 해가 지지도 않았는데 취한 아버지가 보이는 것 같았다. 그 집에서 태어나 그 집에서 자랐다. 그 냄새가, 그 기름때가, 그 술병들이 나를 키웠고 나를 가르쳤다. 모르지 않았다. 스물다섯 해가 반복해서 가르친 일이었다. 이젠 익숙하고 편안하다 생각했다. 가끔은 이렇게 사는 거지, 뭐 있어, 정겹기도 했다.

되돌아 내려갔다. 삼거리 버스 정류장에 다다랐다. 버스에서 사람들이 쏟아져나오고 쏟아져 들어갔다. 사람들에게 휩쓸렸다. 별일이 있었던 것도 아니었다. CD가 실재하는지 아닌지는 내게 아무 상관이 없었다. 어떤 위압감에 짓눌린 순간은 있었지만 자격지심 탓이었을 것이다. 그렇다면 뭐가 문제인가. 갑자기 모든 것이 한심해졌다.

그 자동차 때문이다.

그날의 나는 그렇게 생각했다. 5월의 바흐. 그것이 그 자동차를 만든 사람의 이름이며 마이바흐라고 읽는다는 것을 알게 된 건 나중의 일이었다.

나는 가로수 화단의 흙을 찼다. 힘껏은 아니고 그냥 찼다. 돌아보는 사람도 없었다. 다시 비탈길로 들어섰다. 버스를 타든 횡단보도를 건너든 소주 병나발을 불든 결국 나는 부모님의 집으로 돌아갈 테고 그러려면 비탈길을 올라야 했다. 가게 냉장고에서 소주를 꺼내 2층으로 올라갔다. 1층 식당과 2층 살림집은 외부 계단으로 연결돼 있었다.

짙은 색 정장을 입었던 남자는 노인의 비서였다. 그에게

서 받은 명함의 회사명을 PC통신으로 검색했지만 별다른 정보는 없었다. 박수오라는 이름도 마찬가지였다.

그날따라 술이 썼다. 아니, 달았나. 아니, 어느 지점에 이르면 술은 더이상 음료가 아니라 교통수단에 가깝다. 사람을 저마다의 정해진 장소로 데려가는 교통수단. 나는 컴퓨터를 켜고 PC통신에 접속했다.

그때 나는 PC통신에 짧은 이야기들을 끄적거리곤 했다. 아마 나우누리였을 것이다. CD 이야기는 최근에 쓴 것 중 하나였다. 조금 기이하다는 걸 빼면 한밤중 PC통신에 접속한 외로운 영혼들이 낄낄거릴 만한, 심각할 것도 중요할 것도 없는 이야기였다. 그래도 나름 인기는 있었다. 빨리 후속편을 올리라고 독촉을 받기도 했다.

정확한 스토리는 기억나지 않는다.

어느 날 '나'는 CD숍에서 몇 장의 CD를 샀다. 언제나 다니는 지하철 역사에 있는 CD숍이었다. 그런데 집에 와보니 낯선 CD가 한 장 섞여 있었다. 처음에는 되돌려줄 생각이었다. 그러나 CD를 두고 나가거나 지하철을 타지 않거나 하는 일이 반복됐고 결국 타이밍을 놓치고 말았다. 그것이 바로 옆면에 은회색 선이 그어져 있는 CD였다.

시간이 지나면서 '나'는 그 CD에 대해 잊었다. 가끔 CD

랙을 뒤적이다가 '아, 이런 게 있었지'라고 생각했지만 그뿐이었다. 한번 들어본 적은 있지만 별로 취향이 아니어서 다시 듣지 않았다. 사실 그즈음의 '나'는 점점 음악을 듣지 않았다. 한때 거리에서 탬버린을 흔들더라도 음악 하는 사람으로 살고 싶다고 생각했다. 하지만 세상에는 음악보다 중요한 것이 많았다. 너무 많았다. '나'는 결국 CD를 모두 버렸다. 이사를 할 때마다 방은 좁아졌고 무언가는 버려야 했다. CD는 1순위였다. 필요가 없었다. 듣지 않으니 필요가 없고 필요가 없으니 그냥 짐이었다. 그런데도 한동안은 그 짐들을 꾸역꾸역 가지고 다녔다. 한동안은 버텼다. 거리에서 탬버린은 못 흔들더라도 CD를 버리고 싶지는 않았다. 음악을 쓰레기통에 넣고 싶지는 않았다. 그런 날들이 꽤 오래 지속됐다. 하지만 결국 '나'는 무릎을 꿇었다. CD를 전부 버렸다. 그렇게 '나'는 마침내 실용주의자가 됐다고 생각했다.

시간이 한참 지난 어느 날 '나'는 문득 책상 제일 아래 서랍에서 그 CD를 발견한다. 그것이 왜 거기 있는지, 분명 버렸는데 어떻게 된 일인지는 알 수 없다. 확실한 것은 그것이 '나'에게 남은 유일한 CD라는 것뿐이었다. 그 CD를 플레이했다. 음악이 흘러나왔다. 역시 취향이 아닌 음악. 그런데 듣고 있자니 괜히 눈물이 났다.

그러고 보니 그 CD에 모델이 없었던 건 아니었다. 다만 그것이 음악 앨범의 형태를 띠고 있지 않았다. 그건 담뱃갑이었다. 그 이야기를 쓸 때 책상에 담뱃갑이 놓여 있었다. 담뱃갑의 옆면, 책이라면 책등이라고 불릴 부분의 위에서 1센티미터 정도 내려온 곳에 비닐을 벗기는 얇은 은색 띠가 있었다. 별다른 의도가 있었던 건 아니다. 그냥 재킷을 묘사할 말이 필요했다. 그러니까 우연이었다. 우연히 노인이 찾는 CD와 비슷한 모습을 하고 있었던 것이다. 그런데 노인은 내게 마이바흐까지 보냈다.

방바닥에 벌렁 드러누웠다. 내 방은 외부 철제 계단 바로 위에 있었는데 오래된 계단에서는 삐걱삐걱 소리가 났다. 아무도 오르내리지 않는데도 그랬다.

노인의 집에서 마이바흐에 오르기 직전 나는 노인의 비서에게 물었다. 그런데 왜 그 CD를 찾으시나요? 무슨 대단한 의미라도 있는 건가요? 남자는 글쎄요, 라고 대답했다. 그리고 자신이 대답할 수 있는 질문이 아니라더니 이내 이렇게 덧붙였다. 그런데 누구나 그런 대상 하나쯤 있지 않나요. 내가 그런 대상이요? 하고 되묻자 남자는 고개를 끄덕이면서 네, 그런 대상이요, 라고 했다.

나는 그런 대상이 무얼까 생각했다. 그리고 노인에 대해서도 생각했다. PC통신에 갈겨쓴 엉터리 이야기까지 찾아낼 정도라면 노인은 얼마나 절실하게 그 CD를 찾고 있는 걸까. 그러니까 그때 나는 이런 생각을 하고 있었다. 만약 내가 그 CD를 가지고 있다면 노인은 그 대가로 무얼 제시했을까. 만약 내가 그 CD를 찾아낼 수 있었다면 노인은 내게 무엇까지 해줄 용의가 있었을까. 취했으니 한 쓸데없는 생각이었다. 어차피 내겐 그 CD가 없고 마이바흐를 소유한 노인이 찾지 못한 걸 내가 찾을 리도 없었다. 그런데도 나는 그날 밤 그런 생각을 하면서 계단이 삐걱대는 소리를 들었다. 그 오래된 계단을 오르고 있는 것은 무얼까 생각했다. 그것이 언제쯤이면 도달할까. 그날 밤 나는 무언가 들뜬 마음으로 그 소리에 귀를 기울였다.

그것이 20년 전의 일이었다. 그때로부터 많은 시간이 지났고 많은 일이 있었다. 그리고 나는 오늘 유튜브 동영상을 보던 중 그 CD를 발견했다. 동영상의 제목은 '탈모에 관한 오해와 진실'이었다. 종편에서 방영한 '21세기의 질병' 시리즈 중 하나로 조회수가 얼마 되지 않는 걸 보니 인기 프로그램은 아니었던 모양이다. 진행자는 김민석이라는 이름의 의학 박사였다. 40대 후반쯤으로 보였는데 의사라기보다는 중견

탤런트 같은 얼굴이었다. 탈모는 털이 있어야 하는 곳에 털이 없어진 상태라는 하나마나 한 소리를 하는데도 괜히 믿음이 갔던 건 아마 그 때문일 것이다.

언젠가부터 엘리베이터를 타면 사람들 머리 상태부터 훑어보게 됐다. 대머리나 머리숱이 성긴 사람이 많았다. 귀 뒤에서부터 머리카락을 말아올려 정수리에 널어놓은 사람도 있었다. 어디서 나타났는지 그런 사람 천지였다.

김박사는 사람 정수리를 찍은 사진 두 장을 꺼내 들었다. 무참할 정도로 머릿속이 속속들이 들여다보이는 사진과 두피가 보이지 않을 정도로 머리카락이 빽빽이 난 사진이 한 세트였다. 나도 모르게 머리카락을 헤치고 머릿속을 긁는데 김박사의 어깨 뒤 책장에 꽂혀 있는 CD 컬렉션이 눈에 들어왔다. 유튜브의 흐릿한 영상 속에서 확실한 건 아니었다. 그저 CD 스물너덧 장이 한 덩어리를 이루고 있었다. 별 중요할 것 없는 배경의 일부였다. 그런데 이상하게 시선이 갔다. 그러다 생각났다. '저것은 1980년대 중반 발매된, 박 무슨 작곡가의 전집이다.' 그런데 박 뭐였더라? 박수현, 박수철, 아니, 박호순? 정확한 이름은 떠오르지 않았다. 사실 이름이 중요한 건 아니었다. 왼쪽 아래에서 오른쪽 위로 대각선이 죽 이어져 있었다. 조금도 어긋나지 않은 완벽한 대각선이었다.

김민석 박사의 탈모 클리닉은 좁은 도로를 가운데 두고 24시간 김밥집과 남성 커트 전문 미용실, 그리고 부동산이 늘어선 상가 2층에 있었다. 인터넷으로 검색해본 바에 의하면 상담은 무료이고 평판도 나쁘지 않았다. 게다가 집으로 가는 도중에 있는 지하철역 근처였다. 대기실에는 서너 명의 중년 남자가 서로를 힐끔거리고 있었다. 그러다 눈이 마주치면 머쓱하게 웃었다.

"원형탈모증이 있으시군요."

김박사의 첫마디였다.

"아."

내 대답이었다. 내 뒤통수에는 땜빵이 있다. 모르던 일은 아니다. 원인은 스트레스라고, 적절히 치료하면 금세 낫는다고 했다. 그 적절한 치료를 나는 하지 않았다. 부모님의 식당이, 아니 식당뿐 아니라 그 주위를 둘러싼 모든 것이 철거되고 있었다. 그리 높지 않은 고갯마루에 다닥다닥 붙어 있던 대문과 계단, 깃발과 창문틀에서 불길이 치솟았다. 중장비가 토해내는 비명이 사방을 뒤덮었다.

그 이야기는 철거대책본부 전단지에 이렇게 실렸다. "여자가 있던 가게 건물을 포클레인이 덮쳤다. 여자가 돌 더미에 깔리고 대못에 찔려 비명을 지르는데도 철거 용역들은 폭력으로 끌어내리려고만 했다. 결국 먼저 끌려나온 사람들이 돌 더미를 파헤치고 여자를 빼냈다. 여자는 거의 실신 상태였고 긴급 수술이 필요해 보였다. 그 자리에서 30년 넘게 장사를 한 곱창 가게는 순식간에 폐허가 됐다."

간이 천막이 쳐지고 붉은 머리띠가 건네지고 대책 회의가 열렸다. 나는 천막 안으로 들어가지 못하고 근처 길 모퉁이에 쭈그려 앉았다. 누군가가 김밥을 가져다주었다. 먹었다. 안 먹힐 것 같았는데 허겁지겁 먹었다. 사람들은 싸웠다. 다른 사람들과 싸우고 자기들끼리도 싸웠다. 사람들은 어떻게 해야 하는지 아는 것 같았다. 다들 무언가 결의와 신념에 차 있었다. 내가 알던 사람들이었다. 평생을 안 사람도 있었다. 그런 사람들이 갑자기 신념을, 결의를 가지게 됐다. 우왕좌왕하는 건 나뿐인 것 같았다. 뭐라도 해야 할 것 같았지만 나는 복학도 못하고 제대로 된 아르바이트도 하지 않고 부모님 등골이나 빼먹던 알바였다.

결국 나는 그 남자에게 전화를 걸었다. 한밤중 어디에선가 들이닥친 사람들로 간이 천막이 아수라장이 되던 밤이었다. 그땐 그게 내가 할 수 있는 유일한 일 같았다. 남자는 예의 침착한 목소리로 전화를 받았다. 나는 공중전화에 매달

리듯 달라붙었다. 남자는 한참 내 말을 듣고 있다가는 잠깐
만, 하고 말을 끊었다. 나는 남자의 말을 기다리지 않고 덧
붙였다.

"염치없는 건 알지만 지금 생각나는 분이 선생님밖
에⋯⋯"

거기서 말을 멈췄다. 그럴 수밖에 없었다. 더이상 말이 나
오지 않았다.

남자가 웃었다. 정말 웃었다. 뭔가 아주 기가 막히게 시기
적절한, 너무 엄청나서 도저히 참을 수 없는 농담을 들었다
는 듯 웃었다. 죄송합니다, 제가 그만, 이런 실례를, 이런 말
들을 내뱉으면서 웃었다. 내 멋대로 사는 것도 좋고, 자유
롭게 사는 것도 좋다. 하지만 그런 걸 한방에 아무것도 아닌
걸로 만들어버리는 게 세상에는 있었다.

공중전화 부스 멀리 천막이 보였다. 캄캄한 밤을 배경으
로 천막이 기괴하게 요동쳤다. 천막이 들춰지고 찢기고 부
서지면서 무언가가 울컥울컥 밖으로 쏟아져나왔다. 그건,
어머니의 상처에서 나는 악취 같았다. 질 나쁜 동물의 내장
냄새 같았다. 살겠다고 때마다 입으로 밀어넣는 밥 냄새 같
았다. 땜빵 같은 게 중요할 리 없었다.

불법 복제 게임 프로그램을 사러 가곤 하던 용산 전자 상

가 가게에서 진짜 아르바이트를 시작했다. 그때는 머리숱이 많았다. 반쯤 빠져버렸으면 좋겠다고 생각했다. 버거운 건 머리숱이지 땜빵이 아니었다. 그래서 잊고 살았다. 있다는 것은 알았지만 그것이 문제를 일으키지는 않으니, 그러면 없는 거라고, 그렇게 생각했다. 천막도, 철거도, 보상도 그랬다. 아무것도 해결되지 않았다. 그런데도 잊혔다. 잊을 수 없을 것 같았는데 다 잊혔다.

다만 한 가지, 일에 몰두해 밤을 새다가 고개를 들면 어디선가 삐걱대는 소리가 들려왔다. 부모님의 곱창집 2층 내 방에 드러누워 듣던, 철제 계단이 삐걱대는 소리. 지금은 알고 있다. 그 소리는 낮 시간 동안에는 들리지 않았다. 행복하거나 즐겁거나 사랑에 빠져 있을 때도 들리지 않았다. 하루종일 컴퓨터를 들여다보고 출장을 다녀오고 사람들과 시시덕거리고 주위에 불이 꺼지고 난 후 혼자가 됐을 때에야 비로소 들려왔다. 삐걱. 삐걱. 무언가가 아직도 철제 계단을 힘겹게 밟으며 다가오고 있었다.

"머리숱이 조금만 더 없어지면 보이겠는데요."

그것이 김박사의 두번째 말이었다. 앞으로는 땜빵이 내 인생에 적극적으로 개입할 거라는 뜻이었다. 김박사는 말을 이었다.

"선생님의 경우는 유전적 요인이라기보다는 스트레스, 음주, 흡연, 환경호르몬 같은 것에 장기간 노출됐기 때문이라고 보는 게 옳을 것 같습니다. 모발 질환이 생명과 직접 연관되는 경우는 드뭅니다만. 괜찮으시겠습니까?"

나는 그 말에 그냥 이렇게 대답했다.

"그런데 선생님. 저 CD 잠시만 보여주실 수 있을까요?"

김박사는 무슨 말이냐는 듯 나를 보더니 책장을 돌아봤다. CD 컬렉션을 가리키며 이것 말씀입니까, 하고 물었다. 나는 두 손으로 컬렉션을 받았다. 두꺼운 종이 케이스에는 스물 네 장의 CD가 담겨 있었다. 나란히 꽂힌 CD 중 한 장을 끄집어냈다. 옆면에 은회색 선이 그어져 있었다. 케이스를 열자 별다를 것 없는 CD가 들어 있었다. 바로 옆의 CD를 한 장 더 꺼냈다. 아까 것보다 조금 더 짙은 은회색이었다. 역시 CD가 들어 있었다.

토요일 오후의 지하철은 붐볐다. 문이 열릴 때마다 사람들이 쏟아져 들어왔다. 그러다 어느 역에선가 모두 내렸다. 나는 빈자리에 앉아 스마트폰을 켜고 '박수오'의 이름을 검색해보았다. 인물 정보가 먼저 뜨고 그 아래로 작품 정보가 있었다. 24장으로 이루어진 박수오 컴플리트 컬렉션은 가장 앞에 표시돼 있었다.

CD에 대해 물었을 때 박사는 이렇게 대답했다.

"온라인으로 주문했는데요?"

쇼핑몰 상품 정보에서 컴플리트 컬렉션은 빈틈이나 어긋난 구석 없이 완벽했다. 선의 색깔이나 위치로 봐 노인이 찾고 있던 CD는 20번이나 21번째였을 것 같았다. 상세 정보에는 이렇게 쓰여 있었다. "1960~1970년대 국내 최고의 레이블 신세기 레코드에서 발매했던 컬렉션을 24장의 CD에 담았습니다. 1980년대 우리나라에 처음 CD가 도입됐을 당시 한 차례 한정 수량으로 발매된 바 있는 컬렉션의 개정판이며, 전곡이 오리지널 마스터로 복원된 오리지널 음원이며, 클래식 음악평론가 최춘길과 단국대 김준식 교수의 해설, 그리고 박수오의 친필 악보를 비롯해 다양한 정보가 담긴 책자가 포함돼 있습니다."

컬렉션은 4년 전 발매됐다. 천 세트 한정이었으며 가격은 30만 원가량. 아직도 재고가 남아 있었다. 낱장의 가격은 1만 9천 3백 원이었다. 그러니까 노인이 마이바흐까지 보냈던 것의 가치는 1만 9천 3백 원이었다. 만약 내가 그 CD를 가지고 있었다면 노인이 내게 주었어야 하는 돈은 1만 9천 3백 원이었다. 물론 이제 와서 그런 게 중요한 건 아니었다. 그런 때는 20년 전에 지나갔다. 어쩌면 8년 전만 해도 유효

했을지 모른다.

8년 전 그 노인이 죽었다.

노인 이야기를 다시 접한 건 신문에서였다. 흐릿한 흑백 사진이지만 노인은 별로 더 늙어 보이지 않았다. 기사에는 비서에게 받은 명함 속 회사명이 적혀 나왔다. 회사명은 바뀌었지만 기자는 예전 회사명을 언급하며 1980년대 도시 재개발 사업을 둘러싼 잔혹함과 인권 유린의 상징이었다고 썼다. 노인은 횡령, 배임, 편취로 실형을 선고받았으나 노령과 지병으로 집행유예를 받고 입원중 사망했다. 노인을 죽인 지병이 무엇인지는 나와 있지 않았다.

지하철에서 내렸다. 집으로 가는 길은 예전 부모님과 살던 동네와 그리 다르지 않았다. 편의점 앞 파라솔에서 노인 둘이 소주를 마시고 있었다. 나는 편의점을 그냥 지나쳤다. 이제 술은 나를 아무 곳으로도 데려다주지 않았다. 아니, 내가 그 교통수단이 불려나올 만큼 술을 마시지 않았다. 김박사는 시기를 놓쳤다고 했다. 땜빵을 치료하기는 무리라면서 지금처럼 잘 감추고 사는 게 최선이라고 했다. 검은 자동차가 경적을 울리며 빠르게 지나갔다. 차들은 동네 골목에서도 거리낌없이 속력을 냈다.

그날 이후 한 번도 마이바흐를 보지 못했다. 한번쯤 먼발

치에서라도 봤을 법도 한데 내 삶의 반경이 그랬다. 그런데 마이바흐를 소유한 노인도 찾지 못했던 마지막 CD 한 장은 누가 가지고 있었던 걸까. 기사에 그런 것까지 나와 있지는 않았다.

월요일의 수목원

나는 토요일 오후의 거리를 내려다보았다. 장맛비가 유리창 위에 빗금 같은 물자국을 남겨놓았고, 그 아래로 우산들이 긴 줄을 그리며 지나갔다. 나는 가끔 시계를 바라보았지만 그리 급한 일도, 딱히 기다리는 사람도 없었기에 그냥 가만히 서 있었다. 그러다 신호음이 울렸다. 삐—, 또는 삐삣— 하는 소리는 이상할 정도로 길게 이어졌는데 그 신경질적인 전자음에 불현듯 이상한 기분이 들었다. 그것은 내가 무언가 잘못을 저질렀고 이제는 결코 복구하지 못할 거라는 예감 같은 것이었다.

돌아보니 사이버 수사대 담당자가 나를 부르고 있었다.

마지막으로 받은 문자 메시지가 무엇이었는지 물었다. 오늘 아침 내가 받은 메시지, 그건 부고장이었다. 담당자는 무덤 덤한 목소리로 스마트폰 해킹이라고 이야기했다. 가짜 부고 장을 통해 내 스마트폰에 해킹 앱이 설치됐다는 것이었다. 전혀 모르셨어요? 나는 고개를 저었다. 해킹 앱이 내 연락 처 리스트를 빼내고 스마트폰을 무력화하는 동안, 나는 점 심을 먹고 뉴저지 날씨를 검색하고 돈과 시간에 대한 지루 한 회의를 했다. 이후는 뉴스에 나오는 그대로였다. 내 연락 처에 있는 사람들이 모두 돈을 보내달라는 문자 메시지를 받았다. 담당자는 접수가 끝났다며 이렇게 덧붙였다.

"진짜 송금을 했다는 분이 한 분 계시네요. 문자가 와 있 어요."

거리에는 여전히 비가 내렸다. 횡단보도 신호등은 붉은색 이었다. 복구한 스마트폰을 꺼내 보았다. 나는 연락이 끊어 졌거나 더이상 소식을 주고받을 이유가 없어진 사람들을 그 때그때 삭제하는 타입이 아니다. 최근에는 동창 주소록 같 은 것을 여럿 다운받기도 했다. 스마트폰에는 가족부터 동 창, 동료까지 모두 378개의 전화번호가 저장돼 있었다. 그 들이 모두 '교통사고를 냈는데 당장 30만 원이 필요하다'는 내 긴급 메시지를 받았다.

다행히 다들 내 요청을 무시했다. 미국에 머물고 있는 아내는 두 딸의 교육을 위해 일정한 시간에만 스마트폰을 켜 놓는다. 어머니는 전화가 잘 터지지 않는 진부 깊은 골짜기에서 배추 농사를 짓고 계시고 친구들은 해킹 문자 메시지에 지칠 정도로 단련된 현대인들이었다. 그리고 아버지는 5년 전 돌아가셨다. 나는 우산을 젖히고 비 오는 하늘을 올려다보았다. 한 사람이 돈을 보냈다.

그의 이름은 이진우였다. 어쩌면 내가 지금 당장 해야 할 일은 그에게 전화를 걸어 사정 설명을 하고 30만 원을 갚고 고맙다거나 미안하다는 인사를 하는 것인지도 모르겠다. 하지만 나는 그러는 대신 횡단보도를 건너 편의점에 들어가서는 매번 마시는 양주와 크래커를 샀다. 이진우가 누군지 도대체 기억이 나지 않았다.

양주를 네 잔 마시는 동안 창밖으로는 세찬 비가 내렸고 가끔 번개가 밤하늘을 둘로 갈랐다. 아내는 약간 놀란 것 같았지만 스마트폰 해킹이었다고 하자 당신도 참, 이라며 짧게 웃었다. 안 그래도 요즘 내가 깜빡깜빡하는 것 같았다면서 조심하라고 덧붙였다. 그러곤 첫째가 여름 캠프의 에세이 콘테스트에서 상을 받았고 둘째는, 하다가는 말을 멈추었다. 아무래도 다른 클리닉을 찾아봐야겠다고 하더니 또

말을 멈췄다. 내가 무언가 말하길 기다리는 모양이었다. 무슨 말을 해야 할까 생각했다. 저녁은 먹지 않았고 대신 술을 마셨어. 내 연락처에 378명이 있고 그중 377명이 돈을 보내지 않았어. 애들 보고 싶은데 이번 겨울 방학에 나오면 안 될까. 아니면 내가 들어갈까.

"돈은 어떻게든 만들어볼게."

아내는 내 말에 대한 반응 대신 교회에 다니기 시작했다고 이야기했다. 딱히 믿음이 있어서라기보다는 그러는 편이 여러모로 편리할 것 같아서라고 했다. 그러고는 몇 번 무슨 뜻일지 모를 숨소리를 냈다. 나도 여기 오고 싶어서 온 것도, 매번 돈 얘기를 하고 싶어서 하는 것도 아니야. 알잖아, 라고 하는 것 같았다. 나는 잘했다고 했다.

아내와 딸들이 미국으로 향한 건 2년 전이었다. 둘째에게 약간의 장애가 있다. 미숙아로 태어난 둘째는 생존 확률이 반반이라고 했는데 고맙게도 견뎌내주었다. 그때를 생각하면 나는 아이를 결코 내 눈 밖으로 내보내고 싶지 않았다. 하지만 우리나라는 장애를 가진 아이를 키울 만한 곳이 아니다. 아내와 아이들은 처삼촌이 있는 버지니아 인근에 자리를 잡았고 나는 결혼 12년 만에 마련한 아파트를 팔아 연구소 근처에 오피스텔을 얻었다. 낡거나 지저분한 곳은 아니었지만 2년 동안 혼자 살다보니 낡고 지저분해졌다.

전화를 끊고 나자 술기운이 많이 올랐다는 생각이 들었다. 오피스텔은 이상한 곳이어서 에어컨을 켜면 춥고 끄면 덥다. 창문을 열려다가는 그대로 서서 거리를 내려다봤다. 이마를 유리창에 바싹 붙여보았지만 창문 너머에는 지상을 향해 쏟아져내리는 빗소리 말고는 아무것도 없었다. 억울한 기분이 들었다. 무엇이 억울한가 묻는다면 할말은 없었다. 아이를 위해서라면 못할 일이 없다는 생각은 지금도 다르지 않다. 그런데도 17층 허공에 뚫린 10평짜리 좁은 공간에서 밤이나 새벽 같은 시간을 내려다보고 있자면 억울한 기분이 들었다.

눈을 뜨자 공기가 후끈했다. 밤새 퍼붓던 비는 그쳐 있고 오피스텔 지하상가의 콩나물국은 텁텁했다. 연구소 보안을 해제하고 들어서자 프로젝트 마감 시한을 알리는 D-26 표시가 눈에 들어왔다. 연구소라고는 하지만 하청의 하청을 받아 운영되는 소규모 업체에 불과했다. 연구원과 예산은 딸리고 시한은 촉박했다. 품질 클레임은 끊임없이 예산을 깎아먹었다. 본부장은 무공해성 접착제 샘플 시한이 얼마 남지 않았다고 시간이 날 때마다 강조했다. 반도체칩을 본

딩할 때 사용하는 접착제는 얼마 전까지만 해도 전량 일본에서 수입했다. 그로 인한 비용 지출을 줄이고자 시작된 국산화 프로젝트는 완료됐지만 리드 프리, 그러니까 공해 물질까지 잡으라는 추가 요청이 내려왔다. 일정을 맞추기 위해서는 일요일 근무가 불가피했다.

연구소는 오후로 접어들면서 조금씩 조용해지기 시작했다. 나는 실험복을 벗어놓고 스마트폰을 집어들었다. 부재 중 전화도 문자도 없었다. 이진우에게서도 마찬가지였다. 먼저 전화를 걸어 '넌, 예의도 모르냐? 어떻게 고맙다는 전화 한 통을 못해? 돈은 언제 갚을 건데?'라고 할 법도 한데 감감무소식이었다.

"이진우 사장님 휴대 전화입니다."

전화를 받은 사람은 목소리 톤이 높은 여자였다. 밝은 음악 소리와 무언가 부스럭거리는 소리, 웃음소리도 들리는 게 회사 같은 느낌은 아니었다. 나도 모르게 물었다.

"거기가 무슨 회사인가요?"

여자는 잠깐 아무 말도 하지 않았다. 이게 무슨 소린가 생각하는 것 같았다. 그러곤 여긴 회사가 아니라 C베이커리 안계 지점이라고 했다.

"안계 지점이요? 그 수목원 있는, 거기 근처인가요."

"네 맞아요. 수목원 버스 정류장 입구에 있는 상가 1층이
에요."

"아, 알았습니다. 위치를 몰라서요."

여자가 뭐라 더 이야기하기 전에 나는 서둘러 전화를 끊
었다. 그러곤 의자를 돌려 창밖을 바라봤다. 장마중에도 해
가 날 때가 있는데 오늘이 그랬다. 장맛비에 먼지가 씻겨나
가 햇살이 눈부셨다.

5년 전 나는 혼자 안계수목원에 간 적이 있었다. 6번 국
도를 타고 동쪽으로 한 시간쯤 달리면 나오는 안계수목원은
숲을 가로질러 뚫린 트레킹 코스가 특히 유명한 곳인데, 되
짚어보아도 거기에서 상가나 베이커리 같은 것을 본 기억은
떠오르지 않았다. 하긴, 그날의 나는 피로와 갈증, 그리고
수많은 고통스러운 생각으로 뒤덮여 원숭이나 멧돼지가 나
타났다 해도 알아채지 못했을 것이긴 했다.

그때도 여름이어서 수목원으로 향하는 버스 안은 더웠다.
차창을 뚫고 내리쬐는 햇볕에 땀을 흘리며 졸다가 깨어보니
종점이었다. 기사는 버스를 잘못 탔다면서 오늘은 더이상
운행이 없다고 했다. 대신 안계숲을 가로질러 30분만 가면
온대림연구소 정류장이 나오는데 오후 5시까지 버스가 다
닌다고 알려주었다. 나는 손등으로 해를 가리고 수목원 안

내도를 올려다보았다. 안계숲에는 모두 6개의 길이 있는데, 기사가 일러준 '오다五多 숲길'은 가장 짧은 코스였다.

나는 양복에 구두를 신고 한 손에는 가방을, 다른 손에는 양주와 육포가 든 쇼핑백을 들고 숲길로 들어섰다. 오다 숲길은 직선 코스여서 그 길을 중심으로 갈림길들이 빠져나갔다. 그러니까 곁눈질하지 않고 똑바로 걸어가기만 하면 30분 후 버스 정류장에 다다를 수 있는 것이었다.

'미생美生 숲길' 표지판이 나타난 건 그렇게 몇몇 길이 오른쪽으로 빠져나가고 난 후였다. '미생의 숲길. 아름다운 인생의 길은 안계숲을 감싸 안고 커다랗게 반원을 그리며 도는 6.3킬로미터의 길입니다.' 아름다운 인생의 길이라. 나는 표지판 앞에 멈춰 섰다. 표지판 옆으로는 출입 금지 팻말이 입구를 막고 서 있었다. '월요일은 미생의 숲길이 쉬는 날입니다. 일주일에 하루는 길을 쉬게 해주세요. 다른 길들이 열려 있으니 그쪽을 이용해주세요.'

나는 팻말 너머로 고개를 빼고 미생의 숲길을 바라봤다. 하지만 길이 입구에서부터 왼쪽으로 휘어 있어서 눈에 들어오는 것이라곤 키 큰 나무와 무성한 풀숲뿐이었다. 나는 발을 번쩍 들어올려 팻말을 넘었다. 지금의 나라면, 아니 어느 다른 날의 나라면 하지 않았을 행동이었다. 하지만 그날 나는 발을 번쩍 들어올렸고 팻말을 넘었고 내게는 금지된, 아름다운 인생의 길로 들어섰다.

붉고 푹신한 흙이 깔린 길은 평탄하게 이어졌다. 근처에 개울이 있는지 물소리가 들리고 활엽수들이 드리운 그늘 사이로 햇빛이 이따금 반짝였다. 까마귀 한 마리가 까아악 소리를 내며 머리 위로 세차게 날아갔다.

출입은 통제돼 있지만 그렇다고 아름다운 인생의 길에 아무도 없는 건 아니었다. 나는 3킬로미터 지점과 절반 지점에서 각각 혼자 걷고 있는 여자와 등산복을 맞춰 입은 중년 남녀를 앞질렀고 그 이후로도 남자 한 명을 만났다. 얼굴이 벌겋게 달아오르고 와이셔츠 앞섶이 젖은 남자는 출구 쪽에서 길을 거슬러 올라오고 있었다. 나와 마찬가지로 양복을 걸치고 구두를 신은 모양새가 길을 잘못 들었거나 의도치 않게 숲길로 들어선 것 같았다. 한순간 남자와 눈이 마주쳤지만 그뿐이었다. 금지된 길을 걷는 공범자끼리의 은밀한 눈인사를 나누거나 사정을 듣고 변명을 하기 위해 멈추어 서지는 않았다.

갈증은 채 2킬로미터를 걷지 못해 찾아왔다. 준비 없이 들어선 탓에 물 한 모금 마시지 못했고 그렇다고 위스키를 마실 수도 없는 일이었다. 절반 지점에 도달하자 믿을 수 없이 목이 말랐다. 그러고는 갈증과 통증뿐이었다. 허벅지 안쪽이 당기는가 싶더니 걸음을 뗄 때마다 찢어질 듯 아팠다. 통증은 허벅지에서 종아리, 허리, 어깨로 옮아갔다. 갈증은 위장부터 시작해서 내장 대부분과 근육, 뼈까지 집어삼켰다. 출구가 보이는 지점에 이르렀을 때에는 완전히 기진맥진해 마치 무엇엔가 통째로 먹혀버린 기분이었다.

숲길 출구에도 역시 출입 금지 팻말이 서 있었다. 나는 팻말을 비껴 숲길을 빠져나갔다. 발을 들어올릴 힘도 남아 있지 않았다. 온대림연구소 버스 정류장에 다다라 쭈그려 앉았다. 미생의 숲길을 빠져나오는 데 한 시간 반이 걸렸다. 기세등등했던 해는 어느새 지고 있었다.

전화가 걸려온 것은 그때였다. 아버지가 계시는 요양원 번호였다. 나는 다짜고짜 내뱉었다.

"제가 간다고 하지 않았습니까. 치료비 문다고요. 그걸 그새 또 전화를 하신 겁니까."

아버지는 알코올중독자였다. 요양소에서 지낸 지 10년에 가까웠다. 아버지는 발작적으로 싸움을 벌였는데 그럴 때면 너무 강하고 완고해서 남자 간호사나 경비원도 좀처럼 제압할 수 없다고 했다. 하지만 그 순간이 지나고 나면 아버지는 온순하고 점잖은 노인이었다. "너희 연구소 사람들은 복지 정책에 대해 어떻게 이야기하느냐"거나 최근의 정치 쟁점을 이야기하며 "결국 모든 진실이 밝혀질 것 같으냐" 같은 말을 건넸다. 그러곤 마지막에는 항상 "그래, 너는 풀을 만든다고 했지? 풀을 만드는 일도 좋은 일이다"라며 창밖을 바라보았다. 아무리 설명을 해도 아버지에게는 반도체 칩에 골드 와이어를 본딩하는 접착제가 단순한 풀일 뿐이었다.

그날도 아버지가 싸움을 벌였다는 전화를 받았다. 이번에는 점심을 먹던 중 옆방 치매 노인에게 식판을 집어던져 코뼈를 부러뜨렸다. 요양소 원무과 직원은 번번이 같은 일로 전화를 해야 하는 것이 짜증스러운 것 같았고, 나는 번번이 같은 일로 사과를 해야 하는 게 짜증스러웠다. 그래서 통화 끄트머리가 거칠어졌다. 화장실에서 손을 씻고 거울을 바라보며 아내에게 전화를 걸었다. 아내는, 내가 아버지 이야기를 꺼내기도 전에 잔뜩 가라앉은 목소리로 둘째가, 하고 말을 시작했다. 둘째는 병치레가 잦았다. 아내는 아무래도 다시 입원을 해야 할 것 같다고 했다. 나는 거울 속 내 얼굴을 바라보았다. 내 아버지가 아니라고 하고 싶지만 그런 말을 꺼낼 수 없을 만큼 닮아 있었다.

"여보세요. 제 말 안 들리세요? 한 시간이면 도착할 겁니다. 그러니까 전화 그만하시고 만나서 말씀하시죠."

나는 요양소 직원에게 퉁명스럽게 이야기했다. 그러곤 끊으려는데 상대방이 말을 시작했다. 주위에는 아무도 없었다. 버스도 지나가지 않고 까마귀도 울지 않았다. 나뭇가지가 흔들리고 아스팔트 위 햇살이 일렁였지만 바람은 불지 않았다. 남자의 목소리는 낮고 조용했다. 그런데도 내 귀에는 오후의 버스 정류장이 쾅쾅 울리는 것 같았다.

"아버님께서 조금 전 돌아가셨습니다."

안계수목원을 향해 출발한 것은 비가 약하게 날리기 시작할 무렵이었다. 라디오에서는 오전 한때 남부 지방으로 물러났던 장마 전선이 다시 북상하고 있다는 뉴스가 흘러나왔고, 6번 국도를 빠져나올 무렵에는 앞이 보이지 않을 정도의 폭우가 퍼부었다. 와이퍼가 미친 듯이 차창을 닦았지만 빗물을 모두 걷어내지 못했다.

상가 뒤편에 차를 세우자 저만치 처마밑에 한 남자가 서 있는 게 보였다. 아래위로 흰 조리복을 입고 앞치마를 두른 모습이 베이커리 사람인 것 같았다. 남자는 종이컵을 두 손으로 감싸 쥐며 쭈그려 앉았다. 혹시 저 남자가 이진우일까. 와이퍼를 끄자 빗물이 유리창을 뒤덮으며 시야가 오히려 선명해졌다.

남자는 무릎을 털며 일어나더니 상가로 들어가려다가는 눈을 가늘게 뜨고 내 쪽을 바라봤다. 그러곤 다가오면서 입을 열었다. 자동차 천장을 두드리는 비 때문에 정확히 들리지는 않았지만 분명 반말이었다. 나는 약간 머뭇거리다가 차에서 내렸다. 남자는 스스럼없이 손을 내밀면서 다가왔다.

"웬일로 연락도 없이 왔어? 그런데 지금 일이 있어 나가려던 참이었는데, 어쩌지? 참, 사고는 잘 처리됐어? 차는 고쳤고?"

남자는 뭐라 대답할 틈도 주지 않고 말을 이었다. 나는 안 그래도 그것 때문에 왔다고 이야기하며 주머니에서 봉투를 꺼냈다. 스마트폰 해킹이었다는 이야기는 하지 않았다. 잠깐 들른 거니까 신경 쓰지 않고 가봐도 된다고 하려는데, 그때까지 봉투를 내려다보고 있던 이진우가 고개를 들었다. 그러곤 안계숲을 가리키면서 말했다.

"너, 그때 일 기억나나?"

나는 빗줄기 너머 흐릿하게 웅크린 안계숲을 바라봤다. 이진우가 무슨 말을 하는 건지는 조금도 알 수 없었다. '그때'가 언제인지, '그 일'이 무엇인지 짐작 가는 게 하나도 없었다.

이진우는 "지금 생각해보면 참 별것도 아닌데, 그때는 세상이 캄캄했어. 그에 비하면 30만 원은 아무것도 아니지"라고 했다. 그러고는 갑자기 손을 내저으며 30만 원으로 신세를 갚았다는 얘긴 아니라고 했다. 그동안 마음이 없었던 건 아닌데 기회가 없었고 어떻게 해야 신세를 갚는 건지도 모르겠고 변명 같지만, 아니 변명이지만 이곳은 서울에서 한 시간도 넘게 떨어져 있고 너를 만날 기회가 잘 없으니 솔직히 잊고 지내기도 했고 하지만 그래도 아주 잊은 건 아닌데.

이진우는 이야기를 논리적으로 풀어가는 재주가 없었다. 그는 한동안 횡설수설했고 그러는 동안 나는, 그와 내가 중학교 동창이며, 중학교 3학년 때 안계숲에서 어떤 일을 함께 겪었다는 것을 알아낼 수 있었다.

이진우가 세상이 캄캄했다고 한 일은 성장 과정에서 누구나 한 번쯤 겪었을 법한 사건이었다. 여기 안계읍이 고향인 이진우는 중학교 2학년 때 서울로 전학을 했는데, 3학년 1학기 기말고사가 시작하기 직전 고향의 여자친구에게 다른 놈이 생겼다는 걸 알게 됐다. 이진우는 자율학습을 빼먹고 안계읍으로 내려왔다. 이후는 상처 입은 중3 소년이 벌였을 법한 일의 연속이었다. 한 번도 마셔본 적도 없는 소주를 마시고 소란을 피웠고 무릎과 뺨, 그리고 손등에 상처를 입었다. 정신을 차렸을 때 이진우는 안계숲 어귀에 웅크려 누워 있었다. 몸을 일으키자 머리가 깨질 듯 아팠다. 속이 울렁여 토할 것 같으면서 동시에 참을 수 없을 만큼 목이 말랐다.

이진우가 안계숲으로 들어선 건 저만치 동네 사람들이 보였기 때문이었다. 아는 사람을 만나고 싶지 않아 무작정 몸을 숨겼는데, 거기서부터 어디로 가야 할지 알 수가 없었다. 집에 갈 용기는 없고 돌아가기도 싫었다.

"아마도 그때 여기까지 뛰쳐내려온 건 단지 그 애 때문만은 아니었을 거야. 서울에서 하숙을 하는 것도, 성적도, 애들도 다 힘들었거든."

이진우는 안계숲을 그냥 헤매 다녔다. 해가 진 숲속은 쌀쌀했다. 흙냄새와 풀냄새 사이로 차가운 바람이 이리저리 술렁였다. 이진우는 담임의 표정과 같은 반 녀석들의 얼굴, 그리고 성적표, 도시락, 좁은 하숙방 같은 걸 떠올렸다. 서울로 돌아가고 싶지 않았다. 그렇다면 안계읍으로 돌아올 것인가. 안계읍은 작은 동네였다. 늦어도 내일 오후쯤이면 동네 사람 모두가 모범생이고 공부 잘하고 말 잘 듣던 이진우가 술을 마시고 소란을 피웠다는 사실을 알게 될 것이었다. 이진우는 그 자리에 주저앉았다. 길게 상처가 팬 무릎에 통증이 몰려왔고 머리는 여전히 깨질 듯 아팠다. 그는 쭈그려 앉아 조금 울었다. 세상에 자신이 발붙일 곳이 없는 것 같은 기분이었다. 숲속으로 난 길과 지금까지 온 길을 번갈아 바라봤다. 머릿속과 눈앞이 똑같이 캄캄했다. 어떻게 해야 할지 알 수가 없었다. 그때 어디선가 기침 소리가 들려왔다. 깊은 숲속이라고 생각했는데 누굴까. 고개를 돌리니 바로 옆에 작은 샛길이 있고 그 끝에 큰길 버스 정류장이 보였다. 그리고 그 정류장 팻말 아래 내가 있었다.

"나?"

나는 놀라서 그를 바라봤다.

"너는 기억 안 나는구나? 그럴 수도 있겠지. 네게는 별일 아니었을 테니까."

이진우의 이야기에 의하면 나는 정류장에 서 있다가는 이진우에게 이렇게 말했다. 이 자식, 참 일찍도 온다. 버스 아까 갔어. 다음 버스는 30분 후야. 마치 이진우와 거기서 만나기로 약속이라도 한 것 같은, 친근한 말투였다. 이진우는 내게 여긴 무슨 일로 왔냐고 물었고, 나는 무슨 소리냐고 아까 오후에 같이 내려오지 않았냐면서 너, 술 마셨냐? 여기서 만나기로 했잖아 하고 핀잔을 주었다. 그렇게 이진우는 나와 함께 서울로 돌아갔다.

"참 이상한 일이지. 그때까진 너와 친했던 기억이 없거든. 그래서 고맙다는 말도 못했을 거야. 그럴 주변머리는 아니었으니까."

그렇게 얘기하고는 이진우는 갑자기 웃음을 터트렸다.

"이렇게 말하니까 참 별일 아닌 것 같다. 시간이 지나서
그런가. 아니면 나이가 들어서 그런가. 그땐 진짜 죽을 만큼
힘든 일이었는데. 하긴, 그게 벌써 언제냐."

안계숲을 바라보는 이진우의 표정에는 묘한 그리움이나
안타까움 같은 게 있었다. 그는 그동안에도 베이커리 쉬는
날이면 가끔 안계숲에 가곤 했다면서 잔근육이 발달한 자신
의 팔과 여기저기 덴 흉터가 난 손등을 내려다봤다. 그러고
는 덧붙였다.

"하긴 물론 나도 그때의 내가 아니긴 하다."

이진우는 잠깐 기다리라고 하고는 상가 안으로 들어가더
니 이내 빵 봉투를 들고 나타났다. 일이 있어서 지금 나가봐
야 한다며 연신 미안해했다. 나는 그냥 손을 젓는 걸로 대답
을 대신했다. 우리는 상가 뒷문 처마밑에서 악수를 한 후 헤
어졌다.

내가 주차장을 빠져나올 때까지 이진우는 그 자리에 서
있었다. 나는 잠깐 안계숲 쪽을 쳐다봤지만 이미 내리기 시
작한 어둠 때문에 숲의 형체도 잘 보이지 않았다. 아직 따뜻
한 빵들 때문에 유리창에 온통 김이 서렸다.

온대림연구소 부근에 다다르자 6번 국도가 꽉 막혀 있는 게 보였다. 그야말로 주차장이었다. 일요일 저녁인데다 비까지 내리고 있었다. 요란한 경광등을 단 레커차들이 때로는 후진으로 때로는 전진으로 갓길을 질주했다. 나는 그 모습을 잠시 바라보다 핸들을 돌렸다. 서울까지는 한 시간 거리였다. 내일 아침에 작업 진척을 확인하는 회의가 잡혀 있지만 새벽에 출발하면 오피스텔에 들렀다 출근할 시간이 충분했다.

수목원 게스트 하우스에 방을 잡았다. 창문 너머로 안계숲이 넘겨다보이는, 침대 하나에 테이블 하나밖에 없는 좁은 방이었다. 잠깐 술 생각이 났지만 그냥 침대에 드러누웠다. 이진우는 좋은 사람 같아 보였다. 잠깐 만난 것만으로도 그가 나를 좋아한다는 걸 느낄 수 있었다. 정말 그와 내가 친구였으면 좋겠다는 생각도 들었다. 하지만 그런 것들과 상관없이 이진우의 이야기는 사실이 아니었다. 나는 5년 전 미생의 숲길을 혼자 걸었던 날을 제외하고는 안계숲에 온 적이 없었다.

무엇보다 나는 서울의 중학교에서 3학년 기말고사를 보지 않았다. 중간고사를 끝내고 강원도 외갓집으로 향했고 3학년의 나머지를 그곳 학교에 다녔다. 외갓집은 진부 깊은 골짜기에 있었는데 그때의 기억 중 그리 좋은 것은 없었다. 그 외진 곳까지 형사가 찾아와 아버지에 대해 물었고, 그때마다 어머니는 멀리까지 따라 나가며 고개를 주억거렸다. 그러곤 배추밭 고랑에 앉아서는 오래 들어오지 않았다. 그런 날이면 어머니는 막걸리를 마시고는 아버지에 대해 험한 소리를 했다. 하지만 내가 시험공부를 하고 있거나 밀린 등록금 때문에 성질을 부리기라도 하면 등을 돌려 밖으로 나가면서 이렇게 이야기했다. "아버지가 다 너를 위해 그러시는 거야. 너 살기 좋은 세상 만들려고."

나는 진부에서 중학교를 마쳤고 속초에서 고등학교를 다니고 대학을 나왔으며 입대를 하고 제대도 했다. 그동안 아버지는 수배와 도피를 반복했고 결국 실형을 받고 수감됐다. 내가 다시 서울로 올라온 건 제대 후 학사 편입 준비를 하면서부터였는데 그때 이미 아버지는 알코올중독자가 돼 있었다. 아버지가 한 일들이 성공을 거두었는지, 그래서 세상이 조금 더 나은 곳이 됐는지는 모르겠다. 몇몇 사람으로부터 아버지가 한 일에 대해 들었다. 그들은 좋은 뜻으로 한 말이겠지만 나는 더욱 화가 났다. 아버지가 누군가를 위해 헌신하고 희생하는 동안 어머니는 하루종일 땡볕에서 농사를 지었고 나는 신문 배달부터 배추 트럭 운전까지 안 해본 일이 없었다. 차라리 아버지가 죽은 거라면 나았을 것이다. 어차피 중학교 3학년부터 대학을 졸업할 때까지 거의 보지 못했으니 사실상 죽은 것이나 마찬가지였다.

그런데 출소한 아버지는 집으로 돌아왔다. 그러곤 머물렀다. 누군가에게 전화를 했지만 연결되지 않는 것 같았다. 누군가를 만나러 갔지만 만나지 못한 것 같았다. 그런 일은 한참이나 반복됐다. 그러던 어느 날부터인가 아버지는 술을 마시기 시작했다. 아버지 자신도 누군가의 전화를 받지 않았고 누군가의 소식을 외면했다. 아버지는 다른 사람이나 미래는커녕 자기 자신을 감당하기에도 버거워 보였다. 술에 취해 거리에서 잠을 잤고 술에 취해 아무 곳에서 쓰러졌다. 눈을 뜨면 이민을 가겠다고 입버릇처럼 말했지만 바다를 건너기는커녕 요양소 밖으로는 한 걸음도 나가지 못하는 신세가 되고 말았다. 아버지는 자신의 처지를 별다른 저항 없이 받아들이는 듯했다. 그러다가는 별안간 폭발했다. 화를 내고 고함을 지르고 물건을 던졌다. 어머니는 여전히 진부에서 배추 농사를 지었다. 해마다 냉해로, 수해로, 병충해로 농사가 엉망이 됐다고 전화에 대고 울었다.

그렇게 10여 년이 지났다. 나는 간신히 대학을 졸업하고 취업을 했다. 아버지의 표현에 의하면 풀을 만드는 일이었다. 요양소 비용과 간간이 터져나오는 아버지의 분노로 인한 합의금을 내고 배추가 죽어갈 때마다 어머니의 전화를 받았다. 그러다 둘째가 태어났다. 인큐베이터 안의 아이는 겨우 1킬로그램이 조금 넘었다. 만져볼 수도 없었다. 작고 가늘었다. 핏줄이 모두 비쳐 보였다. 보고 있기가 두려웠다. 그런 아이를 두고 나는 매일 연구소에 출근을 했다. 둘째가 태어난 달에도 아버지는 싸움을 벌였다. 아이의 심장이 곧 멎을 것 같은 순간에도 요양소에서 전화가 걸려왔다.

나는 이진우와 헤어지기 전 물었다. 그때, 그러니까 안계 숲 앞 정류장에서 나를 만났을 때 '우리는 함께 안계읍으로 오지 않았고 만날 약속을 하지도 않았다'고 왜 말하지 않았는지. 이진우는 글쎄, 하고 말을 떼더니 한참이나 입을 다물고 있었다.

"겁이 났거든. 그렇게 말했다가는 정말 너와 내가 친구가 아닌 때로 돌아갈지도 모른다는 생각이 들었어. 무슨 말인지 잘 모르겠지? 하긴 나도 내가 무슨 말을 하고 있는 건지 잘 모르겠다."

나는 그냥 고개를 끄덕였다. 그때 이진우가 이렇게 덧붙였다.

"너. 그렇다고 너무 우쭐대면 안 된다. 그래서 내가 잃은 것도 많아."

그러곤 어깨를 툭 치며 말했다.

"내 자존감 말이야. 네가 공부를 꽤 했잖아? 나도 그리 못한 건 아니었는데. 여기 안계읍에선 말야. 하여튼 너랑 다니면서 자존감이 바닥을 쳤지. 그날 거기서 널 안 만났으면 글쎄, 또 모르지. 심기일전해서 열심히 공부해서 지금 네가 있는 연구소가 내 자리가 됐을지."

이진우는 이내 농담이라면서 이렇게 더운 날에 오븐과 튀김기 사이에서 에어컨도 켜지 못하고 빵을 만들고 있으면 그때 공부 좀 열심히 할걸 하는 생각이 든다고 말했다.

아내는 9시에 전화를 걸어왔다. 이진우 이야기를 하자 잠자코 듣고 있더니 뭔가 잘못 기억하고 있는 거 아니냐고 물었다.

"나도 얼마 전에 나와 같이 피아노를 배웠다는 애를 만났는데 도무지 기억이 안 나더라고. 우리 나이가 그런 거 같아. 스마트폰 해킹만 해도 그래. 젊었을 때의 당신 같으면 절대 그런 일 안 당했을 거야."

아내의 말에 나는 그런가, 그렇겠지? 하고 대답했다. 그러고 보니 내 나이가 벌써 아버지가 수감됐을 때의 나이였다. 그때 아버지는 신념을 가지고 있었고 그걸 실천했고 그래서 감옥에까지 갔다. 그런데 나는 풀을 만들고 스마트폰 해킹을 당하고 마감일을 맞추느라 전전긍긍하고 있었다.

이진우가 준 빵으로 아침을 대신하고 게스트 하우스를 출발했다. 오피스텔에 들렀다 출근하려면 서둘러야 했다. 게다가 항상 차가 막히는 월요일이었다. 일기 예보에서는 어제의 비를 마지막으로 장마 전선이 남하했고 이내 소멸할 것이라고 했다. 창문을 열자 어제와는 다른 공기가 밀려들어왔다. 본격적인 여름의 시작이었다. 이제 곧 사람들은 도대체 왜 비가 오지 않느냐면서, 선글라스를 끼고 양산을 쓰고 손부채질을 하면서, 그렇게도 지긋지긋해하던 비 오던 날들을 그리워할 것이다.

6번 국도로 이어지는 샛길로 접어들자 온대림연구소 버스 정류장이 보였다. 할머니 두 명이 버스에서 내려 연구소 쪽으로 걸어가고 있었다. 나는 정류장을 몇 미터 지나친 지점에서 충동적으로 차를 세웠다. 타이어 밀리는 소리에 할머니들이 잠깐 고개를 돌렸다. 룸미러를 통해 5년 전 내가 걸어나왔던 미생의 숲길 출구가 보였다. 오늘도 그날처럼 월요일이었다. 그날처럼 출입 금지 표지판이 서 있었다.

차에서 내려 숲길 쪽으로 향했다. 어제 내린 비에 길은 젖어 있었고 주위는 온통 초록이었다. 나는 팻말 앞에 다다라 이틀 전 온 해킹 문자 메시지를 열었다.

'부친 사망. 장례식장 약도.jpg'

메시지의 발신자는 나였다. 사이버 수사대의 담당자는 요즘은 그런 수법도 흔하다고 했다. 약도를 클릭하자 없는 페이지라는 메시지가 떴던 기억이 났다. 그때 나는 왜 약도를 클릭했을까. 아버지는 이미 5년 전에 돌아가셨는데.

아버지의 장례는 가족장으로 치렀다. 그러니까 장례식을 하지 않았다는 말이다. 어머니와 나는 아버지를 냉동고에 모셔두었다가 사흘째 되는 날 화장을 했다. 어차피 올 사람도 없었다.

스마트폰에서 아버지의 전화번호를 찾아보았다. 삭제를 하지 않았으니 당연한 일이지만 죽은 아버지의 번호는 아직도 스마트폰 속에 살아 있었다. 그렇다면 지난 금요일, 아버지의 옛 휴대 전화로도 내 문자 메시지가 갔을 것이다. 도와 달라는 메시지. 나는 충동적으로 아버지의 옛 번호로 전화를 걸었다. 신호가 두 번 가더니 결번이라는 안내가 나왔다. 안내 멘트가 흘러나오는 전화를 끊지 못하고 한참을 듣고 있었다. 결국 전화가 끊어지자 정말 아버지가 돌아가셨구나 하는 생각이 들었다.

"아버님께서 돌아가셨습니다."

5년 전 이곳 버스 정류장에서 전화를 받았을 때 나는 그 자리에 한동안 주저앉아 있었다. 햇빛이 아스팔트를 따라 이글거렸고 갈증과 더위로 구토가 날 것 같았다. 한쪽에는 위스키와 육포가 든 쇼핑백이 놓여 있었다. 그날 반찬를 내고 연구소를 뛰쳐나오며, 시외버스를 타고 창밖을 바라보며, 낯선 수목원에서 내려 출입 금지 팻말을 넘으며, 6.3킬로미터의 '아름다운 인생의 길'을 걸으며 내 손에는 아버지가 좋아하던 위스키가 들려 있었다. 미생의 숲길을 걷는 내내 나는 위스키를 건네면 아버지가 어떤 얼굴을 할지 생각했다. 알코올중독자에게 위스키를 건넨다는 것. 아버지는 그게 무슨 의미인지 알아차릴 것이다. 그래도 그 위스키를 병째 들고는 단번에 벌컥벌컥 들이켤 것이다. 왜? 아버지는 알코올중독자니까. 아니, 아버지는 그래도 내 아버지니까. 내가 위스키를 건네는 심정을 짐작할 수 있을 테니까. 내가 돈 때문에, 아이 때문에, 아니 아버지 때문에 너무 지치고 절박하다는 걸 이해할 테니까. 아버지가 죽어주기를 바란다는 걸 알 테니까. 아니, 아버지는 알코올중독자니까, 술 앞에서 자제력을 잃으니까, 죽을지도 모른다는 걸 알면서도 술을 거부하지 못하니까. 술은 아버지 인생에 대한 유일한 보상이자 복수니까. 아니, 어떤 이유에서건 아버지는 위스키를 들이켤 것이다. 그러고는 술기운이 돌기 전까지 세상을 진심으로 위하는 것에 대해 이야기할 것이다. 너는 아직도 풀을 다 만들지 못한 거냐 하고 실망스러운 얼굴을 할 것이다. 어쩌면 아버지는 처음이자 마지막으로 무언가 다른 이야기를 했을 수도 있다. 지금까지 한 번도 내게 한 적이 없었던 이야기를. 그건 무슨 이야기였을까. 아버지가 진심으로 위했던 세상에 대해. 그 세상이 누구를 위한 것이었는지. 아니면 너와 엄마에게 미안했다는 말. 그것도 아니면 전화를 받지 않았던, 만나주지 않았던 사람들에 대한 분노. 아버지가 벌떡 일어나 요양소 좁은 방을 서성거리기 시작할 때까지 얼마나 시간이 걸릴까. 한 시간. 두 시간. 아버지는 시뻘겋게 달아오른 얼굴과 냄새나는 숨결로 분통을 터트릴 것이다. 어쩌면 내게 의자를 집어던질지도 모른다. 아버지는 억울한 것이다. 무엇이? 아버지는 대답하지 못할 것이다. 무얼 바라고 한 일은 아니지만 그렇다고 억울하지 않은 것은 아닐 것이다. 그래서 아버지는 책을, 컵을, 베개를, 스탠드를 집어던질 것이다. 나는 변명하지 않을 것이다. 통사정을 하지도 않을 것이다. 아버지가 집어던지는 것들을 그냥 견딜 것이다. 그로써 이렇게 이야기할 것이다. 내 아이를 위해, 아픈 아이를 제대로 키우기 위해 나는 어떻게 해야 하느냐고. 진심으로 누군가를 위한다는 게 어떤 것이냐고. 또 이렇게 이야기할 것이다. 한 번도 내 아버지인 적이 없었으니, 이번 한 번만은 부디 내 아버지가 되어달라고. 그즈음 요양소 직원들이 달려오겠지만 좀처럼 아버지를 제압하지는 못할 것이다. 아버지는 한참이나 더 소동을 부릴 것이다. 옆방 노인들이 구경을 오고 간호사와 경비원들도 더 달려올 것이다. 그러곤 얼마쯤 시간이 더 지나 아버지는 조용해질 것이다. 결국 그렇게 될 것이다.

아버지의 사인은 심장마비였다. 나는 요양소 직원에게 묻지 않았다. 아버지는 심장에 문제가 없었는데 왜 갑자기 심장마비가 왔는지. 어쩌면 그때 나도 두려웠던 건지도 모른다. 그걸 물었다가 혹시 그 모든 것이 꿈이나 또는 다른 세상에서의 일이 되고, 아버지가 살아 있는 때로 돌아가게 되지 않을까. 내가 내 손으로 아버지에게 위스키를 건네게 되지 않을까.

나는 온대림연구소 정류장을 떠나며 위스키가 든 쇼핑백을 연구소 청소부들에게 주었다. 그들이 등뒤에서 복 받을 거라고 했다.

나는 출입 금지 팻말을 바라봤다. '월요일은 미생의 숲길이 쉬는 날'이라고 씌어 있었다. 나는 5년 전 그랬던 것처럼 팻말 너머로 고개를 빼고 아름다운 인생의 숲길을 바라봤다. 이진우는 저 숲길을 가로질러 그와 내가 친구인 세계로 들어온 걸까. 나는 저 숲길을 가로질러 지금의 세상으로 들어온 걸까. 그렇다면 이 길을 거슬러 올라가면 나는, 돌아가고 싶지 않았던 그곳으로 돌아갈 수 있을까. 지난 금요일에 왔던 해킹 메시지에 적힌 대로 이틀 전 아버지가 돌아가셨다면 오늘이 발인이다. 이진우의 말이 떠올랐다. 그때 나를 만나지 않았다면 지금 내 자리는 자신의 것이 됐을지도 모른다고 했다. 그러곤 친구를 얻은 대신 자존감을 잃었다고도 했다. 그렇다면 내가 잃은 것은 무엇일까.

고개를 들자 커다란 까마귀 한 마리가 날아오고 있었다. 내 눈 속으로 커다란 날개가, 습기를 머금은 채 늘어진 푸른 잎사귀들이, 키 큰 나무들이 늘어선 커브가, 그리고 그 커브 너머로 이어진 6.3킬로미터의 숲길이 들어왔다. 길 위로는 긴 그늘이 드리워져 있었다.

서늘한 바람이 한 점 숲속으로부터 불어와 나를 스쳐지나갔다.

수유리, 장미원

그때 나는 상주들을 위해 마련된 작은 방에 누워 있었다. 조금 열린 문틈으로 영안실이 내다보였다. 까만 재킷을 입은 여자가 들어섰다. 자정이 조금 지난 무렵이었다. 큰언니와 형부가 자리에서 일어났고 여자는 향을 올리더니 무릎을 꿇고 허리를 굽혔다. 그 모습을 국화꽃에 파묻힌 사진 속 아버지가 삐죽이 고개를 내밀고 내려다봤다.

"수유리였다면서요?"

돌아누웠는데도 여자의 말이 들렸다. 아버지는 수유리에서 돌아가셨다. 수유리라면 어렸을 때 살던 동네다. 떠나온

지 20년이 넘었다. 아버지가 왜 그곳에 가셨는지 조문객마다 물었지만 나는 이유를 알지 못했다.

"몸도 편찮으신데, 왜 굳이 거기까지 가셨는지. 골목에 쓰러져 계신 걸 근처 공사장 인부가 신고를 해서……"

"선생님답다는 생각을 했어요."

여자가 언니의 대답을 끊었다. 나는 여전히 돌아누운 채 팔짱을 꼈다. 아버지는 수유리에 갈 이유가 없다. 이제 와 수유리에 아는 사람이 있는 것도 아니고, 그렇다고 고향도 아니다. 그런데 저 여자는 아버지가 수유리에서 돌아가신 게 당연하다는 듯 말하고 있다.

"선생님 시 중에 「수유리, 장미원」이 있잖아요. 가장 좋아하는 작품이라고 하셨거든요."

고개를 돌리자 여자가 아버지 영정을 바라보고 있었다. 재킷 뒤에 붙은 장식이 토끼 꼬리 같아 보였다. 여자는 영정을 향해 다시 한번 고개를 숙이고는 출구 쪽으로 향했다. 나는 그 모습을 바라보다가 다시 몸을 눕혔다. 누군가가 희미하게 코를 고는 소리가 들렸다. 좀처럼 잠이 오지 않았다.

"참 많이 늙으셨네."

밖으로 나오자 큰언니가 구석 테이블에 앉은 노인을 바라보고 있었다. 술이 많이 취했는지 아까부터 가끔씩 혼자서

큰 소리로 화를 내곤 했던 분이다.

"아버지 친구분이야?"

큰언니는 나를 돌아보더니 이내 알겠다는 듯 말했다.

"하긴 너는 기억나지 않겠구나. 수유리 살 때니까 그게 벌써 언제야. 예전엔 집에도 자주 오셨어. 그때 시 쓰시는 분이라고 했던 것 같기도 하고."

나는 다시 노인을 바라봤다. 어머니가 돌아가신 후 나는 1년을 아버지와 함께 살았다. 아버지는 가방 두 개를 들고 내가 사는 좁은 빌라로 들어왔다. 그러곤 1년 동안 외출을 하지도, 책을 읽지도, 바둑을 두지도 않았다. 그저 베란다에 의자를 끌어다 놓고 하루종일 굽은 어깨로 밖을 내다봤다. 아버지는 의자에 앉은 채 매일매일 쪼그라들었다. 하루하루 수분이 빠지고 껍질이 벗겨지고 살덩이가 빠져나갔다. 나중엔 마치 귀뚜라미 같았다.

"시라도 다시 써보세요."

그렇게 말한 건 아마 큰언니였을 것이다. 아버지는 우리를 돌아봤다. 그러고는 그 한 글자짜리 단어가 도무지 무슨 뜻인지 모르겠다는 듯 길게 되뇌었다.

"시……"

그러다 창밖으로 고개를 돌렸다.

"시……"

그때의 아버지처럼 나도 그 단어를 길게 발음해보았다. 숨이 혓부리와 입천장 사이를 빠져나가는 소리 사이로 어떤 장면이 떠올랐다. 흰 러닝셔츠를 입은 아버지가 마루에 엎드려 신문을 보고 있었다. 나는 그 등에 올라타 아버지의 어깨 너머로 고개를 내밀었다. 어린 시절, 아직 수유리에 살던 때의 한 장면이었다. 아버지가 낮게 웅얼거리는 통에 뺨이 간지러웠다. 아버지가 내려다보는 신문지 여백에서 검은 벌레 같은 것이 꿈틀꿈틀 움직였다. 아버지가 볼펜을 움직이면 벌레들은 더 늘어났다. 여백을 타고 신문을 뱅뱅 돌았다. 그게 시였을까? 뇌출혈로 쓰러져 요양소에 들어가기 전까지 1년 동안 아버지는 아무것도 웅얼거리지 않았고, 아무것도 쓰지 않았다.

나는 늦둥이로 태어나 언니들과 나이 차가 많았다. 아버지 이름으로 된 시집이 몇 권 있다는 것 정도는 알고 있었다. 하지만 내게 아버지는 항상 구겨진 양복을 입고 술냄새를 풍기며 돌아오는 사람이었다. 아버지는 미국 가죽 제품을 취급하는 오퍼상이었다. 그것도 직원 한 명 없이, 가끔은 사무실도 없이 집에다 팩스 한 대, 전화 한 대 설치해서 일을 했다. 그런데 아버지가 「수유리, 장미원」이라는 시를 썼고, 그 시를 좋아했고, 그래서 거기 가서 죽었다는 것이다.

아무도 없는 허공을 향해 화를 내는 노인을 바라보았다. 문득 저 노인도 「수유리, 장미원」이라는 시를 알고 있을까 하는 생각이 들었다. 그 시엔 무엇이 쓰여 있는 걸까. 그 시를 읽으면 아버지가 왜 수유리에서 돌아가셨는지 알 수 있을까. 그렇다면 내가 아는 그 오퍼상은 누구였을까.

"집에 가서 좀 씻고 눈도 붙이고 와. 이제 누가 더 올 것 같지도 않고."

큰언니의 말에 못 이기는 척 장례식장을 나섰다. 지방 출장에서 바로 올라온 탓에 며칠째 제대로 씻지도 못했다. 밖으로 나오자 비가 내리고 있었다. 장마가 시작되려는 모양이었다. 멀리 토끼 꼬리 재킷을 입은 여자가 택시에 오르는 모습이 보였다.

"앞차를 따라가주세요."

택시 기사는 룸미러로 나를 한번 넘겨다보고는 액셀러레이터를 밟았다. 자정이 지난 도로는 한산했다. 앞차를 따라가는 건 어려운 일이 아니었다. 여자가 탄 택시는 강을 건너고 터널을 통과했다. 그러다가 오르막과 내리막을 몇 번 지난 후 멈추었다. 나는 기사에게 물었다.

"여기가 어딘가요?"

수유리, 장미원이었다.

물론, 그런 일은 일어나지 않았다. 나는 병원에서 20분 거리에 있는 동네 이름을 댔다. 강을 건널 필요도, 터널을 지날 필요도 없는 곳이었다. 병원 출구 신호 대기에 여자를 태운 택시가 서 있었다. 왼쪽 깜빡이를 켜고 있었다. 눈꺼풀이 무거웠다. 꾸벅꾸벅 졸음이 왔다.

버스에서 내리자 당황스러웠다. 정류장 표지판에는 '수유리, 장미원'이라고 적혀 있지만 화원 같은 곳은 보이지 않았다. 지나다니는 사람도 없었다. 내가 왜 여기 왔더라. 분명 무슨 용건이 있었던 것 같은데 떠오르지 않았다. 그저 장미원에 가는 길이었다는 것만 기억에 남아 있었다. 그런데 무엇 때문이었지. 돌아가려면 몇 번 버스를 타야 하더라. 어릴 때 살던 집은 어느 쪽이었더라. 아무것도 가늠되지 않았다.

"장미원으로 가려면 어떻게 해야 하나요?"

편의점 남자가 그려준 약도를 들고 문을 나섰다. 장미원은 이름 그대로 장미를 재배하는 화원이었다. 수많은 장미 품종이 그곳에서 재배되고, 교배되고, 개량됐다. 장미가 피는 계절에는 일대에 꽃향기가 진동했다. 나는 약도대로 다리를 건너 왼쪽 길로 접어들었다. 그렇게 한참을 걷다가 놀이터 옆으로 난 골목으로 들어섰다.

장미원은 모퉁이를 돌자마자 나타났다.

'수유리, 장미원'. 거기서 아버지를 행복하게 했던 건 무엇이었을까. 새빨갛게 핀 커다란 장미꽃이었을까. 장미 묘목을 사가는 젊은 부부의 뒷모습이었을까. 장미로 세계 평화를 이루겠다는 주인아저씨의 호기였을까. 혹시 발가벗은 여자들이었던 건 아닐까.

장미원 대중목욕탕. 내가 다다른 곳은 20년 전에도 있었을 것 같은 허름한 목욕탕이었다. 간판을 올려다보고 있자니 갑자기 작은 창문에서 손이 불쑥 나타났다. "6천 원입니다." 엉겁결에 돈을 내고, 수건을 받고, 철제문을 밀고 들어섰다. 발을 걷자 시야 가득 벌거벗은 사람들이 눈에 들어왔다.

탕으로 들어서자 벌거벗은 여자들은 더욱 늘어났다. 어디를 보아도 희고 풍만한 살들이 습기 아래 반짝였다. 머리를 감느라 숙인 목덜미는 주름이 져 있었다. 뒤꿈치를 닦느라 뒤틀린 허리에는 군살이 늘어져 있었다. 그래도 모두 자기 몸에 열중하느라 천장에서 물방울이 떨어지는 것도 몰랐다. 문득 내가 비누도, 샴푸도, 때수건도 가지고 있지 않다는 걸 깨달았다.

"만 5천 원이에요."

때수건을 든 여자가 수건으로 때밀이용 침상을 탁 쳤다. 검붉은색 브래지어와 팬티 밖으로 커다란 가슴과 풍만한 배, 그리고 완만한 엉덩이가 비어져 나와 있었다.

여자는 능숙한 솜씨로 때를 밀었다. "아파요?" "아니요." "아프면 말해요." 여자의 때수건이 내 맨살 위로 힘차게 움직였다. 여자의 커다란 가슴 앞에서 십자가 목걸이가 규칙적으로 흔들렸다. 눈을 감자 목걸이의 잔상에 아버지의 모습이 겹쳐졌다.

아버지는 '시는 기도'라고 했다. 초등학교 2학년이나 3학년 무렵이었다. 아버지는 1일 선생님으로 교실을 찾았다. 얘들아. 모든 예술은 기도란다. 하늘에 닿기 위한 기도. 그런데 하늘에 닿으려면 어떻게 해야 할까? 그렇지. 가벼워야지. 그래야 붕붕 날아올라 하늘에 닿지. 아버지는 열 살짜리 애들 앞에서 날갯짓을 했다. 시는 그렇게 모든 걸 버리고 가벼워지는 거란다. 그래서 하늘에 닿는 거지. 그게 바로 '시'야. 아버지는 두 손을 모았다. 얘들아. 너희는 기도할 때 거짓말하니? 안 하지? 시도 그래. 거짓말 안 해. 거짓말은 무거워서 날아오르지 못하거든. 그러면서 아버지는 또 날갯짓을 했다.

그날 나는 아버지의 얼굴을 제대로 보지 못했다. 아버지가 교실 문을 열고 들어왔을 땐 가슴이 두근거려 고개를 들지 못했다. 아버지 이야기에, 아버지 날갯짓에 반 애들이 키득거리기 시작한 후부터는 앞자리 친구 뒤에 몸을 움츠리고 있었다. 너무 빳빳해서 절대 눕지 않는 아버지의 머리카락이 앞자리 친구 뒤통수 너머에서 이리저리 움직였다. 아버지가 내 얼굴을 찾고 있다는 걸 알았지만 나는 얼굴을 들지 않았다. 그날 이후, 그해가 끝날 때까지, 우리 반 남자애들은 나만 보면 날갯짓을 했다.

"아파요?" 여자가 재차 물었다. 천장에서 떨어진 물이 눈가에 흐르고 있었다. 나는 물기를 닦으며 고개를 저었다. 여자가 타월 위로 내 다리를, 허벅지를, 배를, 팔을 주물렀다. 여자의 손가락 사이에서 내 몸이 찌그러졌다 펴지기를 반복했다. 촤르륵. 따뜻한 물이 끼얹어지고 순식간에 수건이 벗겨졌다. 나는 다시 맨살이 되었다. 탁. 여자가 마지막으로 때수건 소리를 냈다. 끝이란 얘기였다. 두 다리로 서자 현기증이 났다.

"이거, 가져가야지."

여자가 옷장 열쇠를 내밀었다. 열쇠에 붙은 빨간 플라스틱 고리에는 '장미원 대중목욕탕'이라고 쓰어 있었다.

"저기, 장미원은 없어졌나요?"

"장미원? 그게 벌써 언제 얘기야. 오다가 큰 건물 공사장 못 봤어? 거기가 장미원 자리잖아."

나는 공사 현장을 봤나 되짚어봤지만 기억이 나지 않았다.

"여기도 문 닫아. 그 건물에 찜질방이 들어선다거든. 한 달도 안 남았어."

여자는 그렇게 말하고는 내가 누웠던 침상에 바가지 가득 물을 부었다. 시커먼 것들이 물에 쓸려 꿈틀거리며 목욕탕 바닥으로 미끄러져 내려갔다.

"그러고 보니 어제도 그걸 묻는 사람이 있었네. 아니 그 제였나. 누굴 좀 기다리느라 목욕탕 앞에 서 있는데, 어떤 사람이 간판을 보더니 장미원은 없어졌냐고 묻더라고."

혹시 아버지였을까?

"남자였어요?"

"할아버지였어."

"어떤 할아버지요?"

"어떤 할아버지가 어디 있어? 할아버지는 다 늙은 할아버지지. 하여튼 한참 서 있다가는 그냥 가더라고."

나는 고개를 끄덕였다.

"그럼, 여기가 문을 닫으면 이제 수유리엔 '장미원'이 없는 거겠군요."

그러자 여자가 대답했다.

"아니야. 있어."

목욕탕에서 나오자 비가 내리고 있었다. 나는 우산을 받쳐 쓴 후 놀이터 건너편에 있는 작은 소나무숲을 가로질렀다. 이내 학교가 눈에 들어왔다. 우산을 든 남자는 숲이 끝나는 어귀에 혼자 서 있었다. 구두는 구겨 신고, 양말도 신지 않은 맨발인데다, 바지는 복숭아뼈가 보일 만큼 짧았다. 곁에는 낡은 자전거가 서 있었다. 남자는 학교에서 하나 가득 걸어나오는 아이들을 바라보고 있었다. 우산을 쓴 아이도 있고, 가방으로 머리를 가리고 뛰는 아이도 있고, 물웅덩이를 차며 장난을 하는 아이도 있었다. 그리고 학교 현관에 우두커니 서 있는 여자아이도 있었다. 남자애들이 그 아이를 향해 날갯짓을 해 보였다. 여자아이는 이를 악물고 남자애들을 노려봤다.

우산을 쓴 남자는 그 모습을 바라보고 있다가는 여자아이에게 다가갔다. 여자아이는 학교 토끼장 앞에 쭈그려 앉아 있었다. 남자는 아이를 자전거 뒷자리에 태우고 달리기 시작했다. 남자는 자주 아이를 돌아봤지만 아이는 땅바닥에서 눈을 떼지 않았다. 남자는 속력을 냈다가 늦추기를 반복하다가는 큰 소리로 아이에게 물었다.

엄마와 아빠가 어떻게 만났는지 얘기해줄까? 그날도 이렇게 노란 은행잎이 폭포수처럼 떨어지던 날이었단다. 아빠가 자전거를 타고 내리막길을 달리고 있었는데, 이렇게 말야. 남자는 두 발을 힘차게 움직이며 속력을 냈다. 저만치 노란 스커트를 입은 엄마가 서 있었던 거야. 남자는 손가락으로 한참 앞쪽을 가리켰다. 그러곤 진짜 누군가를 발견했다는 듯 깜짝 놀라는 표정을 해 보였다. 그때 내 나이 스물이었단다. 그리고 그때 엄마는 우리 딸처럼 예뻤어. 하지만 여자아이는 못 들은 척 내내 딴 곳을 보고 있었다. 엄마는 아빠가 그냥 서클 선배였다고 했다. 여자아이는 아빠는 거짓말쟁이라고 생각했다. 어느 쪽이 진실인지 나는 지금도 알지 못한다.

장미원은 남자가 서 있던 자리 뒤쪽에 있었다. 복개천에 길게 늘어선 상가 벽에는 재개발이라는 붉은 글씨가 휘갈겨져 있었다. 장미원은 상가에 딱 하나 남은 가게였다. 간유리를 끼워놓은 문은 쇠 긁히는 소리를 내며 열렸다. 머리를 대충 틀어올리고 색 바랜 치마를 두른 여자가 돌아봤다. 누굴 기다리는지 여자의 시선이 나를 지나쳐 문밖까지 향했다. 덩달아 뒤를 돌아봤지만 아무도 없었다. 여자는 아줌마, 아니 할머니라 불러야 할 나이였지만 여자라고 부르는 게 어울릴 얼굴을 하고 있었다. 지쳤지만 생기가 있었고, 강인했지만 동시에 가녀렸다. 안쪽에서 지은 지 한참 된 밥냄새가 흘러나왔다. 장미원은 밥집이었다.

"요즘 낙지가 좋아. 연포탕으로 해."

여자는 다듬던 꼬막을 신문지로 덮어놓고 주방으로 들어갔다. 가게는 좁고 지저분했다. 달랑 네 개 놓여 있는 테이블에는 생선 비린내가 배어 있었다. 테이블도, 의자도, 벽에 붙은 소주 포스터도 기운이 빠져 있었다. 숟가락도, 냄비도, 가스레인지도 덜거덕거렸다. 비린내는 고개를 숙였고, 밥냄새도, 꼬막 냄새도 지쳐 있었다. 그 가운데 주인 여자만이 무엇에도 지지 않겠다는 얼굴로 꼿꼿하게 등을 펴고 있었다.

여자는 연포탕 한 그릇과 고춧가루가 새빨갛게 짓이겨져 있는 김치를 가져다주었다. 아버지는 남도 출신이었다. 배를 타고 한 시간을 나가야 다다르는 섬에서 태어났다고 했다. 그 섬에서 아버지는 연포탕을 먹고 자랐다. 하지만 우리집 식탁에는 연포탕이 올라오지 않았다. 엄마는 비린내를 싫어했고 뱃멀미도 견디지 못했다. 그래서 나는 한 번도 그섬에 가보지 못했다. 어린 시절 나에게 할머니는 한강 다리를 건너면 나오는 아파트에 사는 외할머니 한 분뿐이었다.

"맛이 없어요?"

내가 좀처럼 연포탕을 먹을 엄두를 내지 못하고 있자 여자는 갓 무친 꼬막 한 접시를 내왔다. 그러곤 옆자리에 앉아 다시 꼬막을 깠다. 딸깍딸깍. 여자의 손에서 꼬막이 반으로 쪼개졌다. 살이 붙은 쪽은 플라스틱 바구니로 들어가고, 살이 없는 쪽은 신문지로 던져졌다. 칼을 밀어넣고 힘을 주고 손가락을 움직이는 동작이 반복됐다. 꼬막 물이 든 여자의 손가락이 움직일 때마다 신문지 위로 꼬막 껍데기가 꿈틀꿈틀 쌓여갔다.

나는 눈을 한번 깜빡이고는 다시 신문지를 바라봤다. 무언가 움직인 것 같았다. 새까만 것. 꿈틀꿈틀하는 것. 하지만 그곳에는 살이 떨어져나간 조개껍데기만 쌓여 있었다. 아까는 분명히 있었는데. 신문지 귀퉁이를 꿈틀꿈틀 기어가고 있었는데. 다시 한번 눈을 감았다 떴지만 역시 아무것도 없었다. 어느새 꼬막을 다 깐 여자가 꼬막 껍데기를 신문지째 말아 들고 주방으로 향했다. 나는 여자가 들고 가는 신문지를 바라봤다. 거기엔 분명 아버지의 글씨체가 있었다. 여자는 신문지를 주방 안쪽 쓰레기통에 버렸다.

연포탕을 조금 떠서 입에 넣었다. 비렸다. 삼키기 쉽지 않았다. 아린 것 같기도 하고 미끈거리기도 했다. 숨을 들이마신 후 꿀꺽 삼켰다. 연포탕 국물이 식도를 따라 넘어가다가는 어딘가 덜컥 걸렸다. 목이 꽉 막힌 것도 같았다. 사래가 걸릴 것 같았다. 기침을 하지 않으려, 먹은 것을 내뱉지 않으려 참고 있자니 눈이 벌겋게 부어오르는 것 같았다.

계산을 하고 나서자 비는 그쳐 있었다. 여자는 여전히 문밖 너머 멀리를 내다보고 서 있었다. 역시 누군가를 기다리는 모양이었다. 장미원 목욕탕 쪽으로 발길을 옮겼다. 목욕탕을 지나고 개울을 건너고 큰길 쪽으로 접어들자 저만치 토끼 꼬리 재킷을 입은 여자가 모퉁이를 돌아가고 있는 게 보였다.

나도 따라 모퉁이를 돌았지만 여자의 모습은 보이지 않았다. 대신 신축 건물 공사장이 있었다. 공사장은 한 면은 큰길에, 한 면은 장미원 목욕탕이 있는 건물 뒷면에 접해 있었다. 내장 공사가 한창인 건물에는 '학원, 병원, 약국 입주 환영'이라는 플래카드가 붙어 있고 꼭대기에는 'ROSE GARDEN'이라는 글자가 붉은색으로 쓰여 있었다.

여기가 장미원이 있던 자리였다. 나는 건물을 올려다보았다. 공기 중에 가득 부유하던 장미향 대신 비릿한 철근 냄새가 났다. 수백 송이 붉은 장미가 피어나던 땅은 지하 4층까지 파여 주차장이 되었다. 다시 돌아온다고 해도 이제 수유리에 장미원은 없었다.

"저기. 이거 두고 가셨어."

돌아보니 밥집 여자가 서 있었다.

"제 게 아닌데요."

"그래요? 아까 앉았던 자리에 있던 건데?"

나는 책을 내려다봤다.

"혹시 어제 할아버지 한 분 오지 않으셨어요?"

"어제 손님이 왔던가? 요즘은 손님이 별로 없어. 아, 어제는 아니고 그제 왔나보네."

"그분, 연포탕 드시지 않았어요?"

"그랬나? 그런데 왜요?"

"아뇨. 어쩌면 그분이……"

"그러고 보니, 연포탕 드신 게 맞네. 그 양반, 한참이나 창밖을 보고 앉아 계시길래, 누구 기다리시느냐 물었더니 예전에 고향에서 먹던 연포탕 맛이라고 하셨어."

"그리고 다른 말씀은 없었어요?"

"글쎄. 신문을 한참 들여다보시더니, 내가 예전엔 할말이 있었는데, 이젠 다 잊어버렸다고, 지금은 다 잊어버렸다고."

여자는 치마를 끌어올리며 걸음을 돌렸다. 대충 틀어올린 머리 위로 담배 연기가 피어올랐다. 나는 여자에게 받은 책을 내려다봤다. 돌아서니 공사장 옆에 노란색 통행금지 테이프가 쳐져 있는 게 보였다. 가로 2미터, 세로 1미터, 높이 1미터쯤 돼 보였다. 그 안에 흰 분필로 그린 사람이 누워 있었다. 아버지였다. 나는 쭈그리고 앉아 납작해진 아버지를 들여다봤다.

흰 선으로 그려진 아버지는 불쑥 고개를 들었다. 그러곤 무릎을 탁탁 털며 일어나더니 노란 테이프를 가볍게 뛰어넘었다. 아버지는 내 어깨를 잡고 얼굴을 들여다보면서 말했다. "어서 일어나. 첫눈이 온다고." 아버지, 지금 무슨 말씀이세요? 조금 전까지 비가 내리고 있었는데요. 나는 아버지의 얼굴을 똑바로 바라보았다. 아버지, 지금은 여름이에요. 장마가 시작된다고요. 아버지는 내 손을 잡아끌었다. 나는 눈을 비볐다. 왠지 조금 졸음이 오는 것 같았다. "어서 일어나. 어서." 아버지가 다시 어깨를 흔들었다. 눈을 떠보니 정말 첫눈이 오고 있었다.

아빠는 내 손을 잡고 이불을 걷었다. 돌아보니 언니들도 눈을 비비고 있었다. 다락방이었다. 아빠는 언니들과 나를 창문으로 잡아끌었다. 다락방 커다란 창문 한가득 첫눈이 내리고 있었다. 엄마가 이불을 가져다 우리를 덮어주었다.

아빠, 엄마, 나, 언니들은 이불을 뒤집어쓰고 첫눈을 구경했다.

그때였다. 눈으로 하얗게 변한 길에서 뭔가 움직였다. 그것 역시 하얬다. "저게 뭐지?" 우리는 차가운 창문에 얼굴을 대고 움직이는 물체를 보았다. 서로의 입김이 창문에 하얗게 번졌다. "저게 뭐지?" "토끼 같은데?" "토끼?" 나는 벌떡 일어났다. 다락 계단을 구르듯 내려갔다. 엄마가 부르는 소리가 들렸다. 아빠가 쫓아오는 소리가 들렸다. 현관문을 열고 나갔다. 눈 쌓인 마당을 맨발로 달렸다. 그대로 대문을 열고 나갔다. 토끼는 보이지 않았다. 계속 달렸다. 골목을 돌았다. 다리를 건넜다. 저 너머 하얀 토끼 꼬리가 보였다. 장미원 쪽으로 가고 있었다. 그때였다. 몸이 붕 떴다. 훌쩍 떠올랐다. 아빠가 뒤에서 나를 안아 들어올렸다. 나는 발버둥을 치며 소리를 질렀다. "이거 놔. 잡아야 돼. 저 토끼, 잡아야 돼. 우리 학교 토끼야." 아빠는 아무 말도 하지 않았다. 나는 울면서 아빠를 때렸다. "가게 두자. 잘살 거야. 행복하게 살 거야. 그냥 가게 두자." 나는 두 손으로 얼굴을 가리고 엉엉 울었다.

"엊그제 사람이 죽었어요."

얼굴에서 손을 떼니 앳된 얼굴의 남자가 서 있었다. 몸은 어른인데 얼굴은 아직 소년이었다. 스물 남짓 돼 보이는 남자는 눈물이 번진 내 눈을 바라봤다. 흰 선으로 그려진 아버지는 거기 그냥 누워 있었다.

"혹시 그 일 때문에 오셨어요?"

남자는 근심스러운 얼굴이었다.

"어쩌면 제가 마지막으로 본 사람인지도 모르겠어요. 제가 그날 저쪽 언덕에서 자전거를 타고 내려오다가 하마터면 할아버지를 칠 뻔했어요. 그런데 밤에 돌아가는 길에 보니 아직도 거기 앉아 계시더라고요."

남자는 흰 선으로 된 아버지를 가리켰다.

"혹시 다치신 건가 해서, '할아버지, 늦었는데 왜 안 가세요?' 했더니, 이제 겨우 돌아왔는데 어딜 가냐고 그러시는 거예요. 혹시 치매, 그러니까 제 말은 길을 잃어버리신 건가 했어요. 그래서 '여기'가 어딘데요? 했더니, 수유리, 장미원이잖아, 그러세요. 그래서 여기서 뭘 하시려고요? 했더니, 기도를 해야지, 그러시는 거예요."

"기도를 하신다더니 갑자기 이렇게……"

남자는 잠깐 내 눈치를 보는 듯 말을 끊었다.

"이렇게요?"

내가 날갯짓을 해 보이자 남자는 눈을 크게 떴다.

남자는 이내 가던 길로 향했다. 자전거를 타고 언덕 반대 방향으로 사라져버렸다. 나도 발걸음을 옮겼다. 버스는 금세 왔다. 뒷자리에 기대앉아 창밖을 바라봤다. 풍경이 휙휙 지나갔다. 바람 한 자락이 버스 창문을 넘어 들어왔다. 시집 책장이 차르륵 소리를 내며 넘어갔다. 종이 냄새가 났다. 창문을 닫고 책을 내려다봤다. 『수유리, 장미원』이라는 제목이 까만 글씨로 씌어 있었다.

"손님."

택시 기사가 부르는 소리에 깜짝 놀라 깨어났다. 택시는 장례식장 건물 앞에 다다라 있었다. 잠이 들었던 모양이다. 부슬비는 아직도 내리고 있었다. 건물 현관 앞은 비를 피해 담배를 피우는 사람들이 늘어서 있었다.

"왔어? 깨끗하니 얼굴이 이제야 내 동생 같다. 뭐 좀 먹을 래?"

나는 씻고 밥도 먹고 왔다고 했다. 언니는 잘했다면서 내 손을 잡았다. 이내 발인이 시작됐다. 아버지는 남자 여덟 명의 어깨에 얹혀 있었다. 나는 아버지를 따라갔다. 영안실 복도를 걸어 주차장으로 향했다. 행렬은 가벼웠다. 행렬이라고 할 것도 없었다. 그냥 버스 한 대였다. 버스는 화장장에 들렀다가 납골묘로 향했다. 아버지는 어느새 조그만 단지 하나로 작아져 있었다.

"언니, 「수유리, 장미원」이라는 시, 알아?"

"글쎄, 잘 모르겠는데. 아버지 시야?"

"응. 어젯밤에 왔던 여자가 그랬잖아. 아버지가 가장 좋아하는 시였다고."

"그랬어? 나 없을 때 왔나보지?"

나는 언니를 쳐다봤다. 무슨 얘기야. 어제 자정 넘어 온 여자 말이야. 그 여자랑 얘기도 했으면서. 그때 언니가 창밖을 가리켰다.

"그러고 보니 저기서 좌회전하면 장미원이네."

버스는 이미 좌회전 차선으로 들어서 있었다. 깜빡이 소리가 찰칵찰칵 들려왔다. 창밖을 향하는 시선 끝에 아버지의 영정이 보였다. 아버지는 턱을 괴고 바깥세상을 내다보고 있었다. 하늘을 향해 무성히 자라난 빳빳한 머리카락, 눈꼬리가 처진 커다란 눈, 군데군데 수염이 난 턱. 아버지는 무언가 말하려는 듯 입술을 삐죽 내민 채 나를 바라봤다.

우리가 수유리를 떠난 것은 첫눈이 오고, 겨울이 왔다 가고, 마지막 눈이 내릴 무렵이었다. 내 생일날이어서 외할머니가 오셨고, 24색 색연필을 선물로 받았고, 케이크를 잔뜩 먹고 잠이 들었다.

"우리 이사 가나봐."

큰언니가 어깨를 흔들어 눈을 떴을 때는 주위가 어둑어둑했다.

"정말? 할머니네 집 같은 데로 가는 거야?"

언니는 손짓을 했고 나는 따라갔다. 아래층으로 내려가는 계단은 삐걱거렸다. 조심조심 계단을 내려섰다. 아버지와 엄마, 그리고 할머니가 이야기하는 소리가 들렸다.

"애가 셋이란 말이네. 자네도 좀 생각을 해보게. 언제까지 이렇게 살 건가?"

아빠는 아무 말도 하지 않았다.

"그만하세요."

엄마가 말했다.

"자네 큰 매형이 하는 무역 회사에서 일부터 배우게. 얘기는 다 해놓았네."

아버지는 아무 말도 하지 않았다.

"막내만 없었어도 내 이러지 않네. 그러니까 왜 늦둥이는 낳아가지고. 하여튼 애들 개학하기 전에 이사하게."

아버지는 아무 말도 하지 않았다. 문틈으로 아버지의 뒷모습이 보였다. 뻣뻣한 머리카락이 모두 주저앉아 있었다.

밤이 이슥할 무렵 아버지가 다락방으로 올라왔다. 나는 눈을 감고 자는 척했다. 아버지는 한참을 앉아 있었다. 그러더니 언니들과 내 머리를 쏠어주고는 내려갔다. 나는 다락방 계단을 내려가는 아버지의 뒷모습을 보았다. 그날 이후 아버지는 자전거를 타고 신나게 달리지도 않았고 마루에 엎드려 꿈틀꿈틀 글씨를 쓰지도 않았다. 그리고 온 가족이 다락방에서 이불을 뒤집어쓰고 첫눈을 구경하지도 않았다. 이내 큰 트럭이 들어왔고 우리는 수유리를 떠났다.

"봐, 장미원이야."

언니의 말에 창밖을 바라봤다. 커다란 신축 건물은 보이지 않았다. 편의점도, 버스 정류장도 없었다. 대신 커다랗고 새빨간 장미 꽃밭이 펼쳐졌다. 연둣빛 단단한 줄기, 초록색 거친 잎 사이로 떨어질 듯 커다란 장미꽃이 매달려 있었다. 꽃송이들은 모두 버스를 향해 피어올랐다.

문득 연포탕 끓는 냄새가, 밥 뜸 드는 냄새가 버스 창문을 뚫고 들어왔다. 하늘이 열리더니 첫눈이 내리기 시작했다. 새빨간 장미꽃밭 위로 쏟아지는 첫눈 아래 물결무늬 옷을 입은 때밀이 여자가 웃고 있었다. 강인한 얼굴을 한 여자가 담배를 피우며 고개를 끄덕였다. 한 손으로 자전거를 잡고 있는 앳된 얼굴의 남자가 손을 흔들었다.

버스가 날아오르기 시작했다. 장미원 위로, 커다란 장미와 벌거벗은 여자들과 비릿한 연포탕과 쏟아지는 첫눈 위로 버스가 날아올랐다. 버스 뒤로 하얀 토끼 한 마리가 따라왔다.

나는 날갯짓을 했다.

사진 속의 아버지가 웃음을 터뜨렸다.

모든 것을 버리고 날아올라 하늘에 닿는 것.

아버지, 그게 시라고 하셨죠?

반전 없는 세계의 중력

조형래(문학평론가)

1. 진다는 것의 의미

누구나 패배/실패한다. 이미 져본 적이 있거나, 지금 지고 있거나, 앞으로 질 터이다. '루저'가 될 수밖에 없는 삶의 어느 순간은 기어코 닥쳐오고야 만다. 그러나 패배를 있는 그대로 받아들이거나 인정하는 이들은 많지 않다. 삶에 있어서 불가피한 패배의 순간을 회피하려고만 드는 것이 일반적이다. 그렇게 하지 않으면 생존 경쟁이 전부인 이 시대의 삶으로부터 낙오한다고 생각하거나 또한 그렇게 여겨지기 때문이다. 그렇게 되면 그야말로 사회의 루저로 살아갈 수밖에 없다는 위기의식에 모두가 지배되고 있기 때문이다.

그러므로 우리는 패배를 좀처럼 인정하지 않는다. 그 기정사실에 대해 애써 잊으려 하거나 말하지 않는 것이다. 최후의 도약이나 승리를 위한 시련쯤으로 포장하거나 또는 아름다운 패배의 여운에 도취되는 경우 정도가 예외다. 언젠가 마이클 조던이라는 불세출의 농구 선수가 "나는 거의 3백 번의 경기에서 져봤다"라고 말했던 것 또한 결국 "그것이 내 성공의 이유다"라는 긍지의 문장으로 귀결된다. 패배는 그가 일생을 통해 이룩한 경이적인 성공의 자양분에 지나지 않는다. 하물며 그 문장 또한 그를 인생의 '위너'로서 막대한 부를 쌓게 만든 나이키 광고 중 한 편 〈실패〉의 카피로 발설된 것이다.

패배조차 상품의 일부가 되는 세상이다. 그러니까 패배에 관한 다음과 같은 문장들이 아무렇지도 않게 통용되고 있는 것이다. 패배 자체에만 연연해서는 진짜 '루저'가 된다, 패배는 만회되어야 하는 것이다, 패배는 승리의 어머니일 뿐이다, 잘 져야 한다, 그래야 반전을 통해 최후의 승리를 도모할 수 있다, 굴하지 말고 앞으로 나아가야 한다, 운운.

2. 끝날 때까지 끝난 게 아닌가?

『질 것 같은 기분이 들면 이 노래를 부르세요』에 수록된 열 편의 단편에 등장하는 주요 인물들이 대개 그 "질 것 같은 기분"을 있는 그대로 받아들이지 못하는 것도 그러므로 무리는 아니다. 표제작의 주인공 최민철부터 그렇다. 간암으로 죽음에 임박해서야 비로소 그가 메이저 리거로서 하락세에 접어들었던 미묘한 시절을 회고하고 있는 것은 공교롭다. 그것은 매 타석과 경기를 승리로 이끌었던 시절, 즉 지극히 예민한 자신만의 "기준계"가 미묘하게 동요하고 따라서 스스로를 의심하지 않을 수 없게 되었던, 보스턴 레드삭스에서의 마지막 시즌 때의 일이다. 단순한 슬럼프에 그친 것은 아니지만 그렇다고 해서 완전히 끝장나지도 않았다. 실제로 그는 오클랜드 애슬레틱스로 이적하여 5년간의 커리어를 더 이어나갈 터이다. 다만 별거와 이혼으로 이어지는 가정사의 실패조차 외면하고 경기와 훈련(이라는 싸움에서의 승리)에 매진했던 자신의 삶이 이제 내리막길에 접어들었으며 그러므로 앞으로는 패배할 일이 더 많을 것이라는, 그것이 불가피하다는 새삼스러운 예감에 사로잡혔다. 본래 예민하기 짝이 없는 비관론자인 그가 이것에 구애되지 않을 리 없다. "기준계"로 대표되는 이제까지의 삶의 방식이 송두리째 부정당하게 될 사태에 직면했기 때문이다. 최민철이 이러한 기정사실에 대해 쉽게 납득하지 못하며 예민하게 반응할 수밖에 없는 것은 그러므로 당연하다.

「오! 롤라」의 '나'는 '그녀'와 헤어진 지 이미 1년이 되었다. 그러나 그 사실을 머리로는 알고 있으되 받아들이지는 않고/못하고 있다. 마치 밴드 '오! 롤라'가 롤라의 실종, 즉 결별을 얼버무렸던 것처럼 말이다. "헤어진다는 것. 그건 만나지 않는 것"(170쪽)이라는 문장을 되뇌며, 오래전 함께 보기로 하고 예매했으나 계속 지연되었던 '오! 롤라'의 내한 공연에서 '그녀'와 다시 만나게 되었으므로 헤어지지 않은 것일지도 모른다는 궤변적인 망상에 계속해서 연연하고 있는 상태다. 즉 언제 이별했고 그 이유가 무엇인지도 확실히 상기하지 못하면서 헤어졌으나, 헤어지지 않았다는 흐리멍덩한 유예의 단계에 계류되어 있을 뿐이다. 이별의 시작(과 이유)은 불분명하다. 그것이 애매하므로 그는 '끝날 때까지 끝난 게 아니다'라고 믿고 싶은 것이다.

하지만 '그녀'는 9개월 전에 헤어졌다고 단언한다. 헤어질 당시에 무슨 일이 있었는가도 기억하고 있는 것처럼 보인다. 공연장에서 재회했음에도 불구하고 '그녀'는 이미

'나'와의 이별을 받아들인 것이다. 단지 '내'가 연애의 실패를 마음으로부터 수긍하지 못한 채 어물거리고 있을 뿐이다. 이별에 대한 기억도, 태도도 서로 엇갈린다. 그리고 '그녀'가 그 계류의 상태를 끝낼 수 있도록 헤어질 당시에 무슨 일이 있었는가를 발설하려는 순간 '나'는 거대한 관중에 떠밀려 내팽개쳐진다. 사실상 '나'와 '그녀'가 서로에게 있어서 강제적으로 실종된 상태가 되어버린 것이다. 롤라가 실종된 후 휴슨이 밴드의 성공을 위해 〈오! 롤라〉의 가사를 고쳐 사실상 그녀와의 작별을 선언했던 수순과 반대로, '나'는 "오! 롤라. 너는 어디에 있는가. 오! 롤라. 아직도 사랑해"(170쪽)의 상태에서 "헤어진다는 것. 그건 만나지 않는 것"이라는 사실로 군중 속에서 이리 차이고 저리 차이면서 강제적으로 이행하지 않을 수 없게 되었다. '오! 롤라'가 롤라를 버렸음에도 불구하고 여전히 그녀를 찾고 사랑한다며 노래하고 있는 것이 결국 밴드의 존속과 성공을 위한 일종의 자기기만에 지나지 않았던 것처럼, '내'가 '그녀'와의 이별을 받아들이지 않았던 것 또한 다시 만나 잘해나갈 수 있을지도 모른다는 그렇고 그런 기대에서 비롯된 것이다. '오! 롤라'와 그들의 곡, 로큰롤을 빌미로, 그만둬야 할 때 그만두지 못했던 달콤한 자아도취로부터 강제적으로 깨어날 수밖에 없었던 이후의 풍경은 황폐하기 그지없다. 그것은 '내'가 받아들이기를 한없이 주저했던 실패와 끝이 타자에 의해 선고되고, 변경 불가능한 것으로 확증된 사태라고 해도 좋다. 여기에 그 어떤 반전의 가능성도 보이지 않음은 물론이다.

『질 것 같은 기분이 들면 이 노래를 부르세요』에는 이처럼 "질 것 같은 기분이" 들었음에도 그만둬야 할 때 그만두지 못하고 방황하다가 결국 외부적 계기에 의해 끝 또는 패배/실패를 선고받는 개인이 다수 등장한다. 「레츠 고, 가자!」의 인터넷 프리미어 리그 중계업체 팀장 윤태오 또한 "스스로 실패할 타이밍을 잡는 데 실패한"(18쪽) 인물이다. 과거 축구 선수로서 벤치를 전전하고 있었음에도 끝내 미련을 버리지 못하다가 부상을 계기로, 사실상 재활해야 하는 상황에 떠밀려 운동을 그만두게 되었던 것이다. 「검은 숲」에서 사진작가 오영일은 지극히 성실하지만 어중간한 (소위 '깔아주는') 재능으로 인해 특별히 주목받지 못한다. 그러다 '우연'찮게 정치가 서기원의 자살 직전 모습을 촬영한 〈검은 숲〉으로 일약 사회적 명사로 부상하는 행운을 얻게 된다. 그러나 그는 그것에 만족하지 않고 자신의 역작이라고 생각하는 〈새벽〉에 대한 집착을 끝내 놓지 못한다. 그것을 분실했(으므로 포기해야 한)다는 치명적인 삶의 경고에도 불구하고 말이다. 아니 사라졌기 때문에 더더욱 그랬을지도 모른다. 따라서 오영일은 세간의 관심으로부터 빠르게 잊힌 이후에도, 〈새벽〉의 재림을 위해 여전히 숲 사진을 찍으러 방황하는 일을 그만두지 않는다. 「수유리, 장미원」의 시인이었던 '아버지'는 어떤 점에서 오영일의 미래라고 해도 좋다. 「수유리, 장미원」을 쓴 지 수십 년이 지났음에도 불구하고 그 시에 평생 구애되었던 것으로 밝혀지기 때문이다. 그동안 시를 작파하고 가족을 건사하기 위해 오퍼상으로 일해왔던 만큼 이미 '할말'을, '시'를 잃어버린 지 오래였지만, 늙고 쇠약해진 몸으로 지금은 그 흔적이 사라진 '수유리, 장미원'을 구태여 찾아 마치 연어처럼 돌아가 죽었을 정도로 말이다. 「비탈길의 유령」은 20년 전 '내'가 마지막 항암 치료를 마치고 1년간 거주한 비탈길 동네의 방 건너편 창가에 매일같이 유령의 형상으로 출몰한 그림 그리는 여자의 '두 개의 손'에 관한 미스터리를 간직한 소설이다. 그림에 대한 미련을 떨치지 못해 나타난 것임에 틀림없을 그 두 개의 손은 한편으로 오영일 같은 이들의 사후를 연상케 한다. 동시에 암으로 시한부를 선고받자 떠나간 '그녀'와의 신혼집이 건너 보이는 방에 굳이 '귄을 붙이었던' '내' 미련의 거울에 비친 형상이기도 하다.

3. 반전 없는 세계에서

이것은 비단 음악과 그림, 사진, 스포츠 같은 소양에 몰입하는 자들에게만 국한되는 사태가 아니다. 「가미코지에서의 하루」에서 '나'는 뒤늦게 발견되어 가미코지의 임강관에 안치되었다는 아내의 유품을 인도받기 위해 아들과 여행을 떠난다. 이것은 '나'에게 있어서 아내의 사후를 최종적으로 확인하고자 하는 과정에 지나지 않는다. 하지만 본래부터 엄마의 실종이 죽음으로 받아들여지는 것을 전혀 납득하지 못하던 아들에게 이는 실종된 엄마의 흔적을 찾고자 하는 애끓는 탐색의 여정이다. 그러므로 엄마의 죽음을 간단히 받아들인 것처럼 보이는 아버지에게 아들은 마음을 닫았다. 그런 아들이 못내 철없고 못마땅하게 보이기만 했던 '나'는 따로 떨어져 앞서간 아들의 행적을 더듬어가는 여정을 통해서, 그리고 그 도중에 돌연 나타난 원숭이 무리와의 조우를 통해서, 무엇보다도 마루야마 노인과의 만남 및 대화를 통해서 아내의 죽음이나 아들의 상처와 같은 것이 측량 불가능한 자연적 사건으로 자신 앞에 주어져 있다는 사실을 그야말로 통절하게 납득한다. 설산(이라는 상고지上高地 : 가미코지)에 묻혔던 아내의 유품이 뒤늦게나마 표류하여 내려온(임강관은 아마도 臨降館으로 적을 것이다) 것 또한 자연의 불가사의한 작동이며, 마루야마 노인의 둘째 아들이 어린 시절 키웠던 개가 묻힌 자리를 찾아갔다는 사건들의 우연적 연쇄가 겹치고 겹친 결과다. 방수 파우치에 담겨 있던 아내의 노트북으로 표상되는 그 치명적 상실의 물질적 현존은 그러나 '내'게 그 어떤 말도 해주지 않는다. 아내의 죽음 그로 인한 '나'의 고통, 아들의 상처(와 성장) 일체를 포함하는 생로병사는 자연의 일부로서 그저 있는 것이며 이미 일어난, 마치 눈처럼 하늘로부터 임강臨降한 사건 자체인 것이다.

그러므로 아들의 탐색은 무망한 기대에 그칠 터이다. 결국 그는 상처 입을 것이다. 그렇다고 해서 그것이 무의미-무가치한 것은 아니다. 마루야마 노인의 둘째 아들이 과거 애착했던 대상의 죽음을 애도하기 위해 외진 골짜기를 구태여 찾았던 일이 우연찮게 아내의 유품을 부자 앞으로 인도했던 것처럼, 엄마의 죽음을 향한 아들의 가망 없는 탐색은 그 여정을 더듬어 따라갔던 '나'로 하여금 아내의 죽음을 포함한 일체의 사건을 불가해한 것으로나마 직시하고 또한 수리受理할 수 있도록 했다.

이처럼 『질 것 같은 기분이 들면 이 노래를 부르세요』에 수록된 단편들 대부분은 한편으로 대상에 고착되어 그만둬야 할 때 그만두지 못했던 자들을 지켜보는 화자에 관한 이야기이기도 하다. 앞서 언급했듯이 「비탈길의 유령」에서 그림 그리는 여자의 두 개의 손은 과거의 상흔에 연연하지 않을 수 없는 화자인 '나' 자신의 거울에 비친 상과도 같은 것이다. 「검은 숲」의 오영일 또한 "깔아주는" 평론가에 지나지 않던 '나'의 다른 모습이다. 그러나 오영일이 그토록 애착했던 〈새벽〉을 감춘 것은 평소 그를 무시했던 만취한 상태의 화자 자신이다. 그것은 결국 '내'가 오영일(의 행운)과 〈새벽〉(의 성취)을 향한 부지불식간의 시기와 질투에 사로잡혀 있었다는 비루한 진실에 스스로를 뒤늦게 마주대하도록 한다. 롤라의 실종 및 그녀와의 결별이라는 사실의 확증을 부단히 지연시켰던 밴드 '오! 롤라'와 그들의 곡, 로큰롤에 부단히 스스로를 투영시켰던 「오! 롤라」의 화자인 '나' 또한 "롤라가 없는 오! 롤라"(152쪽), 그녀 없는 연애에 계류되는 어리석음으로부터 자유롭지 못하다. 대상에 고착되어 그만둬야 할 때 그만두지 못하고 결국 패배/실패를 선고받은 이는 오영일이 아니라 그들 자신인 셈이다.

물론 모든 화자가 "내가 무언가 잘못을 저질렀고 이제는 결코 복구하지 못할 거라는 예감 같은 것"(「월요일의 수목원」, 226쪽)에 사로잡혀 어물거리고 있는 것은 아니다. 그것은 앞서 언급한 「가미코지에서의 하루」의 경우만 봐도 알수 있다. 또한 「레츠 고, 가자!」에서 실패한 존재는 비단 윤태오뿐만이 아니다. 사무실이 위치해 있는 공장 지대 역시 '실패한 들판'이다. 뿐만 아니라 폭설로 경기의 중계가 이루어지지 않는 와중에 하염없이 기다리는 '나'와 몇몇의 접속자 모두 매 순간 연결과 관전에 실패하고 있다.

홉.

어디선가 홉 소리가 날아들었다. 동시에 바람이 솟구쳤다. 허공에 정지해 있던 눈이 바람을 타고 하늘로 날아올랐다. 쏟아질 때보다 더 빨리, 미친 듯한 속도로 하늘로 빨려올라갔다. 위로, 더 위로, 점점 더 위로 솟아올랐다. 옥상의 모든 것이 그 소용돌이 속으로 빨려들어가는 것 같았다. 홉, 홉, 홉 소리가 공장 옥상을 훑으며 날아올랐다.

(……)

동시에 붉은빛이 피어올랐다. 넓은 공장 옥상 위로, 흰 눈발을 스크린 삼아, 오로라처럼, 환영처럼, 허공에 대고 쏘는 프로젝터 영상처럼, 붉은 화염이 어둠 속으로 날아올랐다. 함성이 폭설처럼 쏟아졌다. 수백 개의 붉은 깃발이 힘차게 휘날렸다. 억센 목소리들이 목청껏 합창했다.

그 가운데로, 그 속으로, 그 모든 것을 뚫고 장신의 남자가 오른발에 힘을 실으며 솟구쳐올랐다. 그 남자 주위로 수많은 불빛이 휘감아돌았다. 그 남자의 발끝에서 일어난 스파크가 허공을 갈랐다. 눈발을 뚫고 치솟았다. 밤하늘을 뚫고 나갈 기세로 날아올랐다. 가물가물 멀어지던 스파크가 눈으로는 볼 수 없는 먼 하늘에서 폭죽처럼 터졌다.

"잡았다."

윤태오가 외쳤다. (23~24쪽)

흡, 레츠 고, 가자. 강설降雪이 정지했다가 역으로 상승하는 기적 같은 순간이 도래한다. '실패한 들판' 한가운데 공장 옥상이 인상적인 무대가 된다. 그것은 빛과 함성과 목소리와 장신의 남자와 폭죽, 모든 것이 중력의 법칙을 거슬러 일제히 하늘로 날아오르는 극적인 반전과 환희의 찰나이기도 하다. (가미코지의 임강에 정확히 반하는) 그런 믿기 어려운 사건이 때로는 환영으로 일시적으로나마 포착되기도 하는 것이다. 그리고 바로 그때 다른 누구도 아닌 윤태오의 손에 의해 중계 신호가 잡힌다. 이제껏 연결에 계속해서 실패했던 이들 모두가 혼연일체가 되어 머나먼 이국의 열정적인 경기장을 향해 "간다". 비록 윤태오는 발을 헛디뎌 지상으로 넘어지고/떨어지고 과거 부상으로 인한 새삼스러운 통증에 시달리지만, 그렇다고 해서 그것이, 통증과 패배/실패가 전혀 무가치–무의미한 것은 아니다. 그것은 지금 이 순간에, 분명히, 있다. 동시에 윤태오에게 선수 생활, 부상과 재활의 나날이 확실히 존재했었다는 움직일 수 없는 증거다.

그러나 중력을 거스르는 일은 앞서 언급했다시피 어디까지나 한때거나 환영 속의 이변이다. 이제 "윤태오는 자리에 앉은 채 킥을 하고 책상 아래에서 드리블을"(28쪽) 한다. 경기 중계가 끝난 후 '나'의 환영에서 모두의 환호 속에 솟구쳐올랐던 장신의 남자는 눈 내리는 '실패한 벌판'이라는 지상을 가로지른다. 기적이 일시적으로 눈앞에 현현했을 뿐 결코 반전은 없다. "우리는 모두 언젠가는 실패를 한다", "모두가 실패자가 될 때, 그래서 누구도 실패자가 아닌 때가 온다"(29쪽)는 기정사실만이 남는다. 패배/실패는 누구나 붙들릴 수밖에 없는 중력 같은 것이다. 지상에 발붙이고 살아가지 않을 도리는 없다. 그리고 이 소설의 화자인 '나'는 윤태오를 통해 그러한 체관諦觀을 (「가미코지에서의 하루」의 '나'처럼) 확인한다.

윤태오의 대척점에 「질 것 같은 기분이 들면 이 노래를 부르세요」의 최민철이 있다. 그는 메이저 리거로서 하락세에 접어든 시점에도 여전히 혼자만의 방식을 견지한다. 한국인 일반의 의미 부여를 탐탁지 않게 여기고, 관중의 응원가에 공포를 느끼는 대신 승부를 오로지 자신만의 기준계에 달린 것으로 여기는 방식을 계속해서 밀고 나가는 것이다. 애슬레틱스로의 이적이 확정된 후 홀로 떠난 여행에서 우연찮게 듣게 된 "언제든 어디서든 지고 있는 것 같은 기분이 들면, 이 노래를 부르게. 이 노래가 정의의 힘을 발휘해줄 걸세"(46쪽)라는 조언에서 정의의 힘이란 그러나 어디까지나 응원하는 관중의 것이다. "빰빰빰— 빠 빰빠빠— 빰빠—"(단편의 말미에 밝혀져 있는 것처럼 콜드플레이의 〈Viva la vida〉에서 비롯된 리듬이다. 공교롭게도 왕의 몰락과 처형을 노래하는 곡이다)라는 리듬은 한때 승리자로서 정점에 다다랐던 자신 같은 이를 끌어내리는 것을 겨냥한 관중의 노래라고 해도 크게 틀리지 않다. 그러므로 최민철의 생각과 달리 그 노래는 자신의 편을 드는 것이 아니라 그들이 합심한 정의의 힘을 구현할 뿐이다. 이것은 그야말로 중력처럼 작용하여 실제로 한때 패배/실패조차 자신만의 방식으로 승리의 자양분으로 삼았던, "이기고 있던 시절의 전리품"(53~54쪽)인 미니어처 양주병을 사고로 인해 하늘이 아니라 도로 바닥의 별로 산산이 흩뿌려놓는 결과를 낳는 것이다. 그러므로 애슬레틱스 시절, 그리고 이후에도 계속된 하락세는 그러한 중력에 이끌린 예정된 수순이라고 해도 크게 틀리지 않다. 끝의 선고로서 그의 죽음 역시 마찬가지다. 중력이라는 보편타당한 정의의 힘 앞에서 상승은, 날아오르는 것은 일시적으로만 허락된 가능성일 뿐이다. 모두가 지상으로 내려오지 않을 수 없다. "우리는 모두 언젠가는 실패를 한다", "모두가 실패자가 될 때, 그래서 누구도 실패자가 아닌 때가 온다". 최민철도, 전성기에 덩크슛을 위해 에어 워크했던 마이클 조던도 예외가 될 수 없다. 패배/실패를 기다리고 있는 것은 회심의 반전에 의한 승리가 아니라 그러한 힘에 이끌려 더욱 아래로 하강하는 일인 것이다. 그러한 가차없는 사실과 자연적 법칙을 수락하거나 거부하고자 하는 데서 차이가 발생할 뿐이다.

4. 비상의 보편타당성

「가미코지에서의 하루」에서 그랬던 것처럼, (육친의) 죽음만큼 질 것 같은 기분에 사로잡히는 사건은 아마도 없을 것이다. 그것이야말로 궁극의 패배/실패 또는 끝의 선고일 터다. 자연의 법칙이라는 거부할 수 없는 섭리에 이끌리는 것일 터다. 하지만 누구도 이것을 만회해야 한다거나 반전시켜야 한다고는 말하지 않는다/못한다. 그것은 그야말로 불편부당한 것이다. 때로는 가혹하고 때로는 도저한 객관 그 자체다. 그 앞에서 인간의 갑론을박은 무용하다. 지상에 착륙하지 않을 수 없었던 사정을 간직한 피붙이의 죽음에 직면한 이들은 더욱 "질 것 같은 기분"에 사로잡히게 될 것이다.

「이웅 뒤에 리을」에서 사촌형이 생전에 들었으나 결국 그 실체를 확인할 수 없었던(사실상 그가 일생을 추구했으나 이룰 수 없었던 아득한 꿈의 은유에 해당할) '음악 소리'의 흔적을 더듬어 찾아낸 곳은 눈 내리는 지하다. "월요일의 수목원"을 통과하면서 엇갈리게 된 '나'의 안티테제, 즉 가지 않은 길에는 이진우의 말대로 그에게 친우가 되어주었고 아마도 일생에 걸쳐 세상의 변혁을 추구했던 아버지의 생전에 위스키를 건넬 수 있었을지도 모를 세상이 펼쳐져 있었을 터다. 「수유리, 장미원」에서 아마도 죽음을 직감했을 아버지가 찾아갔던 곳은 자신이 가장 좋아하는 시의 장소이고, 그것을 썼으나 결국 시를 그만둬야 했던 지상의 원점이다. 이러한 육친의 죽음에 직면한 '나'들은 그들이 질 수밖에 없었던, 지상으로 이끌리지 않을 수 없었던 사정과 이력과 장소를 더듬어 따라간다.

물론 그러한 '나'들 모두가 최종적으로 확인하게 되는 것은 하강이라는 자연적 법칙이다. 그러나 동시에 그 '나'들 대부분은 관중의 환호 속에 장신의 선수가 솟구쳐올랐던 환영을 포착했던 「레츠 고, 가자!」의 '나'와 마찬가지로 그들이 매료되었던 어떤 대상이나 순간을 확인한다. 「수유리, 장미원」에서의 아버지의 죽음은 "모든 것을 버리고 날아올라 하늘에 닿는 것"(277쪽), 곧 시가 되는 일이다. 「이응 뒤에 리을」의 '나' 또한 그 눈 내리는 지하에서 사촌형의 음악 소리를 듣게 된 것 같다. 심지어 「검은 숲」에서조차 오영일의 〈새벽〉을 보았던 이는 오직 '나'뿐이다. 이들은 모리스 블랑쇼가 이야기했던 다음과 같은 (말과 문학 같은) 실체를 목도한 것이다. "말은 이상적 힘이 아니라, 어두운 위력처럼, 사물을 강요하여 사물을 사물 바깥에 실제로 현전하게 하는 주술처럼 작용한다. 말은 하나의 요소이며, 지하세계로부터 막 떨어져나온 순간이고, 날것 그대로의 긍정이며, 어두움 속에서 마주칠 때의 놀라움이다."(모리스 블랑쇼, 「문학 그리고 죽음에의 권리」, 『카프카에서 카프카로』, 이달승 옮김, 그린비, 2013, 50쪽)[1]

하강이라는 중력의 법칙을 확인하기 위해서는 비상하는 그런 때가 있어야 한다. 비록 그것이 일시적이라도, 제아무리 어려운 일이라도, 누구에게나 보이는 것은 아닐지라도 그런 순간은, 분명히, 있다. 이 소설집의 '나'들 대부분은 주인공을 따라 그것을 본다. "우리는 모두 언젠가는 실패를 한다", "모두가 실패자가 될 때, 그래서 누구도 실패자가 아닌 때가 온다"는 것은 결국 모두가 그전에 날아올라본 적이 있었다는 뜻이다. 그러므로 이 사실은 엄연하다. '루저'가 될 수밖에 없는 삶의 어느 순간은 기어코 닥쳐오고야 만다. 이미 져본 적이 있거나, 지금 지고 있거나, 앞으로 질 터이다. 누구나 패배/실패한다.

---

1) 블랑쇼가 같은 글에서 다음과 같이 썼던 것도 의미심장하다. "신을 보는 자는 죽는다. 말에 삶을 주는 것은 말 가운데 죽는다. 말은 이러한 죽음의 삶이고, '말은 죽음을 담고 있는 삶이며 죽음 가운데 유지된다.' 놀라운 권능. 그러나 여기 무엇이 있었고, 지금은 더이상 무엇이 사라졌다. 어떻게 그것을 되찾을 것인가. 나의 모든 능력이 그것을 가지고 이후에 존재하는 것을 만드는 데 있다면 어떻게 나를 이전에 존재하는 것으로 되돌려 보낼 수 있는가."(같은 글, 48~49쪽)

책을 낼 준비가 되면 '작가의 말'이 떠오를 거라 생각했다. 그런데 아니었다. 꽤 오랜 시간을 생각했지만 여전히 한 글자도 떠오르지 않는다. 아마도 여기 실린 열 편의 소설보다 더 멋진 글을 써서, 사실 제가 이것보다는 잘 씁니다, 라고 말하고 싶었던 것 같은데, 그런 일이 가능할 리 없으니 결과적으로 시간만 보냈다.

결국 이 지점에서 쓸 수 있는 건 수많은 감사뿐이라는 생각이 든다. 내가 이 소설들을 쓰는 사람이 되게 해준 모든 분들께 전하는 감사. 떠오르는 사람들이 많다. 지금까지 사랑했고 미워했던, 사랑받았고 미움받았던 모든 사람들. 그들이 있었기에 나는 이제, 죽을 것 같아도 살게 된다는 것, 잊어서는 안 되는 것이 그럼에도 잊힌다는 것을 안다. 지금 내 곁에 있고, 이제 내 곁에 없는 사람들. 언젠가 만났고 분명 헤어질 사람들. 앞으로 만나게 될 사람들과 결국 만나지 못할 사람들. 그들 중 한 명이라도 없었다면 나는 지금의 내가 아니었을 것이고 이 소설들도 달랐을 것이다. 마지막으로 소설 속 인물들에 대해서도 생각한다. 내 일부를 나눠가진, 나이지만 내가 아닌 사람들. 그들은, 내가 질 것 같은 기분이 들 때마다 부를 수 있는 노래가 돼주었다. 글로 표현할 수 있는 가장 큰 사랑과 감사를 전한다.

2018년 11월
최승린

질 것 같은 기분이 들면 이 노래를 부르세요

ⓒ 최승린

초판 1쇄 인쇄 2018년 12월 1일
초판 1쇄 발행 2018년 12월 12일

지은이 최승린
펴낸이 김민정
책임편집 김민정
편집 김필균 도한나
표지 디자인 고은이
본문 디자인 이주영
마케팅 정민호 박보람 나해진 우상욱
홍보 김희숙 김상만 이천희
제작 강신은 김동욱 임현식
제작처 영신사

펴낸곳 난다
출판등록 2016년 8월 25일 제406-2016-000108호

주소 10881 경기도 파주시 회동길 210
전자우편 blackinana@hanmail.net | 트위터 @blackinana
문의전화 031) 955-2656(편집) 031) 955-8890(마케팅) | 팩스 031) 955-8855

ISBN 979-11-88862-23-8 03810

www.munhak.com